NF文庫
ノンフィクション

艦攻艦爆隊

雷撃機と急降下爆撃機の切実なる戦場

肥田真幸ほか

艦攻艦爆隊——目次

写真提供／各関係者・遺家族・吉田一・「丸」編集部・米国立公文書館

艦攻艦爆隊

雷撃機と急降下爆撃機の切実なる戦場

九一式魚雷に栄光をあたえた日本艦攻隊

戦果を支えた航空魚雷の技術と威力

元 軍令部航空参謀・海軍中佐　愛甲文雄

長かった太平洋戦争をつうじて、日本軍にしろ、またアメリカ軍にしろ、およそ洋上戦闘において得た勝利の大半は、魚雷、とくに航空機による雷撃の成果によって獲得されたといっても過言ではない。

これは真珠湾にはじまって、マレー沖海戦のかがやかしい雷撃隊の活躍とつづいた日本軍緒戦の勝利をみても、またミッドウェーから諸々の海戦をへて、ついに大和、武蔵と日本海軍最後の旗印をひきずりおろしたアメリカ軍の勝利をみても、この事実は歴然としている。

愛甲文雄中佐

それだけに日米双方とも戦前戦中を通じて、航空機用魚雷の研究とその用法上の訓練には、血の出るような努力をかさねてきた。日本海軍では、昭和六年にはじめて雷撃用魚雷が完成していらい、今後の海戦は遠からず航空機によって決せられるだろうとの予想のもとに、とくに航空機用魚雷の開発には力をいれていた。

昭和十一年、すでに世界に比類のない酸素魚雷が発明され、日本海軍の水雷戦力は極秘のうちに世界の水準をぬいていた。だが残念ながら、水上艦艇用の魚雷としては、これ以上のものはないと思われる酸素魚雷も、その重量、あるいは操作の煩雑さから、搭載量に制限のある航空機用としては、どうしても不適当であった。

たとえ駛走距離の長大、無航跡の利点がありとしても、前述の欠陥はいかんともしがたく、それはあくまで艦艇搭載用の傑作魚雷にとどまるものであった。そこで酸素魚雷の出現にもかかわらず、航空機用として、当時もっとも安定度が高く、かつ小型ながらそうとうに威力をもつ、従来の圧縮空気を動力源とする九一式魚雷を採用することとなったのである。

製作にたずさわったのは三菱の長崎兵器製作所、川棚海軍工廠（大村）、呉海軍工廠、横須賀海軍工廠深沢分工場、舞鶴工廠の各工場で、技術面の指導は、もっぱら空技廠の雷撃部がこれにあたった。

理想にちかい九一式魚雷

九一式魚雷は、九三式酸素魚雷が出現する二年前に、日本海軍に制式採用になったことから名づけられた名称であるが、最初の型から改一、改二と改良がくわえられ、頭部の炸薬量を極度に増大した改七型まで発達をとげ、そして昭和十六年の日米開戦には、ちょうど魚雷尾部の首ふり、つまりローリング、ピッチングを防止する木製の安定舵がくわえられ、ます

単冠湾に集結した赤城艦上の九一式航空魚雷。後方は飛龍、右端に蒼龍

ます信頼性がました改三型が完成したときにあたり、これをもって太平洋戦争に突入したのであった。

当時、米英側の航空機用魚雷は、直径、射程とも日本とだいたい同じであったが、炸薬量においては、断然わが国の魚雷がずばぬけて大であった。

炸薬量の大なることの必要性は、なにも航空機用魚雷にのみではなく、艦艇搭載用魚雷にも大切なことであるが、重量制限のつきまとう航空機であるがゆえに、炸薬量の増大をはかるには、その増大分だけの重さを他の部分にふりかえて、軽量化しなければならず、その点からも、わが国の魚雷は他国の魚雷と比較して、技術的にも数等すぐれたものであったといえる。

少量で威力の大なる火薬こそ、航空機用魚雷にとって、もっとも望ましいものであり、と同時に、発射点にいたるまでの敵機銃弾にたえうる安定度の高い火薬でなければならない。

その他、艦艇用魚雷と異なる種々の特徴——艦艇用の速力が大であるのに対し航空機用は中くらい。艦艇用の射程が大きいのに対し航空用は小さい――があって、その克服がまた苦心のタネであった。

また、わが国の技術陣の考案したものに、框板《きょうばん》と称するものがある。これは木製の尾鰭《おびれ》を魚雷にとりつけることによって、空中に放たれた魚雷が不規則な雷道をとるのを防止し、つねに雷道の切線と魚雷の中心線である雷軸を一致させて、よりよき状態で着水するために大いに役立つものであった。

さらに魚雷を使用するにあたって、欠かすことのできない重要なものに、使用する潤滑油の良否がある。なにぶん、北は北洋から南は赤道直下にいたるまで、広大な地域に活動するのであるから、いろいろとヤッカイな問題がおきてくるのは当然で、凍ってもいけないし、もちろん溶けて流れてしまってもいけない。つねに一定の精度で機能を果たさなければならないからだ。

そのうえ航空機は地上から高度数千メートルを終始上下するのであるから、その温度差はとてつもなく大きい。そこで当時、大船海軍燃料廠でプラス五〇度からマイナス五〇度の使用にたえうる潤滑油を目標に、いろいろと研究したが、その実現はとてもでなく、ようやくプラス五〇度からマイナス一〇度、マイナス五〇度からプラス一〇度にたえうる二通りの潤滑油を完成し、これを北方用と南方用に区別して使用した。

命中率を高めた安定舵

以上、九一式魚雷について個々のすぐれた点を述べてきたが、その中でもとくに、日本海軍の雷撃の声価を高めたのは、さきにも少しふれた魚雷の側面にとりつけた片岡氏の手になる安定舵だった。

ふつう雷撃は、高度百メートルから二十メートル内外で行なうものであるが、不用意に発射した魚雷は、惰性で水中ふかく突入し、百メートルにもおよぶことになる。

その場合、深度が浅ければ海底に頭を突っ込むか、または岩盤に激突して爆発し、永久に役には立たず、爆発をまぬがれた魚雷も深度機の自動的なはたらきで頭を上げ、ふたたび上昇をはじめたところで勢いあまって海面上にとびだしてしまい、これではいずれにしても役に立たなくなる。

いうなれば航空機用魚雷の良否は、爆薬系統の重要さもさることながら、魚雷が発射された瞬間から空中をへて、水中に突入し、いかに敵艦までたどりつくことができるか、必中の雷道をたどっているかどうかという点に合格して、はじめて決められるものである。その適切なる雷道を、日本海軍独創の「安定舵」が完ぺきなまでに保証したのだ。

この安定舵には木製と金属製との部分があって、外側の木製の部分は水中の八〇〇分の一という空気中の密度を考え、水中に入ってから作用する金属製のものよりは一段と大きくしてあった。これはちょうど魚の鰭《ひれ》のように魚雷の側面にとりつけられ、着水と同時に木っ葉みじんに飛散するように設計されていた。

また高速のために、着水時の海面はコンクリートと同じくらいの堅さをもつことになり、

航空魚雷を抱いて空母瑞鶴の飛行甲板を発進すべく滑走する九七艦攻

昭和17年５月８日の珊瑚海海戦において、乗員たちの見送る中、胴体下に九一式

いくら安定舵の助けで理想の雷道を保っているとはいえ、突入時の衝撃は、とてもふつうの魚雷頭部ではたえられず、破損するか、不時の爆発を起こしてしまうのだが、これを防止するためにゴムの被膜が考案され、実用化されたのも、またわが海軍の魚雷の名をいっそう高からしめた大きな一因であった。

決死の必中射法

では、これら魚雷を実際に使用する雷撃法として、どのような戦法をもちいたか。

なにしろ、雷撃する当の相手は、数えきれぬほどの対空防御砲火をあびせて、肉薄発射をしようとする雷撃機を射ち墜そうとけんめいになっているのだから、そこへ単機、あるいはごく少数機で突っこむことは、どだい無理である。

そこで雷撃は、味方同士の接触という危険をともなわないかぎり、できるだけ多数の雷撃機で四方八方をとりかこみ、高度差をつけて目標艦に殺到発射する戦法をとる。この要領をいかしたいま一つの戦法に、やはり高度差をつけた多数機で、敵艦の側面から一時に攻撃する方法もある。

つぎに雷撃にうつるさいの個々の搭乗員についても、必中の適切な判断が要求される。まず第一に、敵の艦種を見きわめ、その速力、直進するか、あるいは左右に回頭しようとしているのか、その針路を瞬時に判定し、方位角をさだめ、みずからの機速と距離、あるいは高度を考慮して、必中射角をきめなければならないのだから、その苦労は並たいていではない。

開戦ほどなくして、高度計と電波測距儀がとりつけられたが、いぜんとして訓練とそのときの勘にたよらざるをえないという実情であった。

大戦果の生まれるまで

実戦でもこれら優秀な魚雷と戦術を駆使して、日本雷撃隊は日ごろの猛訓練とあいまって、実にみごとな活躍をした。そのもっとも典型的なものが、世界の眼をみはらせた真珠湾攻撃の浅海面雷撃の成功であった。

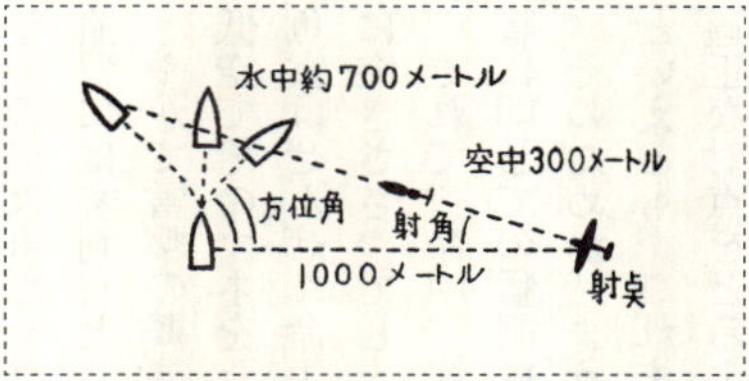

この緒戦の、大戦果のかげには、開戦直前の鹿児島湾における日に夜をつぐ猛訓練があったことは、あまりにも有名であるが、私は当時、軍令部航空参謀として、この浅海面雷撃に早くから着目して、熱心にその必要性を上層部に進言していたこともあって、鹿児島湾の訓練には終始たちあって、技術の向上に意をつくしたものである。

私が浅海面雷撃に人一倍の執心をもったのは、急を告げる当時の国際情勢にかんがみ、いざという時にそなえて太平洋海域にある列強の軍要港をしらべた結果、真珠湾をはじめ、マニラ、ウラジオ、香港、シンガポールとそのいずれもが、水深十二メートルから二十メートルの浅海に艦隊が在泊していることを知った時からだった。

そして一層おしすすめたのが昭和十四年に佐伯湾で行なった大演習の

さいの出来事だった。そのころ私は横浜航空隊で水雷担当の教官をしていた関係上、この大演習には審判官として参加していた。

やがて雷撃の擬襲という段になって、飛行艇が飛来し、実際には魚雷を使用しなかったが低空でそのマネをして、演習はおわった。だが私の眼には、もし魚雷を発射したとしても、魚雷はぜんぜん命中していないと映った。そのときの状態からして魚雷は、ことごとく海底に突きささってしまっていたとしか思えなかったのだ。

それで、命中、演習おわり！　とは、まったくいいかげんこの上もない。私はさっそく実戦に即しての猛訓練を実施するよう各方面に強力にはたらきかけた。

そのためか、ようやく部内にも浅海面攻撃の重大性がゆきわたるようになり、以後は訓練といえども、これまでの甘っちょろい採点法はさけて、発射時の方位角、距離をわりだした適正な射点をとるよう厳格に指示し、そのようにつとめた。

同時にこれまでとかく見失いがちであった雷道をはっきりさせ、命中コースを進んでいるかどうかを確かめるため、魚雷頭部に海水にとける染料をほどこし、また射点鑑査写真機をも使用して、射点の正確さを期したのも命中率の向上のための苦心の一端であった。

このようにして腕をみがきにみがいた日本海軍の雷撃の名手たちも、ミッドウェーで大半が未帰還となり、以来、失われた技量を回復する余裕もなく、機材と人員の不足は、その他の悪条件とかさなって、正攻法による雷撃戦法はしだいに不可能となって、ついには単機で敵艦に突っこむという特攻戦術をとるのやむなきにいたったのである。

黎明の真珠湾に記した飛龍雷撃隊の真価

近代兵器の雄として威力を発揮した艦攻隊の雷撃術と技量

当時「飛龍」艦攻隊分隊長・海軍大尉 松村平太

昭和十六年十一月十八日午後二時、わが空母飛龍《ひりゅう》は残る僚艦に見送られて、九州の山々に別れをおしみながら佐伯湾を出港した。右前方には、少しおくれて出港した重巡の利根と筑摩がゆうゆうと走っている。左舷を見ると艦隊の基地訓練で馴染《なじ》みぶかい宿毛《すくも》湾口の沖ノ島がまぢかに横たわっている。いよいよ九州ともおさらばかと思うと、感無量である。

松村平太大尉

格納庫にまわってみると、佐世保出港いらい派遣されている工員が、せっせと作業をつづけている。これは浅い海（真珠湾は約十二メートル）における航空魚雷の発射を確実にするため、最近になって考案された特殊な安定器を装備するためで、昼夜をわかたず精を出している。

おもえば私たちは、飛龍が艦隊に就役していらい二ヵ年にわたり、仮想敵国の艦隊と洋上

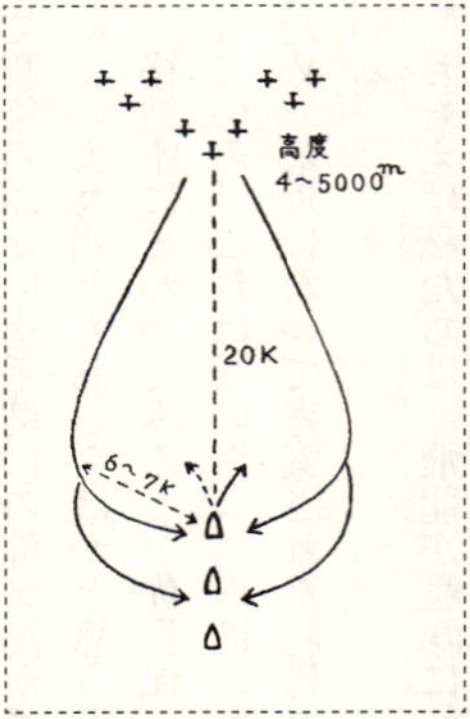

決戦を目途に、夜を日についで訓練をかさねてきたのであるが、その航空戦における主力となるものは、わが艦上攻撃機（雷撃機、艦攻）であった。

というのは、艦上爆撃機（急降下爆撃機、艦爆）の爆弾（二五〇キロ）では戦艦などの厚い装甲鈑をつらぬくことができないので、致命傷をあたえるためには魚雷攻撃により、比較的に防禦力の弱い水線下に被害をあたえるか、または高々度より大型徹甲爆弾を投下して、防禦甲鈑をつらぬいて火薬庫や機関部にて爆発させるよりほかに術《すべ》はなかった。この任務を負ったのが艦上攻撃機である。

多数の飛行機をもって敵艦隊に包囲攻撃をくわえると、双方の戦艦がたがいに相見える前に勝負はついてしまうと考えて、わが海軍の航空関係の人々はだいぶ前から、戦艦無用論をとなえていた。

訓練でえた最高の雷撃術

だが、私たちは、まず敵の航空母艦を攻撃、制空権をにぎって、それから戦艦を料理するという考えで訓練をしてきたのである。攻撃の要領は図（これは電波兵器が発達する前のもので、電波兵器が発達してきた戦争後半では、低高度より敵に近づいておこなった）のとおりで、すなわち、なるべく高々度より太陽を背にして、敵に発見されないように近づき、約二十キロ付近から左右にわかれ、全速力で降下して、その正横のすこし前方六～七千メートル付近より肉薄発射態勢にうつり、距離一千メートルの地点より高度百メートル、速力一五〇ノットにて発射する。

魚雷は空中を約三百メートルくらい飛び、いったん水中深くもぐって、徐々に調定された深度について進む。したがって、あまり近寄りすぎると、せっかく命中するものも敵艦の底をもぐって通り抜けることになり、また遠いところから発射すると、魚雷は二千メートルぐらいしか走れないので、敵艦まで到達しないことになる。

つぎに、速力四十二ノットで魚雷が走る間に敵艦も走っているので、その距離だけ前の方に向けて発射する必要がある。この角度を射角といって、自分と敵艦との方位、敵の速力、自分の速力、高度などによって決まるものである。しかし敵は右や左に回避するので、それらを瞬間的に判断して決するのは容易な業《わざ》ではないが、訓練の結果、暗夜でも飛べるほどになった。したがって蒼龍・飛龍の第二航空戦隊は、当時、最精鋭部隊と自負していた。

ところが九月半ばごろになって、急に浅海面における魚雷発射のため、高度十メートル、速力百ノットくらいで発射訓練をするようにとの命令が下った。これは敵の眼前で両脚を出し、フラフラしながら飛ぶことになり、さも射ち落として下さいといわんばかりのやり方であった。

そこで一同は、とうてい実施困難だと反対したが、この方法でなければ魚雷が海底に突きささるのみで成果はないとのことで、やむなくその訓練をつみ重ねたのだが、ここに救いの神として考案されたのが、特殊安定装置であった。これをつけると一三〇ノットぐらいで発射ができ、搭乗員はみな確信をもって訓練にはげむことができた。

このように万事が、開戦ギリギリまで（当時は果たして開戦かどうかも不明であった）準備せねばならないことばかり多く、まるで試験前のような気持であった。そうした中で私たちの一番の関心事は、浅い海で魚雷が無事に走ってくれるかどうかであった。

はじめて知る開戦の報

ともあれ格納庫のなかは、魚雷の発射を確実にするための安定器を装備する工員たちの打ちふるう金槌《かなづち》の音で、耳が痛いほどだった。

十一月二十二日、択捉《えとろふ》島単冠《ひとかっぷ》湾に入港してみると、六隻の航空母艦のほかに比叡、霧島をはじめ巡洋艦、駆逐艦、輸送船など二十数隻の大部隊であるのにおどろいた。

二十四日午前九時より赤城において全搭乗員に対し、南雲忠一長官の訓示があり、はじめて作戦の全容を知った搭乗員の士気は天をつく感があった。

ここで安定器の装備をおえた工員たちは陸上におろされ、二十六日、艦隊は一路東にむけて出港した。白雪皚々《がいがい》たる島山が波間に遠くなるころ、陸上基地から発進した前路哨戒機が頭上を飛びすぎ、やがてこの友軍機も来なくなると、北太平洋の荒波に明け暮れる毎日がつづいた。

さて、作戦計画にしたがって第一回の攻撃隊の搭乗員を決めるのが大変である。すなわち一個分隊九機の飛行機に対し、搭乗員は十二組も配員されているからだ。若い者が貧乏くじをひくことになるので、涙をうかべて嘆願されるのには処置にこまり、けっきょく第二回の攻撃には必ず参加できるようにするからと約束して納得してもらった。

各自の飛行機が決まればその整備に熱を入れ、また長いこと操縦しないので勘がにぶらないようにと、格納中の飛行機で気分を味わうもの、さらに魚雷兵器係はその調整に万全を期し、お守り札を貼《は》って成功を祈るなど、それぞれの分に応じて精を出し、艦内は毎日毎日が張りつめた希望あふれる楽しさで、一つ目的に突き進んでいったのである。

十二月三日、軍令部からの電報は、いよいよ日米交渉が破局に立ちいたった結果、八日が攻撃の日に決められたことを報じ、ここに大東亜戦争の秒読みがはじまったわけである。

六日に最後の燃料補給をおこない、長いあいだ訓練を共にしてきた極東丸、健洋丸などの補給部隊とも別れ、針路を一転南下した。このころには真珠湾における米艦隊の出入港の情況も、そのつど知らされていたので、その概要は知ることができた。

残念なことには私たちの第一目標である空母が、数日前より出港していないことであったが、当日までには帰港するだろうとあわい望みをいだいていた。

真珠湾はすぐそこだ！

十二月七日午前七時（日本時間）、檣頭高くZ旗をかかげ、全艦隊は二十ノットの高速で進撃を開始した。艦橋よりつぎつぎとつたわる号令に、持ち場をかためる将士は奮起一番、

800キロ魚雷を懸吊、真珠湾攻撃の発進を待つ九七艦攻

艦内給排気のファンの音もスクリューの回転音もひきしまって、いま艦全体が闘魂のかたまりとなって、加来止男艦長の意のままに動いていた。

夕刻、搭乗員をあつめて敵情の説明、こまかい作戦の打ち合わせおよび注意を行ない、最後に艦長の訓示を受けるとともに明日の成功を誓って乾杯した。

明日の攻撃の手順はこうであった。全飛行機隊は、第一次、第二次攻撃隊にわけ、第二次攻撃隊は第一次の発進後、ただちに準備をして約一時間後に発進する。これは全機同時に発艦できないためであった。

第一次攻撃隊は赤城、加賀、蒼龍、飛龍の艦上攻撃機九十機、そのうち四十機（四機編隊十個中隊）は特別雷撃機で八〇〇キロ魚雷を搭載、のこり五十機（五機編隊十個中隊）は水平爆撃隊で八〇〇キロ徹甲爆弾を搭載、瑞鶴、翔鶴の艦上爆撃機五十四機（九機編隊六個中隊）および各艦よりの戦闘機八十一機の合計二二五機であった。

第二次攻撃隊は瑞鶴、翔鶴の艦上攻撃機五十四機（九機編隊六個中隊）、赤城、加賀、蒼龍、飛龍の艦上爆撃機九十機（九機編隊十個中隊）、および各艦よりの戦闘機五十四機の合計一九八機であった。

攻撃要領は、特別雷撃隊（指揮官村田重治少佐）のうち赤城、加賀の二十四機は、ホノルル側より進入して、フォード島東側に繋留中の戦艦を攻撃、蒼龍、飛龍の十六機（指揮官は私）は同島の西側より進入して、西側海面に碇泊する航空母艦または戦艦に魚雷攻撃をなす。ついで水平爆撃隊（総指揮官淵田美津雄中佐直率）が二列にならんだ戦艦に追い撃ちをかけるため、高々度より徹甲弾の雨をふらせ、艦底ふかく爆弾を見舞って致命傷をあたえようというもので、この間に艦上爆撃機は陸上飛行場に急降下爆撃をくわえ、飛行機を焼きはらう手筈《てはず》であった。

午後十一時半、戦闘用意が発令され、全飛行機を甲板にならべて、入念な試運転をおこなった。排気管よりはきだす炎は青白く、暗夜の海原にときならぬ轟音をひびかせ、全艦この一戦に勇躍したのである。

八日午前一時、搭乗員は飛行長の細かい注意をうけて発進を待ったが、視界悪く、しばらく見合わせとのことであった。不連続線通過後のためか、うねりは大きく、飛行機を甲板につなぐ繋止索《けいしさく》がそのたびにキッキッと無気味な音を立てる。

視界も少しよくなったらしく、予定より約十分おくれて一時四十分、いよいよ発進を開始した。先頭を切って戦闘機が飛び立った。両翼の航空灯がすぐかすんで闇の中に消えた。オヤオヤとよく眺めると二〜三百メートルのところに薄い雲がある。水平爆撃隊の発艦状況をみると、重装備のため甲板をはなれた瞬間、ちょっと下がっている。うまくやらないと危ないぞと考えるうちに、自分の番がきた。整備員の合図とともに全速をかけ、操縦桿に全神経を集中し、最後は甲板を両車輪で蹴上げるようにして無事発艦した。雲間をぬって母艦上空を大きく旋回しながら隊形をととのえ、高度四千メートルで隊列を組みおわった。堂々たる隊伍だ。

敵戦艦をみごと串ざし

三時ごろカフク岬の波打ちぎわが雲間に見えはじめた。そして先発の筑摩水上偵察機が、敵艦隊主力は真珠湾内に碇泊しているとのむねを打電してきた。

このとき、総指揮官より「突撃準備隊形つくれ」の命が発せられ、わが特別雷撃隊は村田少佐の発火信号を合図に、全速で前方に進出、ついで村田少佐の突撃の命によって、右と左にわかれた。このころには朝靄《もや》の中に真珠湾がうかび、米艦特有の籠《かご》マストがならんでいるのが望見される位置に近寄っていた。

後席の城一飛曹にフォード島西側の艦船の模様をたしかめさせるが、なかなか判明せず、それに気をとられていたために、いつのまにか甘藷畑低く降りていたので、またあわてて高

真珠湾の戦艦群を雷撃、帰路についた九七式三号艦攻。後部機銃が見える

度をとって状況をたしかめたが、けっきょく航空母艦や戦艦は、西側にいないことがわかったので、東側にまわって戦艦を攻撃することに予定を変更した。

このとき後方からきているはずの蒼龍の飛行機と思われるものが、西側に碇泊中の標的艦ユタに魚雷攻撃をはじめた。目標を誤らないように何回も注意したのに、今はいかんともしがたく残念であった。さらに急降下爆撃隊がフォード島の飛行場を爆撃して、その黒煙が付近をおおったので、いよいよ湾内の状況がわからなくなる。東側にまわってみると、赤城、加賀の飛行機が殺到しており、串ダンゴのように一列につらなって、はやくも雷撃を開始している。

すでに魚雷命中によって戦艦の重油が流れ出して、黒い波紋をえがいている。内火艇はあたふたと桟橋に向かって走り、発射された魚雷はその下をくぐって敵艦めがけてつきすすみ、まさに湾内は阿修羅の巷と化した。

ようやくのことで、この列のあとに割り込んでメリーランド型に発射した。飛行機は急に力が抜けたようにフンワリと軽くなる。急旋回をして自分の魚雷はいかにと見守れば、まちがいなく白い泡を吐きながら一直線に進んでいる。シメタ！　これで大丈夫だと思うと、急に左右から射ち出す機銃が気になってきた。

城一飛曹の「魚雷命中」の声にふり返ると、水柱が艦橋高くのぼっている。「写真を撮れ」といったのを聞きちがえた電信員は、機銃射撃をおこない、自分の空中線を射って受信不可能にしてしまった。

敵の対空砲火はますます熾烈をきわめ、真珠湾上空は爆撃による黒煙と敵陣地の弾幕とによって真っ黒となり、たがいに死闘をくりひろげているとき、上空高く雲をぬって水平爆撃隊の九七艦攻が爆撃進路に入ってきた。

ヒッカム飛行場のちかくを通って湾外に避退すると、集合地点キナ岬沖にむかった。そのうち笠島敏夫三飛曹が近づいてきて、魚雷命中を報告する。いずれも喜色満面である。翼を射たれたので、車輪に異常はないか気にしているが、確かめたところ大丈夫であった。海上は北の風強く一面に白波を立てている。十機ばかり集まったところで帰路についた。

帰投すると、第二回の攻撃隊の発進だ。だが、残留組が今度こそはと張り切っていたにもかかわらず、第二回目の攻撃は取りやめとなって、全艦隊は急ぎ北方に避退したのである。

損害を調べると、四二三機のうち二十九機が還らなかった。

蒼龍艦攻隊ハワイ上空の激闘四十五分

九七艦攻を駆って真珠湾上空に突入した母艦屋パイロットの心意気

当時「蒼龍」水平爆撃隊操縦員・海軍一飛曹　大多和達也

目にしみるような菜の花畑の黄色が、くっきりと市松《いちまつ》模様を織りなして、大隅半島は春たけなわの昭和十五年四月。愛機の九七式艦上攻撃機（九七艦攻）の操縦桿を握りしめて、私は笠ノ原基地におりたった。

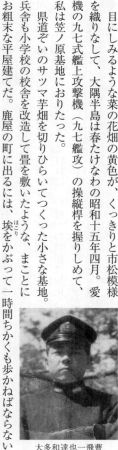

県道ぞいのサツマ芋畑を切りひらいてつくった小さな基地。兵舎も小学校の校舎を改造して畳を敷いたような、まことにお粗末な平屋建てだ。鹿屋の町に出るには、埃《ほこり》をかぶって一時間ちかくも歩かねばならないような不便な基地ではあったが、そこは私にとって一生忘れることのできない、思い出の基地であった。

大多和達也一飛曹

中支戦線から帰還して一年、横須賀航空隊特修科の爆撃練習生の教員として、明けても暮れても〝宜候《ヨーソロ》〟の毎日であった。たしかに爆撃操縦の腕はあがったけれども、これはあくまで艦上攻撃機の陸上パイロットであり、真の艦上機パイロットとはいえない。一日もはやく空母に乗り組み〝艦隊のお兄さん〟と呼ばれることが生きがいであった。

館山航空隊の延長教育（実用機課程）時代、「だれよりも早く戦地へ」の希望がかなえられ、いの一番に中支戦線の第十二航空隊に転勤を命ぜられ、勇躍、漢口作戦に参加することができたが、その後、希望の艦隊勤務はなかなか実現することができなかった。それが、やっとはるかに曙光《しょこう》を見いだしたのである。

「空母赤城において着艦講習を実施せよ」という命令をうけ、笠ノ原基地に派遣されたのであった。この講習の成績さえよければ、空母への乗組は約束されたようなものである。したがって緊褌一番、頑張らざるをえない。ここが男の腕の見せどころ。正直いって、精魂こめた二週間であった。そしてその成果が半年後に実を結び、「軍艦蒼龍乗組」を命ぜられたのである。

夢にまでみた艦隊勤務、それも精鋭中の新鋭艦、第二航空戦隊の旗艦蒼龍《そうりゅう》に乗り組むのだ。二本ついた善行章はまだ新しく、色鮮やかではあるが、天下の一等飛行兵曹である。そのうえ、九七式艦攻とは三年来のお交際《つきあ》いだ。大げさなようではあるが、己れの手足のようなものである。鼻息の荒くなるのも致し方はなかった。

昭和十六年十月、機動部隊の各艦（赤城、加賀、蒼龍、飛龍、翔鶴、瑞鶴）の攻撃機隊の水平爆撃リーダー機は、鹿児島市鴨池基地での合同訓練に参加、文字どおり〝月々火水木金々〟の猛訓練がはじめられた。

総員起こしの号令でとび起きると、錦江湾をかすめるさわやかな秋風を胸いっぱいに吸いこみ、整備員は試運転、搭乗員は各機に六発の三〇キロ演習爆弾の積載準備に汗をかく。朝食もどかしく、滑走路に勢ぞろいするとまもなく、攻撃機隊は編隊をガッチリ組んで、瀬戸内海をめざして飛び立っていく。

瀬戸内までの一五〇浬《かいり》を一気に飛んで、目標艦〝摂津《せっつ》〟を確認すると、ただちに編隊を解散して単機行動となり、数珠《じゅず》つながりになって、おのおの爆撃針路にはいる。

二千五百、三千、三千五百、そして四千メートルと、いろいろ高度をかえて襲いかかる水平爆撃に対し、摂津は右に左に、ヒラリヒラリと身をかわして逃げまわり、空と海との実戦さながらの死闘がくりひろげられた。全弾を投下して鴨池にとって返すと、弾着写真を写真室に持ちこんで、さっそく午後の準備にかかる。

一方、基地に残っている一航戦（赤城、加賀）の雷撃機隊は、市街の屋根瓦が吹き飛ばんばかりの超低空で錦江湾に突入、仮想目標にたいし、体当たりさながらの肉薄攻撃の訓練をつづける。その爆音は耳をつんざき、機影は空をおおって、すさまじいかぎりであった。

この訓練が、まさか真珠湾攻撃にそなえての大がかりな合同訓練であったとは、われわれは夢にも想像することはできなかった。われわれが真相を知らされたのは、真珠湾攻撃の数日前、千島択捉《えとろふ》島の単冠《ひとかっぷ》湾に機動部隊が集結した朝であった。

いまから数えて二十八年前の十二月八日午前三時二十五分（現地時間十二月七日午前七時五十五分）。世紀のあの一瞬は、昨日の出来事のように、私の脳裏に強く焼きついている。

800キロ爆弾を装着した赤城の九七艦攻。この機は真珠湾攻撃にも参加

山あいを縫い、密集した建物の上を這うようにしてパールハーバーに突入してゆく雷撃隊や、零戦の機影をはるか上空から眺めたとき、鹿児島での猛訓練の意味がいまさらのように納得されたのである。

太平洋の潮風にはためくZ旗

午前零時、〝搭乗員起こし〟の号令ではね起きると、すばやく身仕度をととのえた。昨夜は久しぶりに風呂に入り、身に着けるものはすべて真新しいものに着がえた。ベッドも、引きだしの中も、きちんと整理しておいた。

「別にいまさら遺言めいたものは書かなかったけれど、あしからず。チョットばかりテレくさくてネ。じゃあ行ってきます。みんなも、お元気で……」

枕もとに飾ってある五人兄妹弟の写真に黙礼した。悲壮な感じなど少しも湧いてはこない。

時間のズレのためか、あまり食欲はないが、主計兵の心づくしの朝食はうまかった。

佐伯湾を出港してから何日目であろうか、「われわれはパールハーバーを攻撃する」と聞かされて、飛び上がって喜んだ。アメリカ海軍を仮想敵国として、〝月々火水木金々〟の猛訓練でみがきあげた、わが艦上攻撃機隊の水平爆撃の威力を実証できるこの日、まさに千載一遇のチャンスである。

この日こそ、ひたすら待ちあぐんでいたのだ。しかも、その第一撃にアメリカ太平洋艦隊の根拠地ハワイを空襲できるとは、神ならぬ身のだれが想像しえたであろうか。男子の本懐、これに過ぐるものなし、である。そのうえ、第一次攻撃隊の水平爆撃隊第十小隊のリーダー機操縦員を命ぜられ、感激この上なしである。今式にいえば、〝カッコいい〟の最高である。

昨日までの時化《しけ》の余波をうけて、母艦はまだそうとうガブっているが、空を見ると、昨夜まで低迷していた暗雲は千切れ飛んで、残月さえのぞいている。この時ばかりは、われに天《てん》佑《ゆう》神助ありと信じた。

長官の命令伝達や艦長の訓示をうけ、「かかれ」の命一下、零戦十八機、九九式艦上爆撃機十八機、九七式艦上攻撃機の雷撃隊九機、水平爆撃隊十機、計五十五機が、ところせましとばかり、ぎっしり並べられた飛行甲板の最後部へすっ飛んだ。

愛機の操縦席について、手早く起動準備をおわり、後席をふり返ると、偵察兼爆撃手の藤波貫二一飛曹が、例のとおり目をほそめ、大きな口から白い歯をのぞかせた。電信員の鈴木四郎三飛曹も、日やけした口もとから金歯をほころばせて、片手をあげた。

「よっしゃ、行くぞ！」無言のサインで、がっちりスクラムを組んだ。最大傾斜十八度のローリングで、ギギギーッと甲板がきしむ。白みはじめた東の空に、月影があわい。「発動！」と、艦橋のスピーカーが力強く叫んだ。と同時に、マストに高くするするっと軍艦旗があがった。戦闘旗である。前後してZ旗がひるがえった。

「皇国の興廃この一戦にあり。各員いっそう奮励努力せよ。本日天気晴朗なれども、波高し」

四十年前、名提督東郷平八郎元帥が日本海の空高くかかげたZ旗が、太平洋上の潮風にへんぽんとしてはためいたのである。時あたかも、昭和十六年十二月八日午前一時三十分（ハワイ時間七日午前六時）旗艦赤城《あかぎ》の信号を合図に、第一、第二、第五航空戦隊からえりぬかれた第一次攻撃隊の精鋭一八三機はつぎつぎと甲板を蹴って発艦し、一路南下、米海軍太平洋艦隊の根拠地パールハーバーへの進撃を開始したのである。

発艦後三十分もしないうちに、太平洋の白波は厚い雲にかくれ、見渡すかぎりの大雲海と化した。淵田美津雄中佐のひきいる大編隊は、文字どおり翼をつらねて、ゴウゴウと進撃をつづける。

二千五百ないし三千メートルの高度で飛行する攻撃隊の上空を、直接援護する零戦の編隊がいかにも頼もしい。サングラスをかけなければ目が痛いほど真っ白な雲の波が、朝の陽光に映《は》えて目にしみる。指揮官の航法が正しければ、もうそろそろオアフ島が見えるはずだ。

やがて予定の一時間五十分になろうとしている。だのに、こんなに静かでよいのだろうか？　これでは、ふだんの演習となんら変わりはない。突然、一番機の山本中尉が斜め前下方を指さした。

「見えた！」眼下の雲が切れて、白波が岩をかむオアフ島の北端にあるカフク岬が見えたのである。と同時に、電信員の鈴木三飛曹の割れるような上ずった声が伝声管にひびいた。

「ニイタカヤマノボレ（奇襲開始）が発令されました！」

一番乗りこそ男の花道

五十機もの大編隊が通過するだけで、そうとう気流は乱れる。それにくわえて寒冷前線が急激に移動しているため、機体は木の葉のようにガブられる。われわれ水平爆撃隊は、針路をいったん西にひねり、島の西側を南下してバーバースポイントにむけた。

急降下爆撃隊は、まっすぐ真珠湾に直行、味方の直衛をやっていた零戦は地上銃撃隊に早変わりし、駿足を利してダイブしていく。雷撃隊も高度を下げはじめ、山あいを縫うように突っこんでいった。

だがわれわれの方は、湾口の南側しか雲が切れていないので、大きく南に下がってからまっすぐ北上するらしい。したがって、一番乗りはゆずらざるをえない破目になった。ふつうならば、まずわれわれ水平爆撃隊の威力で地上砲火をいちおう鎮圧し、それから急降下爆撃、雷撃の順であるが、状況の変化でこれも止むをえないことだ。

零戦隊が四方に散って、軍港のまわりに散在する飛行場の飛行機を銃撃にむかう。これが何とまた都合よく、きれいに並んでいる。さあどうぞ端からご順に、と言わんばかりだ。しかも、日曜の朝である。

「彼らも戦時態勢かな？　それはそうだよ、すでに宣戦は布告されているはずだ。オイオイ演習じゃないんだぜ、大多和さん」自問自答しながら、うっかり小さく吹きだしてしまった。

バーバースポイントが左翼の付け根に隠れそうになるころ、突如としてフォード島の一角に火の手があがり、茶褐色のドーナツとなり、それがぐいぐい冲天に舞い上がった。

パールハーバーの真ん中に浮かぶフォード島の水上機基地を攻撃した九九艦爆の第一撃である。ひょいっと目をうつすと、単縦陣になって銃撃する零戦の砲火に、地上の敵機はつぎつぎと燃えあがる。P40あり、グラマンあり、双胴のP38もいるかと思うと、B17までいた。たちまちにして真珠湾一円は、一大修羅場と化した。一足おくれて雷撃隊が突っこんできた。フォード島の東側に二隻ずつ、目ざしのように並んだ戦艦群にたいし、果敢な雷撃がはじまった。鏡のような水面に銀色の機体をうつして一直線、真下に水柱があがった。

魚雷発射だ。右に左に大きくバンクをとって、艦橋すれすれによぎっていく。水面に真っ白な気泡を残しながら、魚雷が直進する。当たらないのが不思議なくらいだ。目標は二百メートル以上の静止目標である。

「ドカーン」という音が聞こえるような一大水柱があがったと思うと、大きく戦艦がゆれて波紋がひろがっていく。

「畜生、ハデにはじめやがった。すげえなあ。よおし、俺たちも一番やったろか」

ますます闘志が燃えてきた。バーバースポイントを過ぎて、そろそろ一小隊が針路に入るころである。突然、パ、パ、パッと前方に二十ほどの褐色の花が咲いた。高角砲だ。高度は五百メートルくらい下である。それにしても、早いとこ射ってきたものだ。さすがは米海軍である。半舷上陸（兵員の半分は外出中）して丁度いまごろは、教会でミサの最中のはずだ。こいつは面白くなるぞとほくそ笑んだ。

一番機の指示により、一斉に七・七ミリ旋回機銃の試射をおこない、敵戦闘機の来襲にそなえながら、赤城の一小隊から左旋回して針路に入った。われわれ爆撃嚮導機《きょうどうき》は、ふつう二番機の位置で編隊を組み、戦闘場面になると前進して一番機となる。さあ、いよいよ一世一代の桧舞台、いわゆる男の花道である。

「貫ちゃん、落ち着いていこうぜ」「ヨーシ、まかしとき」

「針路に入るーッ」「ハイ、針路に入るーッ」

「ヨーソローッ」「ハイ、ヨーソローッ」

大きく左に旋回して、機首を戦艦にむけた。あれはたぶん戦艦アリゾナだろう。すでに雷撃をうけて火災を起こしているもの、傾きかかったもの、真っ黒な重油を流して気息えんえんのものもある。

低空を襲う雷撃隊にたいし、ピンク色の尾をひく曳光弾が十文字の綾《あや》をなし、上空にはわれわれをねらう高角砲の弾幕が前方をさえぎって、すさまじいばかりだった。

「ヨーソロー、ヨーソロ、三度右、ヨーソローッ」爆撃照準器をのぞく藤波一曹の目には、目標以外はほとんど視野に入らない。しかし操縦するこっちは、そうはいかない。できるかぎり遠方に目標をつかんで直進し、高度、気速ともに毛筋ほどの誤差も許されず、まったく呼吸も思うにまかせない。

とは言え、前方に炸裂する高角砲の弾幕も目に入る。これで戦闘機が襲ってくれば、これも視界を遮《さえ》ぎるであろう。楽な商売ではない。

「オイ貫ちゃん、一小隊はタマを落とさないぜ。アッ、二小隊もやり直した。みんな諦めるらしいよ」

「達ちゃん、こりゃあ駄目だ。ウチもやり直そう。ガブってしょうがねえや」「ようし、やり直す」

気流が悪いうえに、高角砲の弾着が近づき、機体がゆれるので照準が困難なのであろう。陸上の大きな目標と異なり、水上艦艇は小さい。そのうえ、たった一発しか持っていない高性能の一トン爆弾である。もったいなくて、むやみに落とせるものではない。

これは、戦艦の主砲用の四〇センチ被帽徹甲弾を改造した特殊爆弾で、見かけは小さいが、完全な鉄のかたまりである。ドイツからわざわざ輸入（ひそかに潜水艦で運ぶ）した二〇〇ミリのアーマー（鋼製防禦鉄板）で、実験ずみのしろものである。何枚もの甲板をつらぬき、艦底近くで爆発するしかけになっている。

後日わかった情報によると、この三式爆弾の威力に驚いたアメリカ海軍は「空の要塞、ハワイを空襲」と発表した。三人乗りの小型艦上機では、とうてい運べない大型爆弾と思ったらしい。

ハワイ上空での激闘四十五分

いよいよ第二航過目に入った。五機編隊十個小隊の計五十機が、全機やり直したのだから、アメちゃんもびっくりしたことだろう。こっちもそれをやりながら、いささかあきれた。気流が悪いため、おのおの高度を二百ないし三百メートルあげた。後方にゆくにしたがって、五十メートルずつ高度を上げないと、前の小隊のプロペラ交流にはいる（俗に〝へを食う〟という）ため、しんがり小隊であるわれわれの所では、三千メートルまで上昇した。

しかし、おなじコースを通過するのだから、敵の照準も正確さをましてきた。弾着が遠いうちは炸裂音も聞こえず、ただ褐色の弾痕のみが見え、近くなると音が聞こえ、炸裂するとき、真っ紅な炎が見える。なお近づくと、機体がぐらっと揺れて音も耳をつん裂く。それが至近弾となると、目の前が真っ紅になった瞬間、何も見えなくなり、頭がガーンとなって、機体はガクーンと揺れてキナ臭くなる。すべてこれは、支那事変でのとうとい経験である。

第二航過目は、一小隊からつぎつぎと全弾を投下していく。すでに一小隊の投下した爆弾は敵戦艦に命中し、その爆煙が、千メートルの上空まで舞いあがってきた。パールハーバーは火の海と化し、夢の島ハワイは、一瞬にして地獄の様相を呈し、その惨たんたる修羅場は、この世のものとは思えない。

「達ちゃん、駄目だ。目標が見えない、やり直す」「貫ちゃん、どうしたんだ？」

黒煙をあげる戦艦群とヒッカム飛行場。上は投弾を終えた九七艦攻

「前の小隊がつぎつぎと当てるもんだから、その爆煙で何も見えん」

これこそ、うれしい悲鳴というのだろう。致し方あるまい。爆弾を投下した小隊は、つぎつぎと味方機動部隊の待つ、北方海面に避退していく。グルーッと大きくひとまわりして、敵の真上に到達するまで、約十五分はかかる。これからもう一回まわるとすると、全部で四十五分という計算になる。

ハワイ上空四十五分――まさに前代未聞の一大珍事（?）だろう。こんなことはまたとあるまい。よい経験だ。腰をすえて、一丁いくか。

「針路に入る、ヨーソロー」十個小隊のうち、たった一つ残った五機編隊だ。敵の防禦砲火も、ますますその正確さをます。

「時計発動用意。ヨーイ、時計発動! ヨーソロー、ヨーソロ。すこーし右、ヨーソロ、ヨーソロ、ヨーソロー」

文字通り全身の毛穴がキューッとしまって総毛立ち、脇の下から一すじ二すじ冷たい汗がしたたり落ちる。

「投下用意。ヨーイ、テッ！」ズシーンという感じがしたとたん、機体がふわっと浮いた。それはそうだ。四トン前後の飛行機から一トンの爆弾がはなれるのだから。

世紀の一瞬である。息づまる二十秒。呼吸はぱたと止まった。なにも聞こえない長い長い時間だ。トクトクトクと、己れの動脈が打つのが聞こえてきた。

「ヨーイ、弾着。やった！」ガックリ肩からくずれ落ちるような吐息。

「達ちゃん、挾叉《きょうさ》だ、挾叉したョ」「ご苦労さん」

ちらっちらっと機体をよぎる雲のかたまりを避けて左旋回しつつ、初めて後続の四機をふりかえる。みんな異状なし。主翼と尾翼の間に他機の主翼を食いこませる緊密体形は、少しもくずれない。真っ黒に陽焼けした十二人の顔が、歓喜にほころんでいる。

視線を前方に移した瞬間、右前上方に黒い斑点がうつった。殺気を感じた。P40である。くるりと左に体をかわして襲いかかってきた。キーンという独得の金属音をのこして、左下方に通り抜ける。すかさず七・七ミリの旋回銃が後を追った。ダダダダダダ。ダダ。ダダ！

十秒ほどで機銃が沈黙した。急降下に入った敵は、もう二度と襲ってこなかった。たぶん、弾丸を持たずに上がったのだろう。それとも零戦の攻撃を避けて、命からがら逃げのびてきたのかも知れない。

オアフ島の西側に針路をとって静かに高度を下げ、二千メートルで水平飛行にもどした。

洋上に出てから大きくバンク（翼を左右に振る）し、一番機と交替、任務をおえて帰投針路についた。

発艦時の時化《しけ》とはうって変わり、海面は静けさを取りもどしている。なんとすがすがしい気持であろう。この誇らしさは、いかんとも形容することはできない。五月《さつき》の空の緑の風を腹一杯に吸いこんで天に舞う鯉のぼりのそれに似た、男の世界である。

爆音は青空にこだまし、未来永劫に消えることはないであろう。伝える人もないままに。

艦上攻撃機の発達変遷とその戦歴

試作設計の歩みと艦攻隊戦史

元 航空本部七部一課長・海軍大佐　永石正孝

思うに、艦攻（艦上攻撃機）は、母艦航空兵力の主兵ではないか。艦戦（艦上戦闘機）がいかに俊敏といえども、詮《せん》ずるところ防禦兵器であり、艦爆（艦上爆撃機）いかに軽妙といえども、その爆弾は艦攻のもつ魚雷や爆弾の比ではない。

そこで、かの友永丈市飛龍《ひりゅう》飛行隊長の片道燃料による最後の攻撃を敢行した凄烈の精神をもういちど胸裏ににじませながら、艦攻独自の戦史と変遷をたどってみよう。

永石正孝大佐

まず話の順序として、帝国海軍が艦攻をもつようになる以前の、初期の海軍航空について振りかえってみたい。

帝国海軍が飛行機を持ったのは大正元年（一九一二）十一月であるが、その飛行機は仏国製ファルマン式二機と、米国製カーチス式二機で、全部、水上機であった。

一〇式艦上雷撃機。英人スミス技師が設計した最初の制式雷撃機

これより先、明治四十二年（一九〇九年七月三十日）に臨時軍用気球研究会が設置されて、陸海軍大臣の監督に属し、気球および飛行機に関する諸般の研究を行なうことになった。海軍からも委員を出していたが、その研究会は陸軍色が強く、海上での飛行にはぜんぜん見向きもしないありさまであった。

そこで海軍では、この研究会に見切りをつけ、明治四十五年（一九一二）六月に海軍だけの航空術研究委員会を設置した。そしてまず水上機で研究することになり、前述の水上機を持つことになったのである。

その後、約十年は水上機だけであった。その間、大正三年秋の青島《チンタオ》戦では、ファルマン式水上機で爆撃（爆弾は一五サンチ砲弾を改造したものと聞いている）をおこない、総投下弾数一九九発を記録している。しかし、一般には当時の飛行機は、艦隊の眼として偵察を主任務としていた。数も少なく、性能も劣った当時としては、航空攻撃に対しては海軍首脳部には全然認識がなかった、と称しても過言ではあるまい。

その間にあって、航空関係の先輩はしだいに飛行機の攻撃的用法に着目するようになった。なかでも中島知久平機関大尉（明治四十五年六月、米国で航空術を研究し、主として飛行機の製作を担当したが、大正六年十二月に海軍を退き、民間飛行機製作所——のちの中島飛行機会社——を設立した）は、大正三年度の航空術研究委員会の予算について次の意見を提出し、雷撃機研究に力を注ぐことを力説した。

「魚雷を発射し、機雷もしくは爆弾を投下しうる飛行機を多数海戦に参加せしむるときは、その能力のいかんによっては、弩級艦の存在を不可能ならしむることを得べし。すなわち、飛行機はその発達のいかんによっては、決戦兵器たり得るの望みなきにしもあらず」と。

大正三年の当時において、すでに今日の発達を予知したその卓見のほどには、ただただ敬意を表するものであるが、このように帝国海軍の初期、水上機時代にあっても、飛行機をもってする敵艦隊の攻撃を夢見て、航空の発達をはかっていた。

しかし、水上機は風波の影響をうけ、発着をさまたげられることが多いので、航空母艦から発着する艦上機の必要をみとめ、大正五年（一九一六）九月、金子養三少佐（大正元年、仏国で航空術を習得しファルマン式水上機をたずさえて帰朝した海軍航空の大先輩）を欧米各国に出張せしめ、航空母艦について調査し、その結果、空母鳳翔《ほうしょう》を建造することになった。

運搬費にあてた。

一三式艦攻の誕生

鳳翔は大正八年十二月十六日、横浜の鶴見造船所で起工された。その直前、山下汽船の社長山下亀三郎氏は、陸海軍に航空充実費として五十万円（現在なら三億ないし五億円にでもなるか）ずつを献納した。海軍では四十万円を研究用各種飛行機の購入費に、十万円をその運搬費にあてた。

そのなかにデハビランド九型艦上偵察兼爆撃機（シドレー水冷二四〇馬力）、ソッピースクック雷撃機（イスパノ二〇〇馬力）、ブラックバーンスイフト陸上機などがあった。これから海軍でも陸上機をもつようになり、横須賀航空隊（大正五年四月開隊）に陸上飛行場を造った。

ついで大正十年二月、三菱内燃機製造会社では、海軍の斡旋によって英国からスミス技師の一行を招聘《しょうへい》して、設計製造の指導をうけた。こうしてスミス氏設計による一〇式雷撃機、一〇式艦戦、一〇式艦偵、ついで一三式艦攻を順次に製作した。

一〇式艦上雷撃機は、わが海軍における最初の制式雷撃機で、ロレーン三七〇馬力あるいはネピアライオン四五〇馬力発動機を装備した三葉の単座機で、一一一ノット（約二〇〇キロ）、三千メートル上昇十三分、上昇限度六千メートルの性能を有した。

とにかく、魚雷を搭載するためのリフトを持たせるためと、母艦への搭載に制限されたためであろう、三葉機の珍しい飛行機であった。つづいて、間もなく一三式艦攻が完成したので、一〇式雷撃機はわずか二十機が製造されただけで、母艦発着、洋上訓練に従事した話は聞いていない。わずか三年でかげをひそめた短命の飛行機であった。

これにかわった一三式艦攻（八三頁写真参照）は、大正十三年（一九二四）一月に三菱で完成し、翌十四年六月二十九日、兵器として採用され、昭和十三年（一九三八）十二月二十八日に姿を消すまで、じつに十三年半の長い年月、海軍で使用された。その長命は海軍機中に比類なく、それだけデキのよい飛行機であった。

その間、三菱で大正十二年から昭和八年にわたって三七七機が生産されている。また、「艦上攻撃機」という名称もこの飛行機からつけられ、艦攻という機種を確立したのである。すなわち、爆撃機なら陸軍にもあるから、これに雷撃の任務をくわえたものが攻撃機と名づけられたのである。

一三式艦攻には搭載発動機によって、一三式一号＝ネピアライオン四五〇馬力発動機装備のもの、一三式二号＝イスパノスイザ四五〇馬力発動機一型装備のもの、一三式三号＝イスパノスイザ四五〇馬力発動機二型（減速装置付）装備のものの三種があり、一、二号は兵器として採用されたはじめから、三号は昭和六年一月二十八日、兵器に採用された。また、一号は昭和十一年二月二十四日に、二、三号は同十三年十二月二十八日に廃止された。

その座席数ははじめ二座であったが、昭和三年二月二十五日以降、三座機（操縦、電信、偵察席の順）が兵器に採用され、一三式一（二）号艦攻一型二座機、一三式一（二）号艦攻一型三座機に区別された。一三式三号は全部三座機としたので、一（二）型の区分名称を付せず、昭和九年四月十六日以降は一（二）号機も全部三座としたので、型の区分名称はなくなった。

二座機を三座機に改めたことは、その後の艦攻の座席数決定に一大エポックをなすもので、ひいては搭乗員の養成計画にも重大影響をおよぼす問題であった。

すなわち、電信員を各機に搭乗せしめ、通信の完全を期すことは、飛行機隊の指揮運用のうえに絶対必要の条件とし、霞ヶ浦空教官岡村《おかむら》徳長大尉（戦闘機の名操縦者岡村基春大佐の令兄で、飛行学生教程を経ていなかったが、大正十三年以降、航空関係に終始し、航法の教官であった。のち昭和十年四月、海軍を退いておられたが、今次大戦にはふたたび応召し、ガ島飛行場設営に活躍された）の意見によるものであった。

二座機当時は、一番機の偵察者は航法を担当し、二番機の偵察員が電信を受け持って、所要の発受信は一、二番機間の手旗信号または黒板による隊内通信でまかなうという不便、不充分のものであった。

その欠陥は昭和四年四月二十二日、赤城飛行隊の済州島沖における遭難によって暴露された。一航戦（司令官高橋三吉少将）の赤城（艦長山本五十六大佐）から発進した飛行機隊は、天候の急変にあって母艦への帰路を失した。

当時、飛行機からの発信を母艦でとらえて方位を測定し、これを飛行機隊に知らせて帰投航路を決定することができた。しかし、二座機であったため、その通信が迅速適切を欠き、ついに全機が海上に不時着を余儀なくされ、多くの殉職者を出したのである。

したがって、その後の艦攻は三座とすることになったのである。一方、艦爆は性能上やむを得ず二座で押し通したが、艦爆の偵察員は航法、通信を一人で受け持つため、高度の技量を必要とし、優秀偵察員を配したが、無理のあったことはいなめない。

一三式一、二号艦攻は水陸互換性を有していた。母艦機は母艦碇泊中は発着艦不能のため、訓練は陸上基地に派遣され、いわゆる基地訓練をおこなっていたが、艦隊の行動によっては飛行機を基地に派遣できず、飛行機格納のまま碇泊する以外になかった。

この場合の訓練を可能ならしめるため、艦攻の車輪のかわりに浮舟をつけ、水上機として母艦のデリックで海上におろし、水上発着で訓練できるようにしたのである。

私も昭和五年、加賀分隊長の当時、呉在泊中などにこの方法で訓練したこともある。しかし、その後の艦攻は性能の向上、構造、強度の関係で水陸互換性は廃せられた。

不評の八九式艦攻

昭和三年二月、次期艦攻の試作が三菱、中島、愛知、川西の四社に命じられた。その設計競争は、各社に実物の試作は行なわさせず、設計書類を提出せしめ、各社で準備した木型と、その書類によって審査し、一位のものに試作を命じたのである。

これに合格したのが三菱の設計であった。三菱ではその直前、艦戦の試作に中島（三式艦戦）に敗れたので、艦攻は是が非でも自社のものにせんと、ブラックバーン社、ハンドレーページ社およびスミス技師の三社に設計を依頼した。

結局、ブ社の設計を海軍に提出し、同年十二月、その審査に合格したものである。

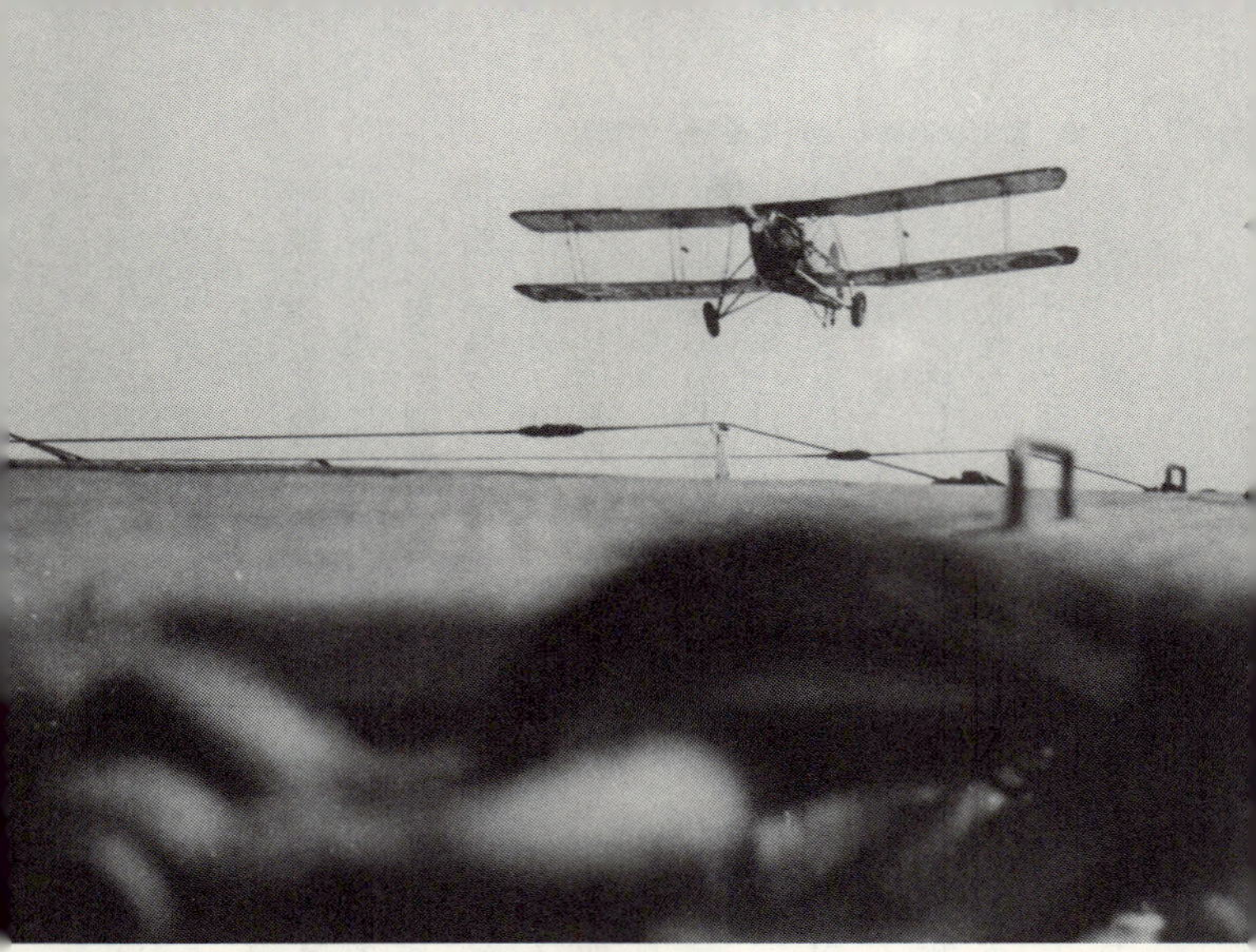

空母加賀に着艦する八九式艦攻。制動索が張られている。204機生産

第一号機は英国で試作され、昭和五年二月に日本に着いた。本機には、ヒ式六〇〇馬力が装備されていたが、三菱で生産した第二号機にはヒ式六五〇馬力を装備し、昭和五年十月末に完成した。しかし、試験飛行で大破し、第三号機を昭和六年二月二日に完成させ、海軍に納入した。

第三号機によって不良個所を改修し、第四号機を製作し、ようやく合格して、昭和七年三月八日、八九式艦攻として兵器に採用された。

本機にはハンドレーページのスロット翼（権利金五十万円で三菱が買収）をつけて、失速防止装置をとりつけたり、全金属製の骨組を採用するなど、技術的には得るところがあった。

しかし、鈍重な性能と故障の続出に、

実施部隊ではきわめて評判がわるかった。私も昭和十一年、加賀飛行隊長当時、年度初めには続出する故障（発動機関係に多かったが）になやまされた。

同年末、岩井庸男少佐にゆずって、横須賀空に転勤したのであるが、明くる昭和十二年八月十五日、支那事変が中支におよんださい、岩井飛行隊長は十六日、この八九隊をひきいて杭州を空襲した。しかし、鈍重な性能はついに敵機の好餌となり、岩井隊は全滅の悲運にあっている。岩井君を惜しむとともに、身代わりになられたような気がしてならない。

八九式艦攻は、昭和十年二月二十六日に一号および二号の二種とし、二号は主翼面積を小型にし、尾部その他を改造し、速力をいくらか増進したものである。

八九式艦攻は一三式艦攻にかわり、昭和九年の艦隊から母艦に供給された。しかし、昭和十二年の岩井隊の悲劇により、第一線から姿を消した。

生産は三菱で昭和五年から九年の間に二〇四機を製造した。海軍兵器としては、昭和十六年一月二十七日に廃止になっている。

単純化された九二式艦攻

八九式艦攻の不評に対し、一三式艦攻のような、確実な実用本位の艦攻を得んとして、海軍航空廠で設計試作したのが九二式艦攻である。（八八頁写真参照）

したがって、仮称一三式艦攻改造型として、昭和七年末に試作第一号を完成した。胴体骨組には熔接鋼管をもちい、発動機は新規採用の九一式六〇〇馬力（水冷W型十二気筒）をもちい、一三式艦攻より構造は単純化されている。

兵器採用は昭和八年八月十七日で、昭和十年、空母龍驤《りゅうじょう》に供給されたが、九六式艦攻の採用により第一線機をしりぞき、昭和十六年一月二十七日に廃止された。

九二式艦攻の量産は昭和八年から十一年の間に愛知、渡辺のほか広海軍工廠でおこない、計約一三〇機を生産した。

最後の複葉、九六式艦攻

昭和七年四月、三菱、中島の両社に艦攻の試作が命じられた。これを七試艦攻と略称した。しかし、両社の飛行機とも海軍の採用するところとならず、ついでふたたび両社に対し、昭和九年二月、九試艦攻の競争試作を命じた。

しかるに、今度もまた両社の試作機は採用されず、これにかわって海軍航空廠試作の九試艦攻が、昭和十一年十一月十九日、兵器に採用され、九六式艦攻となった。（六五頁写真参照）

九六式艦攻の設計には、当時、好評であった川西九四式水偵と同様の構造をもつ主翼を採用するなど、各社の優秀設計を採り入れ、堅実な構造であった。昭和十二年の中期以降、艦隊に供給され、加賀の半数は九六隊とかわり、八九隊の岩井隊が前述の悲運にあいながら、九六隊にはほとんど被害はなかった。

八九式艦攻の最大速力一二三ノットに比し、九六艦攻は一五〇ノットで、複葉機としてはまず最高のものである。しかし、このころはすでに単葉機の時代にかわりつつあり、三菱の九六式艦戦、九六式陸攻が単葉で完成している。したがって、複葉の艦攻はこの九六式が最後で、翌年には十試艦攻（単葉）が兵器に採用され、世は単葉時代となった。

九六艦攻の寿命はみじかく、昭和十二、十三年にわたり中島、三菱、広工廠で計約二〇〇機を生産し、終戦まで第二線機として残っていた。

双発大型の七試艦攻

昭和四年、艦隊の意見で、一トン爆弾搭載、七時間航続の艦攻の要望が出され、同年十二月、三菱にたいして新大型艦攻の設計が要求された。三菱では再三計画を練りなおして双発艦攻の設計をおこない、昭和七年四月、七試双発艦攻として受注することになった。

同年九月には第一号機を完成して試験飛行をおこない、つづいて四号機まで製造して海軍におさめた。しかし、二十メートルの翼幅は艦上での使用に不安があり、それに搭載の発動機が最新の金星で、まだまだ不安があった。

そのうえ、双発で艦上発着する自信もなく、けっきょく艦上機とせずに陸上機とし、九三式陸攻として昭和十一年一月二十五日、兵器に採用された。

そして、館山空における大型陸上機の訓練用に使用されたが、わずか一年にして昭和十二年二月十八日に廃止された。したがって、その生産機数は十一機（三菱）に過ぎなかった。

九七式および天山艦攻

海軍ではつねに新式外国機を購入し、技量の向上を期していたが、昭和九年に着いたノースロップ（金属製、単葉、サイクロン七〇〇馬力装備）に刺激され、いよいよ全金属製、単葉の艦攻を求むべく、十試艦攻として三菱、中島に試作を命じた。

両社とも懸命の努力をはらい、優秀機を試作した。中島機の主翼上方折畳式（七一頁写真参照）、引込脚に対し、三菱機は主翼後方折畳式、固定脚で、審査の結果、中島機に分があった。しかし、三菱機も捨てるに惜しかったばかりか、一部には三菱機を歓迎する向きもあった。そこで、ついに両機種とも採用することとなり、中島製を一号、三菱製を二号とし、量産機は三菱製も主翼上方折畳式に変更された。

兵器採用は一、二号とも昭和十二年十一月十六日で、一号には光《ひかり》三型、二号には金星《きんせい》四三型を搭載した。その後、栄《さかえ》発動機一一型が完成し、中島機に搭載して昭和十四年十二月、九七式三号艦攻を兵器に採用した。（二七頁写真参照）

九七式艦攻は、昭和十三年度から艦隊や作戦部隊に供給され、大東亜戦争にも本機種で突入した。そして真珠湾、印度洋作戦、珊瑚海海戦、ミッドウェー海戦などに奮戦した。

ついで昭和十六年十二月十五日に、九七式一号艦攻に複操縦装置を装備した九七式一号練習用攻撃機を兵器に採用し、練習航空隊に供給した。

昭和十七年二月五日以降、九七式一号艦攻を九七式艦攻一一型、九七式三号を一二型、九七式二号を六一型と改称した。生産機数は中島で六六九機、三菱で六十五機、広工廠で約一〇〇機（二号）で、中島機が主に用いられた。

九七式艦攻につづいて出た艦攻が、天山《てんざん》である。

この飛行機は、昭和十四年に中島に試作を命じたいわゆる十四試艦攻で、護《まもり》発動機を搭載した天山一一型は、十八年八月三十日に、また火星発動機を搭載した天山一二型は、十九年三月十七日に兵器に採用された。一二型の後席上方機銃を一三ミリとしたほか、二、三の改造をおこなった一二甲型を十九年十月に採用した。

天山は昭和十八年後期から作戦部隊に供給され、十九年六月の「あ」号作戦にはもっぱらこの天山機で戦った。（一四二頁写真参照）

過酷な性能を要求された流星

試製流星《りゅうせい》は十六試艦攻で、雷撃と急降下、水平爆撃の三用途に使用できる機種で、艦爆生産に経験ある愛知にたいし試作を命ぜられたものである。とにかく、

▽八〇〇キロの魚雷または爆弾を搭載し、雷撃または水平爆撃が可能なこと

▽二五〇キロ爆弾二発を搭載し、急降下爆撃ができ、その状態で最大三〇〇ノット（五五六キロ）を出せること

▽航続力は正規で一千浬《かいり》以上、過荷重で一八〇〇浬以上

▽零戦に匹敵する運動性

▽構造が堅牢で簡単、工作が容易で量産に適する

などと、その要求される性能はきわめて過酷なものであった。

愛知では昭和十七年十二月に試作第一号機を出し、各種試験をおこない、十九年四月までに増加試作機八機を製作、ついで量産に入り、愛知で八十二機、大村の第二一海軍工廠で二十機を生産して終戦となった。ただし、その間、兵器採用の手続きをとらなかったので「試製」を冠称し、量産型は試製流星改と呼称した。（一一三頁写真参照）

本機は最高速度二九三ノット（高度六二〇〇メートル）、六千メートルへの上昇十分二十九秒、航続距離一千浬を有し、当時の世界一流機を上まわる性能を発揮した。戦争末期に敵機動部隊の攻撃に参加したが、その数は少なく、戦果には見るべきものもなく終戦にいたった。

内戦部隊の艦攻隊

海軍最初の航空隊は、大正五年（一九一六）四月一日に開隊した横須賀空であるが、当時は水上機だけであった。そのつぎは大正九年十二月一日に開隊の佐世保空で、同隊も水上隊である。最初の艦攻は一〇式艦上雷撃機で、大正十一年十一月一日に開隊の霞ヶ浦空にはじめて艦攻半隊（六機）が置かれた。

その後、支那事変勃発の昭和十二年（一九三七）までに開隊した航空隊は大村、館山、呉、大湊、佐伯、舞鶴、木更津、鹿屋、横浜、鎮海の十隊（累計十三隊）である。

艦攻が置かれたのは、陸上飛行場を完成した横須賀空が大正十二年度に半隊、大村空に大正十五年度半隊、館山空に昭和五年度一隊、佐伯空に昭和十年度一隊と、はじめ水上隊だけだった呉空にも、陸上飛行場を整備して昭和九年度から半隊が置かれた。

以上のように艦攻をもつ航空隊は昭和十二年七月の支那事変勃発時には、つぎの兵力であった。

横須賀空一・五隊、霞ヶ浦空〇・五隊、大村空〇隊（但し中攻の代機として艦攻〇・五隊）、館山空一・五隊、呉空〇・五隊、佐伯空二・〇隊、計六・〇隊七十二機

右のうち横須賀、霞ヶ浦空は練習航空隊（学生、練習生教育）で、館山空は練成（卒業直後の新搭乗員訓練）を主任務としたものである。

昭和十二年七月十一日、支那事変勃発に対処して佐伯空で十二空を、大村空で十三空を編成し、十二空には佐伯空から艦攻十五隊が分けられた（十三空は艦爆で、その他両隊に艦爆が置かれた）。

十二、十三空で第二連合航空隊を編成し、はじめ第二艦隊に属して北支部隊となり、八月七日に大村発、周水子（大連）に進出した。

しかるに、上海方面の戦況急を告げ、九月五日に第三艦隊にくわえられ、上海に転進した。以後、上海付近の陸戦協力、南京空襲などに活躍した。

陸上航空戦、とくに陸戦に協力する攻撃では、急降下爆撃は被害が多く、十三空の艦爆隊一隊半は十月五日と十一月一日に半隊ずつ減らされ、そのかわりに艦攻が半隊ずつ配された。

昭和十三年二月二十二日、在支航空部隊の改編が行なわれ、十三空は陸攻、艦戦隊となり、

十二空が艦攻一・〇隊、艦戦二・五隊となった。

ついで四月六日に十四空、六月二十五日に十五空が編成されて南支部隊となった。これには艦攻をそれぞれ一・五隊、〇・五隊持っていたが、十五空は十二月一日に解隊され、十四空の艦攻ものぞかれた。

したがって、昭和十四年以降、在支航空兵力中、艦攻は十二空に半隊置かれただけとなったが、昭和十五年度には第三遣支艦隊（北支）付属として艦攻半隊が青島に配備された。

以上の在支航空部隊は、昭和十六年九月一日に全部解隊され、わずかに支那方面艦隊付属として艦攻半隊が上海に、海南警備府付属として艦攻三分の一隊が海口に置かれただけとなった。

この間、内地方面では、つぎの十八隊（累計三十一隊）が開隊されて大東亜戦争を迎えた。

高雄（中攻）、鈴鹿（偵察教育）、大分（実用機教育）、筑波（操縦教育）、鹿島（操縦教育）、父島（水偵）、千歳（中攻）、宇佐（実用機教育）、谷田部（操縦教育）、百里原（操縦教育）、岩国（兵学校生徒教育）、美幌（中攻）、元山（中攻）、東港（飛行艇）、博多（実用機教育）、土浦（予科練教育）、台南（艦戦）、小松島（実用機教育）。

右のうち艦攻を置いたのは、大分、宇佐、鈴鹿空の三隊だけである。

昭和十三年十一月一日、霞ヶ浦、鹿島、筑波、鈴鹿空で第十一連合航空隊（その後、谷田部、百里原、土浦を加える）を編成し、練習機教程を担当した。

ついで昭和十四年十一月一日、大分、宇佐空で第十二連合航空隊（あとで大村、博多、小松島を加える）を編成して実用機教程を担当し、飛行学生（士官）、飛行練習生（下士官兵）は十一連空、十二連空を経て卒業することになった。十二連空のうち、艦攻の実用機教程は宇佐空で学生と練習生を、大分、大村空で練習生教育を担当した。

作戦部隊の艦攻隊

大東亜戦争勃発以後、終戦までにはつぎのように数多くの航空隊が開隊、または改編された。なかには戦時中に編成がえや解隊もしばしば行なわれたので、全部を詳述するいとまはない。

内戦部隊航空隊八十五隊、外戦部隊航空隊一二六隊、基地航空隊二十五隊

そのなかで内戦部隊に純作戦部隊として開隊したものは初代三沢空（あとで七〇五空）と串本空（水偵）ぐらいで、大部分は練習または練成航空隊であった。とくに予科練教育隊が十六、飛行機整備教育隊が十二、兵器整備教育隊が六隊あって、飛行機を教材としてはもっていたが、飛行作業は実施していない。

したがって、内戦部隊として艦攻が置かれた航空隊は、だいたい次の諸隊であった。

▽作戦部隊＝主として対潜警戒等の護衛に従事＝館山、大湊、父島、佐世保、鎮海、沖縄空等

▽実用機教育隊＝宇佐、大分、大村、姫路、台南空

▽偵察教育隊＝鈴鹿、大井、徳島、高知、青島、上海

▽実験、研究航空隊＝横須賀空

しかし、終戦時には霞ヶ浦空に十二機、館山空に十二機を有するだけで、あとは兵器整備の洲ノ崎、藤沢、田浦、垂水空に教材として各隊十二機を持つだけとなっている。

外戦部隊の航空隊は前述のように、一二六隊が編成されたが、艦戦、中攻隊が大部分をしめ、その他に飛行艇、水上機があって、艦攻航空隊は昭和十七年二月一日に開隊した三十一空（あとで九五四空）がマニラ、三十三空（あとで九三三空）がスラバヤ、四十空（あとで九三六空）がシンガポールに配備され、それぞれ艦攻八機（他に艦爆または水偵）をもち、対潜警戒などに従事した。

純作戦部隊としては次のとおりである。

▽五三一空＝昭和十八年七月に開隊、二十四航戦に属し、北東方面に配備されたが、同年十一月、マーシャルに転進し、ウォッゼで作戦、十九年二月二十日に解隊。

▽五五一空＝昭和十八年九月に開隊、二十八航戦に属し、南西方面に配備されたが、十九年二月、マリアナに転進し、二十二航戦に転属、敵機動部隊と交戦、十九年七月十日に解隊。

▽五八二空＝同隊は昭和十七年五月、二空として開隊し、同年八月ラバウルに進出し、十一月一日、五八二空と改称。二十六航戦に属してラバウルを基地として奮戦した。同隊には十八年十月から艦攻二十四機を配備されたが、ソロモン航空戦に消耗し、十九年三月四日に解隊した。

▽三三一空＝昭和十八年七月に開隊、九月から二十八航戦に属し、南西方面に配備されたが、十九年十月以降、比島戦に兵力を消耗し、二十年五月十五日に解隊。
▽五五三空＝昭和十九年二月二十日、築城空から改編され、五十一航戦に属して北東方面に配備されたが、同年十月一日に解隊。

昭和十九年三月四日以降、特設飛行隊が編成され、従来の航空隊内の飛行隊が特設飛行隊となり、航空隊に配属することになった。

その特設飛行隊の中で、艦攻隊はつぎのとおりであった。
▽攻撃二五一飛行隊＝昭和十九年三月四日に編成、五五一空に配属、七月十日、七六一空に配属をかえ、一航艦に属して比島に進出、捷号作戦に活躍。十一月十五日、一三一空に転属して内地に転進、二十年に入り、七〇一空、九三一空においおい転じて終戦をむかえた。
▽攻撃二五二飛行隊＝昭和十九年四月一日に編成、五五三空に配属し、北東方面に在ったが、十月一日、七〇一空に配属をかえ、比島に進出、捷号作戦に参加した。
▽攻撃二五六飛行隊＝昭和十九年四月一日に編成、七五二空に配属して館山基地に在ったが、六月に八幡部隊として硫黄島に進出して作戦し、十一月十五日、七六一空に編入、捷号作戦に参加。二十年に入り七〇一空、一三一空に転属して終戦をむかえた。
▽攻撃二六二飛行隊＝昭和十九年七月十日に編成、母艦部隊に属したが、十一月十五日以降、七六二空に編入され、比島、台湾に転戦し、二十年六月五日に解隊。

三航艦	一三一空	攻撃二五四	四八機
		攻撃二五六	四八機
五航艦	九三一空	攻撃二五一	四八機
一護艦	九〇一空		一二機
高雄警	七六五空	攻撃二五二	四八機
		攻撃二五三	四八機
大湊警	九〇三空		二四機

▽攻撃二五三飛行隊＝昭和十九年十月一日に編成、三三一空に配属、比島、台湾に転戦し、二十年五月五日、七六五空に配属をかえ、台湾で終戦。

▽攻撃二五四飛行隊＝昭和二十年二月二十日に編成、六〇一空（三航艦）に配属し内地に配備され、のち一三一空に配属変更し、終戦をむかえた。

以上のほか、昭和十九年九月十五日に開隊した二一〇空（三航艦に付属し愛知県明治基地に配備）には、従前の制度による艦攻飛行隊がおかれていた。

また、海上護衛に属する九〇三空（横鎮）、九三一空（二十年四月二十日以降、五航艦に配属変更）、九五三空（高雄警付属、二十年一月一日、九〇一空に統合さる）、九〇一空（二十年一月一日、二五四空、九五三空、九五四空等を統合）、九五一空（十九年十二月十五日、二五六空、四五三空、舞鶴、鎮海、佐世保、沖縄空を統合）等は新艦攻を八機ないし二十四機をもっていた。

しかし、終戦時には表のような艦攻の機数になっていた。

航空母艦の艦攻隊

航空母艦に飛行機を搭載したのは、大正十一年度の鳳翔からであるが、同艦が艦隊に編入されたのは、大正十三年九月一日から十一月十五日の演習中と、昭和十四年九月一日以降、連合艦隊に編入されてからである。

私が航空母艦に勤務した当時の艦攻隊を述べて、平時の様子をしのんでみよう。

▽昭和五年度の加賀＝加賀が最初に就役したときで、艦攻は偵察分隊に六機、攻撃分隊二隊、各分隊にそれぞれ九機ずつ（当時は母艦には飛行隊はなかった）一三式艦攻を使用。

▽昭和六年度の鳳翔＝偵察、攻撃の分隊二隊でそれぞれ三機ずつ配属していたが、演習等のさいは必要により、六機を偵察または攻撃分隊で使用した。やはり一三式艦攻。

▽昭和十年度の赤城＝攻撃飛行隊二隊、四個分隊で、一隊は八九艦攻、一隊は一三艦攻であった。八九隊にはとくに熟練者を配し夜間攻撃を演練し、一三隊は初度の母艦勤務を訓練することにした。

▽昭和十一年度の加賀＝改装後の加賀が就役した年で、とくに多数飛行機の搭載がおこなわれ、艦攻隊二隊で五個分隊とし、両隊とも八九式艦攻を使用した。うち一隊三個分隊を夜間隊、一隊を昼間隊としたことは前年通り。

▽昭和十五年度の飛龍＝この年は一航戦の赤城と二航戦の飛龍に艦攻分隊が一隊ずつあっただけで、蒼龍には艦攻はなかった。九七式一号艦攻を使用したが、機材が不足していたのか、艦攻隊にはさびしい年であった。

以上は、私の勤務期間の話であるが、私が退艦した翌年、すなわち昭和七年には上海事変、昭和十二年には支那事変、昭和十六年には大東亜戦争突入があり、母艦勤務では、私は戦歴をもち得なかったことは残念であった。

上海事変では、昭和七年二月二日から三月二十日の間、一航戦（加賀、鳳翔）の飛行機隊

13年までに約200機生産。カウリングの突起が特徴的

最後の複葉艦攻となった九六艦攻。支那事変中の空母龍驤の搭載機。昭和

は上海公大飛行場に進出し、艦攻隊は上海戦線の爆撃に偉功をたて、また初の空中戦を演じた。

支那事変では、前述のとおり一、二航戦（加賀、鳳翔、龍驤）は八月十五日から作戦を開始し、九月十五日から二十八日まで二航戦（加賀）飛行機隊は上海公大飛行場にふたたび進出した。

昭和十三年四月二十五日には、蒼龍飛行機隊が中支に進出、六月末まで作戦、また九月二十五日から十二月一日まで一、二航戦は広東攻略作戦に参加した。十五年九月二十一日から二十九日まで、飛龍飛行機隊は海南島三亜に進出し、北部仏印進駐作戦にそなえられたが、平和進駐となり、ことなく帰艦した。

大東亜戦争勃発時の母艦艦攻は一航戦（赤城、加賀）が二十七機ずつ、二航戦（蒼龍、飛龍）は十八機ずつ、五航戦（瑞鶴、翔鶴）は二十七機ずつ、四航戦（龍驤）は十八機、第一艦隊の三航戦（鳳翔、瑞鳳）には八機、十二機を搭載していた。

昭和十七年六月のミッドウェー海戦当時は赤城二十一機、加賀三十機、蒼龍、飛龍各二十一機、龍驤二十機であったが、赤城、加賀、蒼龍、飛龍の沈没により、七月十四日、空母部隊を第三艦隊として、一航戦に翔鶴（十八機）、瑞鶴（同）、瑞鳳（六機）、二航戦（隼鷹、飛鷹、龍驤）各艦九機とし、鳳翔には飛行機を搭載せず第三艦隊付属とし、着艦訓練艦となった。そのかわりに、同じく第三艦隊付属の鹿屋空には艦攻を四十八機配した。

昭和十九年一月一日、一航戦各艦の搭載機を〇とし、一航戦付属飛行機隊（二月十五日、六〇一空となる）に艦攻五十四機（三艦分）をまとめた。二月一日には、三航戦（瑞鳳、千歳、千代田）に六五三空（艦攻二十七）を配置し、三月十日には二航戦（隼鷹、飛鷹、龍鳳）に六五二空（艦攻十八機）を配置していた。

昭和十九年六月十九、二十日の「あ」号作戦で大鳳、翔鶴、飛鷹を失い、七月十日に空母部隊を改編した。これで一航戦は瑞鶴、龍鳳、六〇一空に、三航戦は千歳、千代田、瑞鳳、六五三空に、四航戦は伊勢、日向、隼鷹、六三四空に改められた。

しかし、天城、雲龍の完成にともない一航戦は天城、雲龍、三航戦は瑞鶴、瑞鳳、千歳、千代田、六五三空、四航戦は隼鷹、龍鳳、伊勢、日向、六三四空とし、六〇一空を第三艦隊付属とした。

右の六〇一空には攻撃二六二飛行隊（四十八機）、六五三空には攻撃二六三飛行隊（四十八機）の艦攻隊を持った。しかし、昭和十九年十月二十五日の捷号作戦で瑞鶴、瑞鳳、千歳、千代田を失い、さらに多くの搭乗員を失って、空母部隊は実質的には戦力を喪失した。

十一月十五日、残存空母（天城、雲龍、葛城、隼鷹、龍鳳）と六〇一空（艦攻十二機）で一航戦を編成し、六三四空は第二航空艦隊（基地部隊）に配属を変更された。

その六〇一空も、昭和二十年二月十一日に第三航空艦隊に配属を変更され、母艦航空兵力に終止符をうった。

航空母艦には右のほか大鷹、雲鷹、冲鷹、海鷹、神鷹の特設空母があって、飛行機運搬または海上護衛の任務についたが、この場合、艦攻を十機程度搭載して対潜警戒を行なっている。

昭和十九年三月一日に九三一空（艦攻四十八機）を佐伯に置いて、護衛任務に従事する特設空母に所要のつど搭載することにしたが、同隊は昭和二十年四月二十日、五航艦に編入されて作戦部隊となり、護衛任務の空母兵力も姿を消すことになった。

以上が、誕生から昭和二十年八月十五日までの日本海軍艦上攻撃機隊のすべてであるが、資料が散逸しているのと、短時日の期限に追われ、明確を期し得ぬ点があったかも知れない。

中島製「九七艦攻」設計技術者の回想

若き設計陣のパワーがうんだ高性能機の誕生秘話

当時九七艦攻機体設計主任・中島飛行機技師　中村勝治

九七艦攻の原型は十試艦攻であって、その名がしめすように、昭和十年に海軍航空本部から示された計画要求書にもとづいて試作された機体である。昭和十一年の四月には木型審査を終え、年内完成の目標を守りぬいて、試作第一号機が中島飛行機太田製作所の一隅で完成し尾島飛行場へ運ばれたのは、忘れもしない大晦日の夜、もうあと数時間で年が明けようという、押しつまった頃であった。

中村勝治技師

この試作機は、単発機としては日本最初の引込脚であったばかりでなく、主翼の上方折畳み、ファウラーフラップ……その他、数々の新しい装置や構造が試みられていた。したがって、その完成には海軍からも会社からも、大きな期待と希望とが寄せられていた。

とりわけ、機体設計担任という大役をあたえられていた若輩の私にとっては、試作機を受けもった最初の経験として、すべての努力と情熱とを注ぎ込んでいた。それだけに、この大晦日の完成の感激は、人一倍大きかったのである。

さいわい本機は成功し、競争相手の三菱にも勝って、昭和十二年の秋には、九七式一号艦上攻撃機なる正式名称のもとに、数百機の多量注文をうけることができた。当時の金で一機当たり約七万円、今日なら一機数千万円にも相当する高額機の多量受注をうけたのは、中島としてももちろん初めてのことであった。

生まれ合わせのいい飛行機

人の一生に運不運があるように、飛行機の一生にも運不運がある。すこし古風な表現でいわせてもらえるならば、九七艦攻は本当にいい星のもとに生まれあわせた飛行機だったと、私はいまでも思っている。

一九〇三年の十二月、飛行機がはじめて空に飛び上がってから今日まで、五十数年の歳月が流れたわけで、この間、航空界は日進月歩、たゆみなく、かつめざましい発展をつづけてきたといわれている。しかし、よく見ると、その中途で二回ほど、飛躍的な革新と進歩を示した断層的時期があったことに、気がつかれることと思う。

そのひとつは、昭和八年から十二年にかけての、いわゆる羽布張り複葉機から、全金属製単葉機に変わったときである。それと同時に引込脚、翼フラップ、定速フラップ、スーパーチャージドエンジン、ＮＡＣＡカウリング等々のニューモードがつぎつぎと考案実用化され、

九七式一号艦攻の主翼の折畳展張訓練をおこなう霞ヶ浦空の練習生

飛行機の性能が急激に向上した時期である。
かりに、これを第一次革命期と呼んでおこう。

他の一つは、いわずとしれたジェット機の出現期である。第二次大戦の終わりごろからの数年間で、優秀なジェットエンジンが実用化されるとともに、いままでのプロペラ機ではどうしても抜き得なかった音速の壁が、苦もなく突き破られてしまったのである。その意味では、まさしく第二次革命期である。

元来、幸運児とか風雲児とかいったものは、このような革命期に生まれやすいものである。九七艦攻もその一例である。それと同じように、かつての日本の航空界が産んだ傑作機と称される数々の機体、たとえば九六艦戦、九六陸攻、九七戦、司令部偵察機（神風号）、九七大艇、零戦などの大部分は、この第一次革命期に世に出た幸運児であった。

もちろん、これらの機体個々の細部には、諸先輩設計者の並々ならぬ着想と努力がつぎ込まれているのであった。けれども、機体設計の大筋から見るならば、当時、世界の航空界をおしまくっていた革新的ニューモードの流れに、本機も当然乗るべくして乗りこんだ結果、成功をかち得たというのが本当の姿であったような気がしてならない。

競争試作のさいなどでは、この流れにタイミングよく乗った方が、乗りおくれた方を蹴おとして、量産注文をもらったのであった。

誕生、即実戦参加

この点、中島の九七艦攻について、もうすこし述べてみよう。

会社の上層部は、当時の航空界の新傾向をいち早くかぎつけて、昭和八年にはまずアメリカから、最新モードの試作機クラークGA43型旅客機やノースロップ偵察機などを買いこんで、技術者たちに研究させていた。

また昭和九年には、ダグラスDC2型旅客機の製作権と図面や部品を買って、実際にこの新型旅客機をつくらせながら、艤装や工作法を勉強させたりもした。さらに応用機として、中型攻撃機LB型の試作を試みさせもした。

一方、海軍航空の主勢力であるべき艦上攻撃機の試作状況をみると、三菱、中島両社が競争試作をやりながらも、六試、七試、九試とたてつづけに不合格をかさねたため、四年間ばかりもたもたした空白期がつづいていた。これらの試作機が、いずれもオールドファッションの複葉機であったのはもちろんである。

こんな状態のなかに示されたのが、ニューモード「十試艦攻の計画要求」であって、これは前述の新しい飛行機の基礎勉強を実地に応用するのに、うってつけの内容とタイミングとをもっていた。

基肥を充分やってある畑に、いい時期に播《ま》いたようなものである。こんなわけで、十試艦攻が完成したときは、性能的には従来の艦攻はもちろん、先進国英米のそれをも完全にしのいで、世界の最先端に立つことが出来たのである。しかし、これは当たり前のことで、九七艦攻には誕生する前から、成功と量産とを約束する幸運の星が潜在していたのかもしれなかった。

そればかりではない。試作機審査の最中に支那事変が勃発したため、量産機は世に出るやいなや実戦参加というチャンスに恵まれたのである。さらに長じては、真珠湾攻撃のシテ役として、一世一代の晴れ舞台を踏むこともできた。

その後、いくらか老いが感ぜられたころには、天山艦攻という立派なあとつぎが育っていて、なんの不安もなくこれにバトンを渡して、隠居することもできた。そういう意味でも、その一生を通じてみて、つくづく恵まれた、運のいい飛行機であったということができる。

若き設計陣の勝利

九七艦攻の設計が、平均年齢二十歳そこそこの若者たちの手で成し遂げられたのだと聞かされたら、びっくりするだろうか。

しかし、これは事実だったのである。当時、艦攻の設計製図にたずさわっていた三十名足らずのメンバーを思い出してみると、設計方針を決め、かつ全般指導をされた三竹設計課長

のためエンジンを始動、フラップを下げて離陸準備中である

中島製九七式一号艦攻。霞ヶ浦航空隊の教官たちの見まもるなか訓練飛行

がとびぬけたベテランOBとはいうものの、当時満三十三歳。それにつづく艦攻設計担任の私が二十五歳。しかも大学出身者といえばこの二人だけだった（航空科卒）。

以下、脚設計の島崎技師・小口技手、胴体構造の仲技師・菊地技手、翼構造の菅原技手・大阪技手、操縦装置の浅井技手、艤装の田上技手・上山技手などの中堅スタッフは、いずれも高等工業または工業校を卒えて三〜五年の設計経験をもった俊鋭ぞろいであったが、年齢は二十一〜二十四歳という若さだった。それを助ける製図手たち（工業校出身）はさらに若く、十七歳から二十三歳といったところだった。

もちろん、当時の中島設計部には、ながい経歴をもつ老練な設計者や製図手が沢山いたはずである。しかし、なぜかそれらの人々はこの艦攻にはくわわらなかった。

この若者のひとかたまりに、大げさにいうならば、会社の盛衰にもかかわるような大仕事がまかされたということは、いま考えるとまことに驚倒すべきことである。その反面、働く青年に責任と誇りと情熱とをあたえたのは、いかにも発展期の中島らしいやり口だったとも考えられる。

戦後、日本で設計された二つの飛行機、富士重工のジェット練T1A、日本航空機製造の中型旅客機YS11の設計陣容などとくらべてみると、周囲の事情がまったく異なるとはいえ、やはり感慨無量である。

もっとも、時あたかも航空機の革新期であって、外形はもちろん、使用材料も構造様式も搭載兵器も、すべてが変わりつつあったときでもあった。したがって、昔の経験があまり重視されず、若いことがそれほどハンディキャップにならなかったということはいえる。

むしろ、彼らは若かっただけに、よく勉強し、よく研究し、新知識や自分の新考案をどしどし実行する意欲にもえていた。新しい計算方式で大丈夫だとわかれば、先輩たちがハラハラするような構造図面も強引にひいた。また、図面ができても、それができ上がるまで工作現場をかけまわり、工員といっしょに工夫しながら改良もした。

失敗も多かったが、改めるのも早かったのである。このような状況のもとで、かの九七艦攻は生まれたのであった。

魚雷を抱いた飛行機が夢だった頃

一三式艦攻を駆って雄飛した草分け時代の物語

元 航空本部技術部員・海軍中将
桑原虎雄

基地あるいは軍港といえば、いずれの国いずれの時代でも、要塞に囲まれた難攻不落の地形と装備をもった場所にあるのが普通である。

一つの例として日露戦争当時、旅順港内に待機していたロシア東洋艦隊に対しての日本海軍の戦法は、この艦隊を港外に誘致して決戦をするか、さもなければ港内に艦隊を釘づけにして、背面の陸上から砲撃して壊滅させるかの二点にあったとみてよいだろう。

桑原虎雄中将

旅順港は当時、ロシアがその物量と科学の粋をこらした大要塞港である。そしてここに眠る艦隊群は日本にとって大きな脅威であり、もし、彼が健在の間にバルチック艦隊が来航すれば、その勢力はわが軍に倍加する力量を得るにいたるのであった。だから東郷平八郎提督のみならず、この作戦に参画した多くの幕僚の誰しもがこの目の上のこぶ的東洋艦隊をいかにすべきか熟慮審議したことはいうまでもない。そして、それらの人々の一人一人が、この基地内の艦船を一挙に屠《ほふ》るには要塞をとび越えて、水雷をぶっつけること、あるいは爆薬で吹きとばすことができるならば――と切歯扼腕していたであろうことは想像に難くない。人も知るとおり、このときの作戦は〝閉塞隊〟というかたちになってあらわれ、軍神広瀬中佐と杉野兵曹長の逸話を生んだのである。

だが、もし当時かの厳重な警戒網をとび越え、一挙にして艦隊を全滅させる〝飛行機〟があったらどうだろう。すなわち〝艦攻〟なり〝艦爆〟なりがあったらどうだっただろうか。もっとも、そうであればロシアにもそれだけの装備があったろうし、また、旅順港にむざむざあれだけの艦船を眠らせておく愚はしなかったかも知れないが、この「もし、そうだったら」の念願は、じつは後の〝艦攻〟を生む大きな契機になったのである。

前人未踏の飛行機現わる

大正元年、海軍部内に航空術研究会なるものが誕生し、ここで米仏両国から購入したカーチスとファルマンをモデルにして、①魚雷を積めるもの、②爆弾を積めるもの、③機雷を積めるもの、という飛行機の機種が審議の対象となった。

当時、飛行機にあの重い魚型水雷を積むなどということは、まったく無謀にちかい提案であったが、これを唱導し、熱心な推進力となったのが金子養三氏と中島知久平氏であった。ことに中島氏は、「絶対可能であり、近い将来の必需兵器である」ことを主張し、審議員たちの反対をみごとに押しきった人である。

この二人の強力な提案と主張は、ここで容認され、受理と同時に試作機製作のために航空研究費年間十万円の内から計上されるまでにいたった。笑ってはいけない。当時の十万円といえば実に莫大な金額であったのである。たとえば、当時、一戸の家を建てるのに千円程度しかかからなかったことからみても、その多額が想像されよう。しかし、多額には違いないが、まったく前人未踏のといってもいい「魚雷を初めて積む飛行機」なのである。しかも、機材から人件費までを含めての数万円はちょっと少なすぎる金額であったらしい。それでも中島氏は粒々辛苦、営々として四年間の研究の末、ついにめでたく大正四年にその試作第一号を完成したのである。

中島氏の目標は重量三〇〇キロという魚雷も搭載し、そのうち航続力、速力ともに優秀な飛行機をつくり上げたのである。

英人スミスの功績

その後、海軍では航空母艦の建造を決するとともに、ただちに当時の三菱内燃機（のちの三菱航空工業）に対して、艦上攻撃機の製作を命令したわけである。

三菱はこの命をうけ、大正九年十月、イスパノ二百馬力の製作をはじめ、第一号機が完成した。こうなると、部内は本腰を入れはじめた。まず翌十年二月には海軍の斡旋《あっせん》でイギリスからデザイナーのスミス以下九名を招聘《しょうへい》し、三菱にたいして艦上機、偵察機、攻撃機の設計試作が内命された。

時あたかもイギリスは、第一次欧州大戦が終結して、飛行機製作の技術者ならびに関係者が大量解雇されるという時代だった。前記スミスも英海軍機をつくっていた「ソッピース」関係者としては、第一線にあった優秀な技術者だったが、ご多分にもれず、不況のどん底にあえいでいたのを日本海軍が目をつけたわけである。

招聘状を見て、スミスは一瞬の躊躇もなく来日を快諾したという。これは日本がたびかさなる戦乱に堂々と対蹠《しょ》し、しかも列強をむしろリードするがごとき国力をみせはじめたからであろうが、それのみならず、スミスは本当に飛行機の仕事をさせてくれる場がほしかったにちがいない。

このときから、スミスと海軍技術者の血の出るような「新機種」製作の努力時代がはじまった。そして、二年後の大正十二年秋、霞ヶ浦空に雄姿を横たえたのが一〇式艦上雷撃機であった。さっそく試飛行がはじめられ、新しき機体は新しき日本海軍の夢をのせて、堂々の飛翔航程を記録した。

だが、航続力、搭載力、速力ともに申し分なく満足すべき成績ではあったが、のちの審議会席上では「機体が大きすぎる」ことが難点とされた。機体が大きいということは、とりもなおさず艦上操作が不可能であるということだ。艦攻が艦上操作不能ではまさに命とりで、せっかくの一〇式艦上雷撃機は次期艦攻のテストケースとしてのみ価値づけられる結果になったのである。

かくして誕生したのが大正十三年一月に出現した一三式艦攻である。

一三式は前一〇式と同じくネピアライオン四五〇馬力の発動機を備えるものであったが、一〇式が三葉翼であるのに対して二葉となり、艦上操作に重点がおかれた優美な傑作品であった。もちろん、航続力、搭載力、速力ともに一〇式をはるかに超えた実力を有したのである。

この一三式は操縦者たちにも歓迎され、のちに誕生した八九式、九二式、九六式などよりも長期間にわたって愛用されたものである。

どうせ乗るなら長時間

この一三式艦攻について私の失敗談があるので、紹介しておこう。なにしろ一三式は、性能、実力ともに優秀であったから、この飛行機には私も一目惚れしてしまい、なんとか試飛行がしたくてたまらない。毎日毎日、機体のそばに行っては試飛行のことばかり考えていたものだが、たまたまある日、一人の男がやはり毎日、一三式のかたわらに来ているのに気がついた。

類が類を呼んだのか、それとも同病に悩むもの同士の不思議な嗅覚でもはたらいたのか、名乗り合うとそれがのちの空母大鳳の艦長、当時の菊池朝三大尉だった。二人はたちまち肝胆相照らす仲となり、一三式を間にはさんで議論し合うこともたび重なった。そしておたがいの病原体が実は〝一三式に乗りたい〟であり、〝どうせ乗るなら、長時間飛行をやりた

一三式艦攻。海軍最初の実用艦攻で、桑原少佐は長距離飛行に挑戦した

い〟という共通の念願であることもはっきりした。

しかし、相手はわが国最初の〝艦攻〟であり、かつ一三式である。はたして、一将校の念願が当時の司令部を納得させ得るかどうか、大きな疑問だった。性能は万全、速度も快適、これをなんとか人手をつかわず、長時間飛行をやってみぬ手はないというのが二人の持論であった。「ようし、一丁ぶちかませっ」とばかり、ここに二人の野望は献言された。ところが意外にも、あっさりと「許可」になったのである。二人がそのとき肩をたたき合って喜んだのも無理はない。さっそく整備員一名ずつを同乗させ、二機がこの晴れの舞台のために準備された。

ときは十二月、凛烈の寒気は肌を刺し骨にしみるほどであったが、私も、菊池大尉もそんなことはものかは、手をかじかませながら用意万端おこたりなかったのである。

同僚が来てたまに冷やかすこともあったが、「今に見てろ、あッと言わしてみせる」とばかり二人は互いを励まし合ったものだ。まず小手調べとして盛岡まで往復し、調子をみて霞ヶ浦から明野へ、明野から広島で燃料補給したのち大村で一泊、松山に抜けて霞ヶ浦に帰投するという計画である。

海軍部内では最初、無謀の声もあったようだが、いずれにせよ、この程度の長時間飛行は早晩テストされねばならないし、かつ一旦緩急ともあれば、この程度の実力はもっていなければ使用にたえないとばかり、これを押し切って、いよいよ出発の朝である。

気象をきくと、盛岡は平穏かつ快晴であるという。整備も昨夜おそくまで入念に点検してあるし、まるで子供が遠足に出かけるときのように私の胸はふくらんでいた。

快適な空路の行く手に危機

霞空はおりからの筑波おろしで、耳もちぎれんばかりの寒気であったが、私たちは勇躍機上に乗りこんだ。ふりかえると菊池大尉が白い手をあげて「用意よろし」を合図している。始動、滑走、ふんわりと機体が浮く。針路は盛岡である。しかも、盛岡では騎兵隊練兵場をかたずけて、われわれの到着をいまや遅しと待っているはずである。下をのぞくと、霞ヶ浦が朝日をうけて金色燦然と輝いている。筑波は男体、女体とも仲よく二機を見送っている。菊池機も快調らしい。あるいは菊池のやつ、土浦にいる女房のことなど考えているかも知れないなと思いながら、水戸上空から福島へかかった。もう朝はすっかり明け放たれ、鹿島灘の海岸線が白い牙をみせていた。

ところが、この快適な空路は福島から宮城にかかるころになって、少々あやしくなっていたのである。北国らしい重い空は、いずれにせよ、その雲が雪をはらんで盛岡一帯をおおい、われわれが到着するころは猛烈な吹雪と変わってしまっていたものだ。

しかし、生来のんきな私は、この吹雪をさほどに感ぜずにいたのであるが、盛岡に達したとき、慄然としたのである。いかに目を皿のごとく下をのぞいても、盛岡一帯はまったくの広漠千里、ただ一面、雪の原なのである。どれが練兵場かなどというのは愚かである。兵舎はだいたい二階建てが普通だが、学校も官公庁もみなそれらしく見えるし、練兵場らしい広場となったら、雪景色の場合、砂中に珠を見つけるにもひとしい状態なのだ。

菊池機をみると、彼もまたさかんに下をのぞいては混乱しているようである。私は盛岡市上空を二度、三度と旋回してみた。だが旋回した程度でこの区別がつくはずもなかった。どのくらい時間がたったろう。このまま過ぎれば燃料は切れるだろうし、そうなれば民家に不時着するという最悪の状態も考えねばならぬ。と、そのとき伝声管を通して整備員が「少佐どの、焚火が見えますッ」という。見ると、なるほど二階建ての長い棟の前でさかんに焚火をして、手を振っている人の群れがある。あとできくと、下ではどうして着陸しないのか不思議に思っていたそうであるが、しばらくして練兵場が雪のために弁別できぬと気がつき、焚火をはじめたのだという。

急に喘ぎだしたエンジン

その後は順調に飛行し、予定のコースはあと一息という地点まで達した。すなわち、明野から広島、広島から大村と翔破、ここから四国の松山へひと飛びのつもりで出発した。

ところが、この長飛行コース最大の危難が、ここに牙を剥《む》いて立ちふさがっていたのである。大村を出てから約二時間もたったろうか、眼下に見はるかす周防灘からいましも備後灘にかかろうとする頃、急にエンジンがあえぎはじめ、しまったと思う間もなく、ぴたりと静止してしまったのだ。

大村を出るとき、もちろん充分な点検はしてきた。だからこの二時間、実に快調な空の旅だったのである。青く澄んだ瀬戸内の海面に目をやりながら、冬とはいえ、暖国の海はいますぐにも泳いでみたい誘惑をもっている。この海を越えればあとはまっすぐ帰路一途の旅程だと、やっと肩の荷がおりる寸前にこの事故だった。

私はあらゆる方法でペラの回転に全力をつくしたが、発動機は何の応答もしてくれなかった。そして機は備後灘めがけて下降するばかりである。

私は不時着を決意した。後座に「不時着」を伝え、何とか機体を損じない方法をと、それのみを考えていた。ふしぎに「死」という観念はなかった。このおだやかな内海で、しかも母のふところにもいるような祖国の上だ。それが私たちをさほど深刻にさせなかったのかも知れない。むしろ、全航程を飛行できなかったことに軽い無念さがあっただけである。

機はついに着水した。すぐさま、尾翼の上に乗り、周囲を見まわす。はるか北の方に帆船が一隻、全力で疾走してくる。不時着を見ていた漁船らしい。

菊池機は一度頭上を旋回すると、そのまま下関の方に引き返した。私はやっとこさエアーバック（浮袋）で浮いている機の上で、機体はだめだろうがエンジンは使えるだろうなどを考えていた。

　やっと漁船が着き救助されたが、その時ふと見ると、霞空の連中のために買ってきた長崎カステラが二つ三つ、機の周囲に浮いているのに気がついた。

「少佐殿、カステラ残念ですね」二人は顔を見合わせて苦笑した。

　菊池機は下関要塞にとってかえし、砲兵の練兵場から港務部へ連絡、救助艇を派遣してくれたが、そのころ漁船の協力も得て、発動機のみはずして引揚げが終わっていた。

　かくして、私の長距離飛行はここで挫折し、菊池機のみ成功したのであるが、どうしてもあのときの故障の原因はわからなかった。たぶん、燃料パイプが詰まってしまったのだろうという推測のみである。

　さて、試飛行は失敗したというものの、それはあくまで整備の手おちであるから、そのことで一三式の性能が汚されたわけではない。だから、その後まもなく兵器として採用になり、各部隊に配属されたのであった。

　その後、菊池大尉は前田孝成中尉とコンビを組み、ふたたび試飛行を計画、おりから横須賀航空隊の整備をまって、大正十四年五月、北京に向かって出発した。菊池機はこのときも成功し、北京では官民一体の歓迎をうけ、日華親善にも大きな役割を果したのである。

　このときの菊池大尉の話では、われわれが盛岡飛行のとき経験したと同じく、水冷式エンジンにはまったく手をやいたらしい。というのは、盛岡にしろ、中国大陸にしろ、酷寒地飛行となると、よくタンクの水を凍らしてしまうことがあるからだ。

支那事変下、爆弾を投下する十二空の九二式艦攻。三座機で、129機生産

いったん水が凍れば、翌朝の始動には汗を流さねばならぬし、そればかりか時によってはタンクそのものを破裂させることもあり得るわけで、盛岡のときは、一滴も残さずパイプで水を吸い上げたものだ。ときどきその水がのどを通ってしまったりするのだが、そんなことをいやがっていては、当時の飛行機には乗れなかったのである。

また、エンジンやマグネットを帆布やムシロで包んで、一夜を明かすことも整備の大切な仕事であった。

世界に冠たる優秀ぞろい

その後、昭和二年に空母赤城を主軸とする航空戦隊が誕生し、一三式は本来の艦上攻撃機として赤城と鳳翔に積みこまれた。一三式はやっとおさまるべきところにおさまったのである。

幸か不幸か、この機は戦闘に参加することがなかったため（上海事変に一部は参加したが）戦闘上の良否を的確に判断できないが、日本艦攻史上に燦たる光輝を有するに足る優秀機であったことだけはいえる。

その後、昭和三年二月に三菱が試作命令をうけ、これが八九式艦攻となり、昭和七年には七四艦攻の命をうけ十月に完成、九二式艦攻が誕生した。ついで昭和九年三月には九四艦攻の内命をうけ八月に完成し、十年九月には三菱、中島両社に次期艦攻の試作命令が出された。

これが昭和十一年十一月に九六艦攻を生んだわけであるが、この二社に競作のかたちで命令するのはこの後さかんに行なわれ、九七艦攻にいたっては両社の機が、いずれも優秀なため、二機ともに採用され、中島機は九七一号機と呼ばれ、三菱機を九七二号機と呼んでいたりした。

このうち、ことに九七一号の中島機は相当数生産され、史上に有名なハワイ攻撃もこの九七中島機の活躍であったことを記しておこう。

以上が、私の〝艦攻思い出すまま〟であるが、その後の天山艦攻や、九七艦攻の戦記については、実戦に参加した諸賢の労を得たい。

ただ、最後に私が言っておきたいことは、日本の艦攻は航空界自体ではあまり目立たぬ存在であったかも知れないが、その性能においては世界に冠たる優秀作品であったし、かつ、搭乗員の諸君はあの苛烈な訓練をみごとに乗り切って、あれだけの戦果をおさめる優秀な方たちであったと付記したい。

もし、米英等の艦攻とその戦果において比較検討したならば、はるかにリードした成績を残しているのではないかと思うし、もし、志ある人あらば、ぜひこの資料をまとめて、公表されたいと念願している。

ただこれはすべての兵器にもいえる日本の弱点であり、大きな欠点であるが、つねに攻撃のみを重視して防禦装備がまったく看過されていたこと、そのため、すぐれた搭乗員たちをむざむざ死にいたらしめたことは、かえすがえすも遺憾に思っている。

戦運われに味方せず 天山艦攻血戦記

身をもって惨敗を体験したヒゲの隊長の転戦譜

当時 攻撃二五四飛行隊長・海軍大尉
肥田真幸

昭和十八年六月――。激しい戦火をよそに、そのころ私は霞ヶ浦飛行学生の教育に明け暮れしていた。分隊士を兼任して、九七艦攻一号（中島製）の訓練がおもな日課だった。

九七艦攻といえば、日本の艦攻のもっとも代表的な飛行機だけれども、この一号は「頭」ばかり大きくて、前方視界がまことにわるい。この図体の大きい〝光〟エンジンには悩まされたものである。つぎに出た二号機（三菱製）は、引込脚でない出たままの固定脚だったが、これも調子がわるく、のちに活躍した三号機になってから、小型の〝栄〟エンジンがとりつけられ、操縦が大変しやすくなった。

肥田真幸大尉

さて、この途方もなくつきあいにくい一号機で訓練中、突然、新設三三一空の飛行隊長兼分隊長に転出の命令がきた。命令によると、佐伯において一ヵ月の間に艦攻十八機、戦闘機三十六機の航空隊を急きょ編成せよ、ということである。当時、私はまだ二十四歳の青二才で、分隊士からいきなり分隊長になったのには大いに面くらったものだったが、艦攻隊十八機では半隊（正規の編成は三十六機）だから、いわば半人前の指揮官というところだったかもしれない。

それはさておき、肝心の艦攻は機数がまったく足らず、おまけに搭乗員は予科練を卒業したばかりの若い連中で、発着艦の訓練さえ満足には行なっていなかった。

しかし、とにかく戦局の要請にこたえて、強力な三三一空の態勢をととのえなければならない。それから一ヵ月というもの、あわただしい準備に忙殺される日がつづいた。編入の戦闘機隊長は、名にし負う新郷英城少佐で、若輩の私にはこの人だけが唯一の頼りであった。

こうして予定通りひと月目、三三一空は編成をおわって小型空母「神鷹」に配属された。七月上旬のことである。

危険な発艦決行

ところで、いざ母艦にのせる段になって、ハタと突きあたってしまったことは、搭乗員のうち分隊長クラスをのぞいては、ただの一人も発着艦の経験者がいないことだった。そこで、やむなく——このことはのちに問題となったのだが——団平船《だんべいぶね》（幅がひろくて吃水《きっすい》の浅い和船の一種で、艀舟《はしけ》によく使われる）を二隻つないで、それに搭載機をのせ、デリックで母艦に吊りあげるという処置をとったものである。

艦攻は、未経験の九七艦攻三号（中島製）で、そのことだけでも大いに心細かったが、とにかく、にわか仕立ての部隊は南西方面に向けて針路をとった。すでに、制空権は敵の手にあり、洋上いつ敵潜の奇襲を受けるかわからない不安がつきまとった。

母艦には、格納庫はおろか甲板上にも、ぎっしりと艦攻、艦戦が満載されているのだ。手のあいている人員は、飛行甲板に目白押しにならんで見張りに当たりながら、フィリピン沖を通過し、シンガポールを目ざしていた。

護衛の駆逐艦は一隻だけで、ときたま夜光虫のきらめく波上にただよっていた棒切れを、敵潜の潜望鏡と誤認して大騒ぎしたりしながら、それでもぶじにシンガポール沖合に仮泊した。われわれとしては、夜暗にシンガポールへ入港して、搭載機をデリックで吊り上げるとばかり考えていたのだが、案に相違して、母艦はこれよりただちに引き返すという。

あわてたのは搭乗員である。ぶじに発艦できるかどうか、全員自信がなかった。命令によると、これより直ちに発艦してサバンへ直行せよということである。スマトラ北端沖のウエ島サバンまでは、じつに七百浬《かいり》、途中マラッカ海峡で敵に遭遇する危険もあった。新郷隊長は、

「なに、やればできるんだ。とにかく、やってみようじゃないか」と私の肩をたたいた。そして私に、直率のうえ全部隊を先導してサバンに行けという。新郷少佐は、列機のいちばん最後尾に随従するという段取りができた。

やがて、発艦が開始された。雲がひくく垂れこめていて天候がわるく、おっかなびっくり

の姿勢で飛び出しはじめたが、危うく海上に落ちそうになりながら、それでも全機つつがなく飛びあがった。それから五時間余、マレー、スマトラの大ジャングル地帯を眼下にながめながら、目的地サバンに着陸したのであった。

戦機にめぐまれず

三三一空は、サバンを本拠地として、さらにインド洋の真っただ中にあるニコバル、アンダマン諸島に補助基地を設け、一個分隊ずつを派遣してインド洋の哨戒にあたっていた。しかし、間もなくわれわれ艦攻隊だけは三三一空をはなれて、五五一空に配属されることになり、スマトラ北端のコタラジャに転出を命ぜられた。ここで、内地から補給されてきた艦攻天山《てんざん》に乗りかえて、襲撃訓練が開始された。

ところで、この天山はまだ一号のころで、事故がまことに多く、どういうわけか襲撃訓練で突っこんでいくと、いつの間にか海中に突入してしまうという惨事が頻発する有様であった。

後日の話になるが、のちに内地へ帰って（昭和十九年秋）、一航戦において松山で訓練中、襲撃姿勢に入った私の機に、突然、ものすごい震動がおこり、尻がもぎとられそうな衝撃を感じたことがあった。おどろいて振りむいてみると、なんと方向舵が横にひん曲がってしまっているではないか。心配した列機が寄りそってきて、しきりに飛び出せと合図をしている。かろうじて機を起こすと、方向舵に固定装置があるのでこれを固定させ、旋回をバンクだけにたよって突っ込みそうになりながら着陸したものだ。

調べてみると、方向舵の三つついている蝶番《ちょうつがい》のうち、二つが完全にもぎりとられ、ぶらぶらになっていた。風圧に耐えられなかったのかも知れない。

とにかく、そんなことが原因となって、コタラジャでは数機の犠牲と殉職者を出したのである。このコタラジャというところを、ちょっとご紹介しておこう。ここは、英国の監獄があるところで、石造りの円筒型の巨大な刑務所に政治犯、殺人犯などが数百名ばかり鎖につながれていた。そして、その監獄以外には全然なにもない寂漠とした流刑地なのである。

日本軍の手によって解放された囚人たちは、現住民とともにわれわれ航空隊に協力したわけだが、なかには巡査を拝命して得意然としている者もあったから愉快である。

監視哨では、原住民がレーダーの役割を果たしてくれたのだが、これがまた大変な地獄耳で、かりに敵機を発見して「ワーアッ」と悲鳴をあげるのを聞いてから準備して、邀撃に出動しても充分間に合うというくらいのものだった。また、巨象が飛行場建設に使われた。

話が横道にそれたが、不幸にして戦機にめぐまれず、その年もようやく暮れようとしていた十二月三十一日の早朝、ビルマのダイヤモンド岬に敵が上陸したという情報が入った。すわこそとばかり、艦攻四、戦闘機六をもって出撃したのだが、すでに敵機動部隊は避退しており、やむなくラングーン飛行場に着陸して正月をむかえた。

それにしても、このとき出動した陸軍の戦闘機、重爆隊が、敵の上陸作戦に手ひどく叩かれて、大いに意気消沈《しょうちん》しているのを目撃し、「ついていない」とわれわれは全くいらいらし

母ヨークタウンに肉薄し、突入する天山艦攻。魚雷を懸吊している

たものである。

トラックで「急襲隊」を編成

出撃以来すでに半年、なすこともなく無駄な日々を送っていたわれわれだが、マキン、タラワは玉砕し、ラバウルの形勢は日増しに悪化する一方だった。そこで、わが航空隊はラバウル救援に出動することになり、ボルネオを通過し、タラカン（ボルネオ北東岸）で燃料補給をうけると、トラックの楓島（秋島の北方）に転出したのである。

だが、転出して間もなくの昭和十九年二月十七日、大空襲があった。当時、トラックには小林仁中将指揮下の第四艦隊、南西方面艦隊付属の航空兵力と陸軍第五十二師団主力もいたのだが、指揮系統が複雑で、第四艦隊司令長官がまだ新邀撃部署を発令しないうちに、この日の早朝、突如、敵機動部隊が来襲してきたのだ。

昭和19年２月17日、トラックを空襲した米機動部隊に薄暮攻撃を敢行、空

　さらに、事態をわるくしたことは哨戒が不備だったため、わが方は戦術的奇襲を受ける結果となり、航空隊では当日、外出さえしていたのである。そこへ突然の奇襲だから、悲劇というほかはなかった。その日、トラックには各飛行隊所属の飛行機約一三五機があり、そのうち七十ないし八十機は出動可能な状況にありながら、出動準備がなされていなかったため、邀撃は思うようにいかなかった。

　結果において、空襲で叩かれたトラック部隊の実働可能の機は、戦闘機一、艦攻五がかろうじて残るだけとなってしまった。

　私は、来襲と同時にすぐ列機をサイパンに避退させ、夜更けを待って敵機動部隊を攻撃させる判断をした。私の機だけはトラックに残したが、熾烈《しれつ》な攻撃の前に私の愛機も炎上してしまったのである。一方、約束どおり列機たちが夜襲をかけてきたが、思うように戦果があがらず、ほとんど壊滅の憂目《うきめ》を見た。

救援のために配置されていながら、南東方面には二十日以後、一機の海軍航空機も存在しなくなった。そうである以上、ラバウルはその戦略的威力のほとんどを喪失する結果となったのだった。連合艦隊司令長官は、そこでラバウル航空兵力をトラックに転用させ、致命傷の在島兵力の強化をはかることになった。

しかし、二月十七日の教訓は、われわれにあらたな邀撃方法をあみ出させてくれた。いわゆる「急襲隊」は、このとき出現した強力な奇襲部隊で、天山艦攻二十数機と彗星艦爆隊の連合戦闘隊をつくった。

それを、いくつかの群隊に分けて、それぞれ艦攻四、艦爆四ずつをもって、第一急襲隊、第二急襲隊、第三、第四急襲隊を編成した。この急襲隊をもって午前三時よりトラック島のまわり四百浬にアミを張り、基地搭乗員は即時待機の姿勢で、敵機動部隊が出現するのを待った。

魔の六〇度線哨戒行

そして、ついにその日がやってきた。五月一日の午前五時ごろ——。敵を完全にこのアミに捕捉したのだ。このとき、偵察にあたっていたのは十三期予備学生出身の某中尉だが、急襲隊をはなれて執拗《しつよう》に敵に触接して、

「敵機発艦、集合シツツアリ」と逐一、状況を通報してきた。

敵発見の第一報を受けた第一急襲隊は、川久保艦爆隊長を指揮官として、矢のように突進していったが――。間もなく〝火柱が二度上がるのを見た〟という報告があって、全機壮烈な自爆を敢行したことが判明したのである。

それからしばらくして、この偵察機は満身創痍《そうい》となって帰ってきた。スコールのような弾幕をくぐりぬけて、機体にはおびただしい銃弾の跡が数え切れないほど出来ていたのである。搭乗席から運び出された予備学生出身のパイロットは、腰に貫通銃創を受けており、また、かたわらに見守って立っている電信員も、全身血だらけなのだ。驚愕して、

「おまえ、やられたな」と声をかけると、

「はァ？　やられていますか」と、あらためて自分の体を見わたし、とつぜん倒れてしまった。

かくして、第一急襲隊の最後はまことに凄絶というほかはなかったが、敵機動部隊に大きな衝撃を与えたことは事実だった。これに勢いを得て、われわれはさらに強力なアミを張ることに懸命だった。

ところで、この哨戒行はブラウンの方向六〇度の地点を指向するのであるが、これを、「魔の六〇度線」と呼んだものである。およそ四百浬進出してこの地点にくると、必ずといっていいくらい敵の哨戒機に遭遇するのだ。敵側も、哨戒機をこのところに送りこんで、ちょうどその先端ですれちがう地点がこの六〇度だったのである。

ブラウンといえば、一月末日以来ほとんど連日、敵空母機の空襲を受けていたが、その環

礁を死守する第六十八警備隊を基幹とする海軍およそ二千、および陸軍の海上機動第一旅団主力約二千の兵力の奮戦も空しく、エニウェトクとメリレンの両島は、すでに完全に敵手に帰していた。

だから、このブラウン上空で遭遇する敵機PBYを、なんとかして叩きおとしてやろうと腐心したのも当然である。そこでまず、艦攻の後部に搭載してある七・七ミリの機銃をおろして、二〇ミリ一梃を積んだ。この二〇ミリは零戦からはずして積みかえたのだが、座席もせまく、旋回させることはできないので、針金でくくりつけて固定銃とした。

さて、今日こそは必ず射ちおとしてやろうと決意した私は、定刻の午前三時に基地を出発。予測される遭遇地点まで二時間半の距離である。やがて、白々と夜が明けはじめ、緊迫の空気が機内にみなぎってきた。

皮肉なバンクの訣別

——すでに四百浬、だが、どういうわけか敵哨戒機は発見できない。

「なにもおらんじゃないか」そう呟《つぶや》くと電信員が、

「隊長、飯でも食いませんか」という。握り飯をとりだして操縦しながらほおばっていると、突然、

「飛行機、敵機ですッ」

それきた、とばかり握り飯を放り出して眼をこらすと、右四十五度、二千メートルの雲の

間にチラチラと見えた。間違いなく敵機だ。

「いくぞッ」全速をふかして、突っこんでいく。接近すると案《あん》の定《じょう》ＰＢＹで、雨のように機銃弾を叩き込んできた。なにしろ、この哨戒機には一三ミリ機銃がじつに十梃以上も搭載してあるのだ。

たちまち、カンカンカンと激しい音がつづけざまに胴体で鳴り、まるで銃撃のスコールだった。こちらは、わずか二〇ミリ一梃だけで、しかも固定してあるので、まことに始末がわるかった。弾幕をぬって、機を傾けたりして射ちまくり、なんとかして優勢に立とうとしたが、容易にそのチャンスがつかめない。

そこで、これでは到底まともに立ち向かったのでは勝ち目がないと考え、全速をしぼり出すと、敵機の下にもぐりこんで、その下から射ちあげる挙に出た。洋上すれすれのところまで下がって、組んずほぐれつの決戦だった。

しかし、これには敵も驚いたらしい。とつぜん反転して、逃走を企てた。そうはさせじと必死の追撃戦に移った。敵も大型なら、こちらも鈍重で、追いつ追われつといったところだったのだろう。

あとで考えてみて、いまでもときどき一人でニヤニヤしてしまうのだが、あのときくらい傑作なことはなかった。というのは、間もなく機銃弾を使い果たし、おまけに燃料も心細くなってきたので、万止むをえず追撃戦を断念し、明日にすべてをかけようと諦めたときのことだ。

対空砲火により被弾、撃墜される天山艦攻。右後方に魚雷が落下

私はなんとなく、逃げて行く敵機に挨拶を送りたい衝動にかられた。そこで、接近してバンクを振ったところが、意外にも相手は、同じようにバンクを振って応えたものである。どちらもアゴを出しかけていたところだ。ヤレヤレてなわけだろう。私は穴だらけになった機上で、こみあげてくる可笑《おか》しさをどうしようもなかった。

この日は、こういう状態のまま不成功に終わり、後日を期したが、それいらい敵も慎重になって、再度、このPBYに接触する機会は失ってしまった。

「あ」号作戦発動の日

越えて六月、運命の「あ」号作戦発動の日をむかえた。連合艦隊司令長官は、本作戦が日本海軍の航空ならびに水上部隊の全力をもってする最終的決戦となるのを予期して、決戦開始にあたり、「皇国の興廃この一戦にあり」と全軍に布告、旗艦にZ旗がかかげられた。

わが在トラック部隊は、「全力をあげて敵機動部隊を撃滅せよ」との命令をうけ、残存兵力の再編成を急きょ行なうことになった。さきに、マリアナ方面基地航空主力の潰滅にともなって、いまや基地航空作戦の期待は、あげて豪北方面より帰還すべき四八〇余機の戦力にかけられていたのだが、不幸にして、この期待は全く裏切られる結果となってしまった。

というのは、主として基地整備の不良と搭乗員の術力が不足していたため、機材は破損し、兵員はマラリアにおかされ、戦力としてはほとんど期待できない状況だったからである。もちろん、豪北方面における作戦損耗もあったが、大部分は自滅にひとしい結果となった。したがって「あ」号作戦に参加し得る兵力は、内地よりの八幡部隊と、トラック方面にわずかに残る兵力だけとなってしまった。

われわれ航空隊としても、満身傷ついてほとんど残っていなかったのだが、ラバウルから引き揚げてきた搭乗員たちは、腕の達者な連中ばかりで、数は少ないといえ、精鋭果敢《かかん》なつわものだった。

新編のわが隊の兵力は天山艦攻四機と彗星艦爆おなじく四機、さらに夜間戦闘機月光《げっこう》二機と直衛戦闘機隊がついた。戦闘機隊長をかねた岡本晴年少佐が攻撃総指揮官となり、私は先任指揮者を命ぜられた。

やがて攻撃隊発進、魚雷を抱いた艦攻隊群は、戦闘機に護衛されつつ遠くグアムまで六百浬の洋上に進撃を開始した。途中で、わが連合艦隊の艦上機と合流して、一挙に敵を撃滅するという計画だった。

午前九時ごろ、目指すグアム島の上空にさしかかったとき、はるか前方に無数にむらがっている小さな機影を発見した。

「おう、来ているぞ」私は、喜びのあまり夢中で叫んだ。そこへ岡本指揮官のはずんだ声が電話から「連合艦隊健在ナリ」と飛びこんできた。すっかり有頂天になり、鼻歌まじりで操縦桿をにぎりながら接近していった。

ところが、どうも機種がなんとなく違うようなのである。もしや、と一瞬不安になり、眼をこらしてよく見ると、なんと友軍機どころか全部グラマンではないか。むらがる敵は、手ぐすねひいて待ち構えていたのだ。間髪を入れず、敵は全力でつっかかってきた。そのとき、岡本指揮官より、

「ワレ、今ヨリ空戦ニ入ル。攻撃隊避退セヨ」の電話が入った。と、思う間もなく上をふりあおぐと、すでに入り乱れての大乱戦が展開されており、これはいかんと思った。

そこで、直ちにグアムの飛行場に避退すべく、全機魚雷を捨てさせると、後席の電信員にグラマンの警戒を命令した。

グラマンとの一騎打ち

「グラマン一機、後ろにつきましたッ」突然、電信員が叫んで、「距離——千、八百、七百、五百……」と読みはじめた。三百にまで接近すると、敵が射ってくることは間違いなかった。汗がじわじわとにじみ出て、指先が脂汗《あぶらあせ》ですべりそうだった。

「四百、三五〇ッ」

くるぞッと思ったそのとき、私は、思いきり機を左の方に横すべりさせた。と、瞬間、右翼すれすれに機銃弾が叩き込まれてきて、そこへものすごい勢いで、グラマンが襲いかかり、五十センチと離れていないところをサアーッとつき抜けた。

きわどい一瞬、まさに衝突せんばかりの接触だったのだ。こうやって一機をかわすと、さらに次のやつがまた後ろについた。それを三機、四機とかわしているとき、列機のうち三番機が火だるまとなって落ちていった。思わず眼をつぶった瞬間、カンカンと叩きつける機銃弾で、機体が異常なショックを受ける。

命からがら、とはこのことだろう。ふり払うようにしてグアムの飛行場にすべりこんだが、これを急追されて執拗な銃撃を浴びせられた。「畜生ッ」と歯ぎしりしても、どうしようもなかった。無我夢中で機からとび出すと、防空壕に一目散に駆けこんだものだ。この調子では、おそらく戦闘機隊は全滅したにちがいない。岡本指揮官も、やられたと思った。

やがて、一機また一機と攻撃隊がおりてきた。何機目かの天山は、着陸姿勢に入ったとき、紅蓮《ぐれん》の炎をふいて地上に激突してしまった。しばらくして、戦闘機隊が帰投したが、いちばん最後に心配していた岡本機が矢のように着陸してきた。ホッとして見守っていると、こしゃくにもグラマンが喰いついて、はげしい銃撃を地上の岡本指揮官に浴びせている。

「逃げろッ」

思わず叫んだが、岡本指揮官は椰子《やし》の木につかまって、その周りをグルグルまわりながら銃弾を懸命によけている。あのときくらい、腹の立ったことはない。やがて諦めたかグラマンは、ゆうゆうと機首をひるがえして雲のなかへ消えていった。

幸い、岡本指揮官は無事だったが、仲間たちは数えるほどしか帰ってこなかった。声もなく、茫然とたたずんでいるとき、上空に爆音がとどろいて、日の丸もあざやかな連合艦隊の飛行機が忽然《こつぜん》と姿を現わした。敵に遭遇しなかったのか、いまの惨事を知らぬげに九九艦爆と戦闘機群が、みごとな編隊を組んで上空にやってきたのだ。

おまけに爆弾を抱えたまま、ゆうゆうと旋回していた。しかし、そろそろ燃料を使い果したのか、着陸態勢に入った。

ところが、そこへまたまた敵グラマンの奇襲だった。これには愕然《がくぜん》としたにちがいない。出しかけた脚をひっこめると、直ちに空戦姿勢にもどったものの、パンパンという音が聴こえて、燃料がきれていることが地上ではっきりわかった。

絶対に還ってくるな！

それからの一刻、結果はすでに見えていた。帰還し得た機、わずかに七、八機を残すのみで、あとは全部散華してしまったのである。この作戦にすべてをかけたわが航空隊の悲願は、このときすべて叩きのめされたのだった。

それからというもの、グアムは敵にとりかこまれて艦砲射撃を浴び、連日の空襲になやまされて、ついに昭和十九年七月、ここを引き揚げることになった。私は月光に搭乗してトラックへ戻ったのだが、そこへ転勤命令がきていたので、中攻に乗りかえるとパラオ、フィリピンを経由して鹿児島へ帰着した。

　正直のところ、あのときほど嬉しかったことはないが、上司から、だいぶ疲れただろうから一年くらい休んだらどうか、と言われたとき、いきなり脳天をなぐられたような気がして、「あの悲惨な状況を見た私に、休めというのは残酷です。それに部下とも約束しています。もう一度行かせて下さい」私は、正気にかえった思いで、こう頼んだものだった。渋っていた上司は、「それなら、一航戦を松山で編成しているから行くか」と聞いた。

　ぜひ行かせてほしい、というわけで六〇一空に転出することになった。そこでいわば神風特攻の前身ともいうべき戦闘爆撃隊の隊長を命ぜられ、猛訓練が開始されたのだった。

　着任してまもなく、フイリピンに敵が来襲したため、一航戦（松山）、二航戦（大分）が混成で出動することになったが、艦爆隊は同期の遠藤哲夫大尉が直率し、総飛行隊長は相生高秀中佐がなった。

　しかし、この出撃も比島沖でほとんど叩かれ、艦隊の受けた損害も甚大であった。昭和二十年二月になって一航戦は解散し、私は比島沖で欠員が出た艦攻隊長の本職に復帰したのだった。

　香取でわれわれは待機していたのだが、こんどは硫黄島に敵がきたという。そして、特攻攻撃が下令されたのである。私は心の底から憤激したことを覚えている。上司の命令では、出撃して魚雷をぶちこみ絶対に還ってくるな、というのだ。

「叩いて帰ってくればいいではないですか」そう喰ってかかると、「そう、うまくいくはずはない。出撃する以上、生還は期すな」の一点張りだった。

命令は容赦《ようしや》なく下され、直ちに第二御楯《みたて》特別攻撃隊が編成された。私はその指揮官となったが、指揮官は出撃するなというのだ。

「そんなバカな、私は行きます」と押し問答をすると、「貴様が行くときは、この俺が操縦していこう。そのときまで待て」と司令はいうのである。

どうしようもなかった。部下たちは二月二十一日、八丈島で燃料を積むと、一二〇浬の洋上を帰らぬ出撃に旅立っていった。私には、とうてい帽をふりながら見送る冷静さをとりもどすことはできなかった。命令とはいえ、なぜ特攻をかけるのか、魚雷をぶちこんでなぜ帰ってきてはいけないのか、悶々《もんもん》と苦しんだあの時のことは、いまだに忘れることのできない悲痛な思い出である。

「俺も死んでやる」

わずかに残された艦攻天山の胴体を叩きながら、私は出撃の日を待ちつづけた。だが、ついに日本敗戦の日が訪れ、すべては終わってしまった。九七艦攻いらい、ろくになす術もなく悲運のわが艦攻隊は、幾多の尊い犠牲を捧げて、ここに潰滅したのである。

設計主務者が語る「流星」開発秘話

海軍最後の艦上万能攻撃機の計画から完成までの技術ノート

当時「流星」設計主務者・愛知航空機技師　尾崎紀男

九九式艦上爆撃機は、私が第一回目のドイツ出張から帰ってきて設計した機体であったが、奇しくも艦上攻撃機「流《りゅう》星《せい》」は、おなじく私の第二回目のドイツ出張からもどっての初仕事となった。

話は横道にそれるが、私の第二回目のドイツ出張について少しふれておきたい。というのは、第二回目のドイツ出張は私個人の技術向上だけでなく、大きくいえば日本の航空界の技術向上に関係し、また流星の設計にも関係するところが大いにあったと思えるからである。

尾崎紀男技師

外国機の購入、外人技術者の設計からスタートした日本の航空界も、昭和十三年ごろにいたり、ようやく日本人独自の設計になる優秀機がうまれはじめた。単葉全金属製引込脚といった形式、性能、いずれも当時の欧米機にまさるともおとらない新機種がぞくぞく完成され、日本の航空技術はついに世界の水準に達したのである。

しかし、進歩向上のはげしい航空界で、他国にたいしてつねに優位に立つためには、さらに新しい技術を開発し、世界のもっとも進歩した技術の導入が必要なことはいうまでもない。そこで海軍航空本部では、当時、世界の航空界でもっとも進んでいたナチス・ドイツの航空技術に着目し、これを日本航空界に導入する計画をたてたのである。

そのころ、日本とドイツは外交関係においてとくに親密であったが、それでも開発した新技術を、そう簡単に相手に教えないことは当然である。そこで、日独の技術交換という条件がうちだされた。すなわち、日本はドイツのもとめている航空母艦の技術をあたえ、その代償としてドイツは、すすんだ航空技術を日本にあたえることで、日独の技術交換が成立したのである。

こうして昭和十四年のはじめに、ドイツ航空技術調査団が結成された。

そのメンバーは航空本部の塚田中佐を団長とし、その下に航空本部の和田少佐（機体関係）、空技廠の熊沢技術中佐（発動機関係）、三菱航空機の高橋技師（機体設計）、三菱発動機の井口技師（発動機設計）、中島飛行機の山本技師（機体設計）、おなじく木村技師（発動機製作）、愛知時計電機（のちの愛知航空機）の私（機体設計）、おなじく徳江技師（発動機設計）、山本技師（機体製作）、梅香技師（機体製作）の十一名であった。

いずれも学校を出て七～十年というベテランで、航空機および航空発動機の設計、または製作の主任技術者の経験がゆたかな人々ばかりである。まさに、当時の海軍航空の技術を代表する第一人者たちであったといっても差し支えなかった。相手はドイツ政府であるので、われわれ民間人はいずれも正式に海軍嘱託技師に任命されて、日本海軍の技師として参加した。

ふかい事情はわからないが、当時の国際情勢のうえから極秘にする必要があったためか、われわれはみな会社に欠勤願いをだし、友人にもつげず名古屋をたった。そして一行は横浜から龍田丸に乗船して米国経由でドイツに向かったが、見送りもなく、たがいに別行動をよそおうよう指示された。

ドイツに滞在した約二年間は、家族にさえ自分の住所を知らすことを禁じられ、音信は大使館を通してのみ可能であった。このことは、筆不精《ふでぶしよう》の私にはかえって都合がよかった。

一行は航空技術の調査習得の手段として、ハインケル航空会社のロストック試作工場において、当時の世界速度記録の保持機であったハインケルＨｅ100戦闘機、試作の高速偵察機Ｈｅ119（液冷式倒立Ｖ型十二気筒発動機二基を並列に胴体内に装備、一本の延長軸で機首のプロペラを駆動する）をとりあげ、その計画から製作までの研究状況はもちろん、そのほかの新しい技術にたいして、いろいろと教えられた。

やがてドイツは戦争に突入し、日独伊の三国同盟がむすばれるなど、世界の情勢はこっこくと変化していくのだった。しかし、われわれはこれに関係なく、食糧難と毎夜の空襲にたえながら、昭和十五年末に帰国命令の出るまで、任務の遂行につとめた。

その成果がどれだけわが国の航空界に役だったかはわからないが、愛知で九九艦爆についで製作をおこなった「彗星《すいせい》」の量産にたいし、山本技師がドイツで学んだ丸管治具方式を採用して、おおいに量産効果をあげたことを付記する。

二つの顔をもった試作機

戦時下のドイツから、最後のシベリア鉄道で日本に帰り、ほっとして昭和十六年の平和な新年をむかえた一月のある日、航空本部の関係者から、「九九艦爆につづく艦爆として十三試艦爆（彗星）は現在、テスト飛行中であり、本機は戦闘機なみの大きさと高速度をもち、すばらしい性能である。しかし、将来を考えて、さらに大型爆弾が搭載でき、武装を強化し、航続距離もより大きい艦爆がぜひとも必要だ」という、だいたいの計画要求を示され、検討を依頼された。

も水平爆撃も可能な流星改

艦攻と艦爆を一元化した新しい艦上機として開発され、急降下爆撃も雷撃

私も戦時下のドイツにおいて、実際の空襲を体験し大型爆弾の威力をまざまざ見せられた。むずかしい用兵上の問題はさておき、今後つくるならば、少なくとも八〇〇キロていどの爆弾をもって急降下できる艦爆を、と夢みていたところであったので、この計画には感激した。

こうして艦上急降下爆撃機「流星」の計画がはじまった。本機は艦上攻撃機として試作命令が出されたが、要求側も設計者側も、主目標ははじめから急降下爆撃機であり、あわせて雷撃性能も持ちうるようにしたのである。

日本海軍では艦上急降下爆撃機には「星」の類の名前をつけ（たとえば彗星）、艦上攻撃機には「山」の類の名前をとる（たとえば天山）ことにしていた。これからすれば星の名をつけた流星は、りっぱな急降下爆撃機であるといってよいかも知れない。

しかし、正式に試作命令が出されたときは「十六試艦上攻撃機」とあり、試作のコードネームも、B7A1と定められた。Bは艦攻系列、7は艦攻試作の日本海軍での七番目、Aは試作をうけもつ愛知の頭文字をあらわしている。

われわれとしては、ぜひともこの試作機には、艦爆試作のコードネームのD5A1としてほしかった。Dは急降下爆撃機系列で、D3A1は九九艦爆、D4Y1は彗星艦爆、Yは空技廠の設計試作をしめす。とはいえ、攻撃機として試作命令が出されたにもかかわらず、流星という星の名がつけられたのは、せめてもの思いやりであったかも知れない。

名前にかんしてもうひとつ、戦後になって入手した米軍の資料によると、米軍は流星に〝グレース〟（Grace）というコードネームをつけていた。グレースの意味を英和辞典でしらべると優美、上品、洗練、すなわちエレガンスにあたり、流星のスタイルからつけたと考えるべきか、あるいは実戦に活躍しなかった本機を皮肉ってつけたのかも知れない。

これが流星設計の真相だ

さて流星については、今日まで各方面からいろいろな批判や紹介がなされているが、設計者としては、どのような点に目標をおき、また苦心したかを思い出すまま述べてみたい。

一部では流星は艦攻、艦爆と欲ばった目的をねらったため、けっきょくは何もえられず、また軍の命のまま、自信がないにもかかわらず引きうける設計者がおかしく、技術的に無理であれば、いさぎよく断わるべきであったといわれているが、設計者としては、この批判に大いに反発したい。

本機は初めにも述べたように、もともと大型爆弾を搭載する高性能の急降下艦爆として計画してきた。その計画のおわりころになって、軍から、わが国のように生産能力のとぼしい国では、艦攻、艦爆を別々に整備することは大変なことである。また作戦上、戦局の急変により攻撃方法がちがった場合に、一機種でふたつの性能をそなえておれば、敵にたいして有利なので一元化できないかと検討の依頼があった。

そこでいろいろと研究をかさねた結果、艦攻とする場合に乗員がいままでのように三人であることが必要ならば、この計画はまったく無理である。しかし、艦爆とおなじく乗員二人でよければ、八〇〇キロ爆弾のかわりに八〇〇キロ魚雷を装備したときの最高速、航続距離にいくぶん性能低下を我慢さえすれば、可能であるとの結論をだした。

というのは、爆弾は胴体内に収容可能であるが、魚雷は収容できないため、これによる抵抗のため、最高速の低下は風洞実験その他の資料で約二十ノット（三七キロ／時）と推算した。

軍当局もこの資料をもとに検討をくわえた結果、当時としては思いきった乗員二名の艦攻がうまれ、ここに流星が軍用機開発生産合理化案による艦攻と艦爆の両機種を統合した最初の試作機となったのである。

つぎに、ある本によると試作一号機は九九艦爆によくにた楕円整形の主翼を採用したが、設計のふてぎわから重量が予定以上に増大したために、主翼は直線テーパとし、胴体も各部について再設計をおこない、増加試作機が昭和十八年に入ってようやく試験飛行に入ったように記されていた。

この記事は何かの思いちがいと思われる。主翼の形状は試作から量産まで直線テーパで変更なく、むしろ重量については、試作一号機では計画どおりであったが、戦争に突入した当時、かぎられた資材と設備のもとに生産性の向上をはかるため、あるていどの重量増加はやむをえないこととして、量産の簡単なように改造したのである。

航空機の設計において、その性格を大きく左右するものは、これに搭載する発動機にあることはいうまでもない。指示された要求性能を十分に満足させるためには、高性能の発動機がなによりも必要であった。ところが、当時すぐにつかえる発動機では、本機の要求性能をみたすことは難しいことがわかった。

試作の機体に試作中の発動機を積むのはそうとうの冒険であったが、画期的な高性能をねらって試作されていたル号発動機（のちの誉《ほまれ》）をあえて選ぶことにした。馬力あたり重量、前面面積あたり馬力、燃料消費量などの数字的性能は、当時の世界最高であり、とくに本機のように着艦時、爆撃、雷撃時のいずれも前方視界のよいことが生命である場合は、複列星型十八気筒で、その直径がわずか一一八〇ミリということが何よりの魅力であった。

結果的には、この発動機は油温上昇、油もれと、第一線の実用段階で多くの問題をおこし、われわれの試験飛行中にも問題が多かった。しかし、これは終戦まぢかで、燃料の質の低下、代用材料の使用、量産による粗製らん造、整備能力の低下により誉も、その真の性能を出しえなかったと思っている。

なお、流星に誉発動機を搭載したのは設計者自身であり、けっして軍からの命令でなかった。

おそすぎた傑作機の誕生

本機が実物大木型審査をうけたのは、運命の真珠湾攻撃がおこなわれた昭和十六年十二月八日を数日すぎたころで、日本国民が勝利にわきたっていたとおぼえている。要求項目のだいたいが決まってから、わずか半年たらずで実物大木型を完成し、しかもなんら問題がなく完璧であったので、愛知の技術と熱意にたいし軍当局より感謝されたのであった。

こうして幸先よいスタートをきった流星も、戦争という現実の圧力が強くくわわり、人々はその日の兵器生産におわれ、将来の航空機の試作はとかく遅れがちとなった。そして、けっきょく流星は期待されながらも、戦争に十分まにあわなかったのは、まことに残念である。

終戦まぎわであったにせよ、流星が実用機として第一線に配備されるまでに完成したのは、じつに多くの人々の熱意と努力のたまものであるが、本機にすぐれた着艦性能と運動性をあたえ、爆撃機、雷撃機として一人前以上に育てあげた審査主任の高岡迪少佐をはじめとする、海軍テストパイロットの方々にあつく感謝するしだいである。

性能的にその数値を当時の米英機とくらべてみると、艦攻としても艦爆としても最高であり、とくにその運動性と航続力においては、さらに優位であったと自負している。

本機の設計において、その主眼点は戦闘機なみの最高速をうるために空気抵抗をできるかぎり小さくすることはもちろんであるが、同時に大型高翼面荷重の本機を、どのようにして離着艦の容易な艦載機にするかが大きな問題であった。

海軍のパイロットを一人前にするための飛行訓練のうち、そのほとんどは離着艦訓練にある。もし、離着艦の容易な航空機ができれば、パイロット養成の一大革命であるときかされたことのある私は、なんとしても離着艦を容易なものにしたいと念願した。

フラップに効率のよい親子式下げ翼をつかい、さらに補助翼もフラップとしてつかえるエルロンフラップにしたのも、高揚力をえて着速をさげるためであった。また、フラップの操作に関連して、尾翼の取付角が油圧により自動的に変化するようにして、十分な縦の安定をたもった。こうして、低速における各種の安定がきわめて良好になるように努力した。

しかし、なんといっても着艦時の視界のよいことが第一であるので、すでに述べたように、直径の小さい誉を装備するとともに、中翼だがこれを逆ガルタイプにして、左右および前方視界の確保につとめた。こうした努力は、本来の任務である急降下爆撃、および雷撃性能の向上にも大いに役立ったと考えている。

流星の外見上のもっとも大きな特長である逆ガルタイプの主翼を採用したのは、主翼と胴体との組みつけは、空力的には中翼にするのがもっとも有利であるからだ。また、胴体内に各種の爆弾をおさめる場合に、主翼桁が胴体内を貫通しても中翼形式であれば、十分にその下方に余裕があり好都合であった。

ところが単発機の場合、中翼にしていちばん困るのは、脚が長くなることである。脚が長いのは強度や重量のうえから不利なだけでなく、長い脚を翼内に格納するため、主翼の強度低下と、主翼にもうける燃料タンクの容量が小さくなり、航続距離に大きく影響する。

そこで本機では内側主翼の脚の付け根まで、六度三〇分の下反角をつけ、それから外方翼に八度三〇分の上反角をあたえた特異な形態となったのである。

常識をやぶった計画要求

急降下爆撃機にとって大切な急降下制動板は、彗星艦爆で開発されて好成績をしめした補助フラップ型式をもちいた。本機の急降下要求性能は三段階にわかれているが、制動板の作動は主翼内にもうけた油圧筒でおこない、油圧系統内に追縦式弁をもうけ、その切換え把手によって任意の角度で停止できるようにしたため、任意の段階で任意の終速度がえられるようになった。

脚および尾輪の引き上げはもちろん、爆弾倉の開閉、フラップ作動などの各種の操作系統に油圧式をとりいれ、急降下制動板、主翼の下げ翼操作時に縦のつりあいを保つため、自動的に油圧機構により水平尾翼の取付角が変化するようにした。

本機の性能と操縦性を左右する主翼の層流翼は、Ｈｅ119、Ｈｅ100の翼形について、愛知の風洞および空技廠の高圧風洞で各種の実験をおこなった結果、Ｈｅ100のものを原翼として採用することにした。この原翼を翼幅にそって変化させたが、矢高は付け根で二パーセント、先端で一パーセントとして直線的に変化し、翼厚は車輪の格納、燃料タンクの容量を考え胴体中心で一六パーセント、先端で一〇パーセントとした。

なお、この翼厚の変化は桁を中心（翼弦の四一パーセントに一本の桁を通した）として、上下面が一直線となるようにした。

また、空戦時の失速性をよくするため先端翼厚を大にしたほか、前縁半径を付け根で一・五パーセント、先端一・三パーセントとし、胴体付け根から先端へ一・五度のねじり下げをおこなった。

このように流星には、いろいろな機構が採用されているが、最後に本機の主な計画要求条件を、参考のためにあげておこう。

一、急降下爆撃、魚雷攻撃の可能な艦上攻撃機で、最大速度は爆撃正規（五〇〇キロ×二または二五〇キロ×二）で高度六千メートルにて三〇〇ノット（時速五五六キロ）以上。

二、航続距離は高度四千メートル、機速二〇〇ノットにて爆撃正規で一千浬《かいり》以上。過荷で一八〇〇浬以上。

三、上昇力は爆撃正規で高度四千メールまで八分以下。

四、離昇能力（合成風力秒速十二メートルにおける離艦距離）は爆撃過重で一〇〇メートル以内。降着能力は爆撃正規で着速六十五ノット以内、降下率は七十五ノットで秒速五・五メートル。

五、爆弾は八〇〇キロ×一、五〇〇キロ×一、または二五〇キロ×二、六〇キロ×六のいずれかが搭載でき、魚雷は八五〇キロ魚雷×一（のちに一千キロ魚雷に増加）。

六、兵装は固定銃二、旋回銃一でともに七・七ミリ銃であったが、量産機より二〇ミリ固定銃二（弾丸各銃一〇〇発）、七・七ミリまた一三ミリ旋回銃一（弾丸は三〇〇発）。

七、主要寸度は、三点姿勢時で幅十五メートル、長さ十一・五メートル以下、格納時は幅八・五メートル以下、高さは空虚重量にて四・一メートル以下。

八、急降下要求性能は、第一段＝降下角三十度で終速三五〇ノット、第二段＝降下角六十度で終速三三〇ノット、第三段＝降下角九十度で終速三〇〇ノットである。

なお抗力板操作時の許容速度は第三段にたいし三五〇ノットとし、第一段および第二段にたいしては、これを基準として速度許容値をもうける。

九、強度は急降下制限四〇〇ノットとし、保安荷重倍数は六・五とする。

十、爆弾投下後の空戦性能は九九艦爆と同等以上。

最後の艦攻「流星」テスパイ試乗記

雷撃よし降爆よし逆ガル主翼の新鋭万能機

当時 横空第三飛行隊付兼飛行審査部員・海軍少尉　大多和達也

〝聖戦〟を旗じるしに、太平洋せましとばかりに駆けめぐった海の荒鷲たちも、頼みとする翼の多くを傷《いた》めつけられ、その補充もなく、ただ腕をこまねいて切歯するばかりの日がつづいていた。

昭和十九年秋、横須賀海軍航空隊第三飛行隊付兼飛行審査部のパイロットであった私は、この危機を乗り越えさせてくれるであろう新鋭の万能機〝流星〟を領収するため、愛知県挙《ころ》母《も》市（いまの豊田市）にある愛知時計の工場へおもむいた。

中国大陸における漢口作戦いらい、生死を共に戦ってきた九七式艦上攻撃機（九七艦攻）も老朽化し、これにかわる〝天山〟もすでに敵戦闘機の好餌となり、多くの戦友とともに、遠く太平洋の藻くずと消え去っていった。

一日も早く、新兵器や新機種を前線に送りとどけなければと、われわれは焦《あせ》った。そして、われわれが渇望した新機種の流星が横空に姿をあらわしたのである。

艦爆、艦攻のベテランパイロットを擁したわが第三飛行隊は、隊長高橋定少佐をはじめ、こおどりして流星を迎えた。そして、文字どおり夜を日についでの実用実験がつづけられ、やっと念願かなって量産化に乗り出したのである。

この流星は誉《ほまれ》一二型複列星型十八気筒一八二五馬力をつんだ複座機で、その主翼は逆ガル型を採用するという思いきったデザインで、じつに操縦性能はよく、兄貴分の天山艦攻の全備重量五二〇〇トンにくらべ五七〇〇トンの重量は持ちながら、雷撃よし降爆よし、これらを投下して身軽になれば、翼の二〇ミリ固定機銃二門と、後席の一三ミリ旋回銃が火を吐いて、戦闘機との空戦もできるというのだから、われわれの若い血は大いに騒いだ。

霞ヶ浦の飛行練習生いらい、七年間もアクロバット飛行からご無沙汰していた私は、テストフライトのある日、それこそ腫れものにさわるような気持でスティックを倒してみた。私の抱いていた心配をよそに、流星はかるがると空中で横転《ロール》した。三式初練や九三式中練でやったときは、本当に大汗をかいたものだったが、これは自分の目を疑うばかりに宙返り《ループ》、宙返り反転《インメルマンターン》、緩横転《スローロール》と、何でもござれである。

もちろん、こういった特殊飛行は専門外なので艦爆隊にまかせ、私はもっぱら雷撃実験をおこなっていた。

最大速度二六〇ノット（四八〇キロ／時）といわれた天山にたいし、流星のそれは三百ノット（五四〇キロ／時）と公称されていたが、流線形の重い機体は、チョット突っこむと三百ノットをすぐオーバーした。

流星は主脚を短くして強度をうるため逆ガル翼を採用した複座機

この高速機の出現により、航空魚雷も並行して改修に改修がおこなわれた。木更津上空四千メートルから、横須賀軍港の南に浮かぶ猿島の沖合いに目がけてダイブすると、八〇〇キロの魚雷を抱いた流星は、すみきった東京湾の秋空に、翼端から飛行雲を糸のように引きながらグイグイと加速され、三五〇ノットを軽くこえていた。

テスパイ泣かせの要求

発射点付近に待機した航空技術廠の担当者たちは、愛用の十六ミリをかまえて機影を追い、発射された魚雷の空中雷道をとらえるとともに、私の後席に同乗したカメラマンは、計器の動きを撮影した。

わずかの誤差も許されないのである。

「本日の魚雷発射諸元、機速三五〇ノット、発射高度一二〇メートル」といわれれば、何がなんでもそのデータで発射しなければならない。

しかも、射点近くで待機する船上の写真班の真横に持って行かねばならず、じつに至難な芸当であった。

九七艦攻時代のように、二、三十メートルの超低空の方がずっとやりやすい。それが百メートル以上となると、高度の判定もむずかしく、正確を期するため、操縦席には電波高度計がそなえつけられている。

三百ノットの高速では、そうとう高度をとらないと、魚雷の射入角が浅くなり、水面から飛び上がってしまう。

だからといって二、三百メートルの高度からでは、空中雷道も不安定となり、射入角によっては水面に激突して、魚雷が折れてしまうだろう。

大変むずかしい注文なのである。

操縦する私も苦労させられたが、毎度毎度、後席に同乗する空技廠の時田技手もたいへんだ。ナヨナヨとした生白い身体を肩バンドで座席に固縛し、分厚いロイド眼鏡のグラスごしに計器の指度を、愛用のアイモでキャッチしようとするのだから並み大抵ではない。千軍万馬のベテラン偵察員でも悲鳴をあげそうな仕事である。

だが、彼はグチ一つこぼさなかった。苦しいの一言も吐かなかった。軍籍にない自分としては、前線の将士に負けじと歯を喰いしばっていたのであろう。すこしドモリ気味の時田技手は、あまり多くを語らず、いつもニコニコとして、近眼鏡の奥で目をほそめていた。

戦後の昭和三十年、まったく偶然に浜松で時田技手に再会した。しかも、航空自衛隊の一等空尉のユニフォームをまとった彼にである。当時、吹けば飛ぶように思えた時田技手が、肉付きもよくなりツヤツヤとした顔色で近づきながら、

「大多和さん、しばらくでした」と敬礼されたのには、本当に驚いてしまった。

自信にみなぎる人々の顔

量産化にはいった流星が、頼もしくもスマートなその機体をズラリと並べている。いくつもある高台の一角につくられた挙母飛行場の空は、今朝も秋がいっぱいに息吹いていた。これこそ起死回生の傑作機なり、とばかり工員さんたちの顔も自信に満ちみちている。実用実験で苦労してきたわれわれも、流星を前線に送ることのできる誇りに、心は燃えていた。九七艦攻を受けとるため、群馬県太田市郊外の小泉飛行場に行ったときも、中島飛行製作所の工員さんたちから、これとおなじような力強く、しかも明るいムードを感じた。いま、愛知時計の人たちからもそれが感じとられる。

天山の寿命は短かかったが、流星は九七艦攻とおなじく、その名声は永く海軍航空史上に残されるであろう。

「大多和少尉！　試験飛行の準備が終わりました。班長の沢田です。後席に同乗させて頂きますから、よろしくお願いします」

軍隊式の敬礼も板についている。年齢は私とかわらない若さである。しかし、彼の目は自信に輝いていた。

「ああ、おはよう。今朝の試運転の記録は」「ハイ、これです。エンジンはまことに好調です。機体も異状ありません」

なるほど、沢田班長のしめす記録を見ると、正常そのものである。

「よろしい。では飛行前点検をやるか」「ハイ、どうぞ……ご案内します。コチラへどうぞ」

応接室から腰を上げた私は、沢田班長の後につづいた。格納庫の前には、十数機の流星が翼をならべ、濃緑色の塗装をほどこした機体に、白いフチ取りをした日の丸が、秋の日に反射して目に泌む。班長を補佐する工員さんが二人、それに学徒動員の中学生が三人、一生懸命に風防ガラスや機体をみがいている。

「おはよう」「あっ、おはようございます。ご苦労さんです」

「燃料は？」「ハイこの通り、満載です」

「オイルは？」「ハイ」

元気のよい返事とともに、一人が機首に駆けより、オイル搭載口をあけてゲージを引きだし、ウエスでいったん清掃してから、油量を検査して、私の目の前に出した。

「ハイ、けっこう」

外部点検をいちおう済ませ、ただちに座席に着いてバンドを締めた。操縦席の中はチリひとつなくピカピカにみがき上げられ、塗料の独特の臭いがプーンと鼻をつく。エンジンも一回で軽くかかり、爆音も快調そのものである。

千八百馬力の誉エンジンは、チョーク（車輪止め）をはずせば、そのまま五トン近い機体を大空に浮き上がらせるような力強さを感じた。

冷や汗をかいた緩降下テスト飛行

八九式、九二式、九六式と、これら複葉機のときは別として、九七式一号艦攻の光三型七五〇馬力のときはその筒径が大きく、地上滑走のときや着艦のとき、一六四センチの小柄な私には、前方視界が悪くて苦労させられたものである。

九七式三号の栄一一型にかわってからは、エンジンが小さくなったので、だいぶ楽になった。それがまた天山艦攻になると、千馬力がいっきょに千八百馬力の火星二五型にかわり、エンジンが大きくなって前方視界をさえぎった。

しかし、馬力はおなじ程度の誉二一型は、九気筒星型の複列となったため、エンジンの直径がうんと小さくなった。

したがって前方視界はきわめてよく、座席の感じも浅くて、ゆったりした設計である。それにくらべて天山の場合、深くてせまい感じがした。

高く青く晴れた秋空がかぎりなく広がるなかを、流星はグングン上昇する。「一速」の公称高度でおこなった全速運転もおわり、「二速」（スーパーチャージャー）に切りかえて、ふたたび上昇をつづける。

四千、四五〇〇、五千、五五〇〇メートル。まさに快調そのものである。後席をふり返ると、沢田班長も得意満面の態である。

型どおりの全力運転もおわり、アクロバット飛行も思う存分に実施した。こんなに性能のよい飛行機が、なぜ三年前にできなかったのだろうか……九七式三号艦攻の後に、すぐ流星

米軍偵察機が撮影した流星改。キャノピーがカバーで覆われている

が出ていれば、戦局はずいぶんとかわったものとなっただろうにと、かえすがえすも残念でしかたがない。

しかもこの傑作機が、わずか一二〇機程度つくられたところで戦争はおわってしまい、敵と相まみえることもなく、この世から姿を消してしまったのだ。

上々の試飛行結果が出たので、高度を二五〇〇まで下げ、最後に緩降下にうつった。十五度くらいからはじまり、二十度、二十五度とだんだん角度を増して、三十度くらいまで突っ込んでみた。

スピードはグングン増えて二五〇ノットを越えた。三百ノットを気速計がしめすころ、引き起こしはじめた。高度はすでに二千メートルを切っている。

起きない！　スティックを引いたが、重くて言うことをきかない。ウンッとばかり力をこめたがビクともしない。それればかりか、機首はどんどん深くなり、スピードは三三五ノットを越えた。

どうしたんだ。いったい何が起こったんだ。わからない。もう今からではエアブレーキ（急降下爆撃をするときの抵抗板）も出ない。

トリムタブをどんどんアップにとったが、効果がない。高度は一五〇〇を切った。夢中で、スロットルを一杯にしぼった。まだ駄目だ。両手で引いても、スティックは戻ってくれない。ようやく黄色く色づきはじめた地上の緑が、見る見る近づきはじめた。千メートルを切った。九百、八百、七百……五百メートル。南無三！

そのとき「押せッ」と言う声が、背中で聞こえたような気がした。もう一度、左手でスロットルの全閉をたしかめ、両手でスティックを押して見た。

効いた！　グーンと機首が上がった。今だ。力をくわえてスティックを引くと、目もくらむようなGを、首筋から背中に感じ、機体の起きるのがわかった。

水平線が頭の上からズーッと下がりはじめ、エンジンカウリングの近くまできた。水平姿勢にもどったのだ。

スロットルを静かに出し、トリムをとり直した。すでに高度計はマイナスをさし、小高い丘と丘にはさまれた田圃《たんぼ》を、スレスレに飛んでいる。ハッとして、さらにスロットルを開き、上昇姿勢にうつった。

脇の下から背中一面、グッショリと汗ばんでいる。

「ビックリさせやがる。でも、どうしたわけだろう？　急降下爆撃のための四十五度から六十度という深い角度はテストしているが、雷撃用の緩降下はテストしていないのか……さっそく着陸して、あのイケ好かないロイド眼鏡の監督官の技術少佐を、とっちめてやらなきゃあ。もうすこしで殺されるところだった。畜生め」

そんなこととはツユ知らぬ後席の沢田班長の声が、伝声管に響いてきた。

「大多和少尉、みごとな操縦ですね。あれが雷撃法ですか。今日のようなテストに乗ったのは初めてです。イヤー、素晴しかったです。班の連中に聞かしてやりますよ。まったく、凄かったです。ハイ」

あとで調査した結果、水平安定板の取付角度がくるっていたことがわかり、全機の再点検が実施され、改修されて事なきを得たのである。

艦攻「天山」北海の空を死守せよ

濃霧の中をかけめぐった艦攻乗りの北千島戦線回顧録

当時 攻撃二五二飛行隊操縦員・海軍中尉　喜多和平

昭和十九年四月二十九日、知識《ちしき》大尉を指揮官とする攻撃二五二飛行隊の先発隊は私たちを残して、美幌基地から占守島の片岡基地にむけて発進した。四月末とはいっても、ここ北海道の美幌にはまだ残雪が白く地表をおおっていた。

「わが決戦兵力の大部を集中して敵の主反攻正面にそなえ、一挙に敵艦隊を覆滅して企図を挫折せしむ」という目的をもつ「あ」号作戦が決定されたころ、米機動部隊はマリアナに、ニューギニアに行動し、戦局は刻々と緊迫の度をくわえてきていた。このころから艦攻隊の出撃は、夜間攻撃にきりかえられ、連夜の雷撃訓練はますます激しくなっていった。

このような状況のもとに、私たちは美幌を基地にしていたので

天山に搭乗、片岡基地を発進する喜多中尉

ある。そのとき私の機は、索敵触接の任務をあたえられていた。偵察員は艦隊歴戦の高橋喜一郎飛曹長、電信員はおなじく永野甫上飛曹である。

オホーツク海に三百トンの曳船を遊弋させ、これを目標艦として薄暮ころ索敵から触接行動にはいり、時によって敵の兵力、陣形、針路、速力、付近の天候などをくわしく報告して、味方の攻撃を有利にするのがその任務であった。しかし、このような任務につく索敵機は、敵発見の第一電を打つのがせい一杯で、たいていは敵の戦闘機に喰われている。

刻々と暗さをます海面を、高く低く敵の電探から身を隠しながら敵状を監視し、雷撃隊の到着を待って目標灯を投下して、敵の位置を知らせ、こんどは敵の真上から吊光投弾で照明するのである。艦攻隊は殺到すると、一瞬のうちに雷撃をおこない、海上はまた暗夜にもどるが、触接機は戦果と残敵の兵力および行動報告をして、はじめて引き上げることができるのだ。

この行動中、つねに活躍するのは練達の偵察員と電信員であった。

偵察員の仕事でもっとも大切なことは、つねに自機の位置を正確に知ることである。発進地点を離陸してからは、時計と羅針儀と爆撃照準器とをつかって、計算によって機位を航法図板に書き入れながら進撃するのだ。

地点ごとの風向、風速、自機の針路と気速をもとにしての推測航法であるため、索敵線に乗っているうちはまだよいが、触接や空戦に入れば当然、不規則な運動が多くなる。そのため長時間の行動をするうちには、どうしてもその誤差は大きくなっていくはずである。

暗夜になれば、海面の目標はなお捉えにくくなる。したがって、風もはかりにくい。機位を誤ってしまって、たとえ敵艦を発見しても、その位置は不正確となり、攻撃隊にまちがった敵位置を教えることにもなって、重大な結果をまねくのである。さらに、自機までも母艦に帰りつくことができなくなってしまう。

偵察員は風防を押しあけ、双眼鏡をあてて、敵影をのがすまいと注意を集中しながら、航法や写真撮影や照明までやるのだ。本来ならばこの任務は、優秀な偵察機と練達の搭乗員がやらなくては、十分の効果を期待することはできない。たとえば、有名な「われに追いつく敵戦闘機なし」といわれる彩雲のようなものである。

操縦員は勝手に操縦しているのではない。ただ偵察員の指示する通りに変針したり、定針したり、高度や速力をたもちながら飛行するのである。だからパイロットというと一応カッコはいいが、海軍では「車挽《ひ》き」などといった。

だが、車挽きの技量が悪ければ、偵察員はどうしようもない。洋上を行動する海軍機なら、高度計の針とコンパスの針と気速計の針の三つを、ピクとも動かさず操縦する。しかもこの上に、計器飛行でこれができるようなら〝神様〟といわれるだろう。

橋本少尉が、この〝神様〟だった。水平爆撃隊では、隊長機の前へ〝神様〟の操縦する飛行機がでて、その爆撃手の合図で編隊全機が投弾するのだと聞いた。彼は背の高い美男子で、歴戦の操縦員であった。

艦攻パイロットは、粗暴な操縦はきびしくいましめられた。だから攻撃二五二飛行隊では単純な失敗はきわめて少なく、実魚雷を搭載しての基地移動でも、まわりを山にかこまれた横空への魚雷運搬でも、事故はまったく起こさなかった。

弾幕と水しぶきをふり切って海面を全速でつっ走り、しゃにむに敵艦に殺到するいさましい天山乗りとしては、ちょっと想像もつかない一面、といえないだろうか。

集結する海軍の精鋭機

さて、連夜の雷撃訓練はこのようにして繰り返されるのだが、帰途ただ一機、螢光がほの白くひかる計器盤とにらめっこで、ようやく緊張のとけはじめた機内の孤独にひたっているとき、オホーツクの暗闇の中から、基地の夜設のカンテラの灯が、ちょうど線香を五、六本かためて立てたくらいの感じで見えてきた。

築城で再編成されていらい「母艦に乗る」ということを鍛えられてはきたものの、まだ実際には母艦を知らない私には、洋上の黒い波間に浮かぶ幻の母艦の姿になって、そのかすかな灯が近づいてくるのだった。

すでに「あ」号作戦は決戦段階にはいり、昭和十九年六月十九日、翔鶴と大鳳、そして飛鷹も沈没し、霞空で同期だった親友の岡崎慶夫がこの戦いで戦死している。また、サイパンは敵の手中におちいり、米機動隊は刻々と本土にせまりつつあった。

七月一日、美幌にいる艦攻、艦爆の全機は館山に進出して、雷撃即時待機となった。基地は各地から集結した飛行機で異様な緊張と活気につつまれ、紫電、雷電、零戦などの戦闘機、九九艦爆、天山、九七艦攻と、機種とりどりにひしめいている。

命令を待つあいだ愛機の風防をみがく者、翼下で仮眠する者、相撲をとる者、搭乗員はみな若く気力にあふれており、見ていても気持がいい。そして私は紫電や雷電が熊ン蜂のような恰好で降着してくるのが珍しく、いつまでもあきることなく眺めていた。

考えてみると私たちは、戦局の推移とか大きな決戦とか、またその結末とかはほとんど知らないでいた。目に見える範囲のせまいところで、生活はただいそがしく回転した。命令があれば、いつでも飛び出すし、命令がなければ隣りものぞかないというような、軍隊の規範のなかで月日がどんどん流れていった。

私は将棋盤の上の一個の『歩』であった。一局の棋譜のなかである一個の『歩』がたどった道筋は、どのひとつでも、敵の動きのひとつひとつ、あるいは戦いの意図にしたがって決まることであるが、その『歩』自身にとっては、ちょうど太平洋戦争中の私のように、何も知らされず、また何も知らずに、ただ相手の意のままに歩むしかないのだ。

戦後、幸いにして戦争の全貌がつぎつぎと解明された。史実に照らして当てはめてみるとき、私というものが、大戦のどの局面に漂っていたかを知って、むしろ唖然となるのである。また、霞空で同期だった七十名の誰彼についても、例外なく漂う『歩』でしかなかったようだ。

北辺の最前線基地への進出

天気がよければ、水平線から島の頭がひとつひとつ浮かび上がってくるはずの千島列島だが、視界がよいのは秋だけで、夏の濃霧のひどさはまったく想像外である。キスカ救出の一水戦十七隻が昭和十八年七月、まるで盲人同士が腰につかまって歩くようにして、アリューシャンを東進した例は有名である。

移動の命令をうけた私たち二機の天山が、目的地の片岡飛行場に降着できず、占守島《しむしゅとう》の板敷の滑走路、ここ三好野に不時着したのは、昭和十九年八月十七日であった。千島列島には、このような飛行機の来たこともない、あるいは未完成の飛行場が数ヵ所ある。設備らしいものはほとんどなく、十名程度の基地員によって保守されていたにすぎなかった。

時ならぬ飛行機の着陸に驚いて、穴ぐらから飛び出してきた陸軍の基地員は、人懐かしげに私たちをとりかこんだ。そして、霧のまく滑走路でエンジンを止めた天山のたくましい脚やプロペラをなでながら私に質問を浴びせ、ついには感動を顔にあらわしていった。

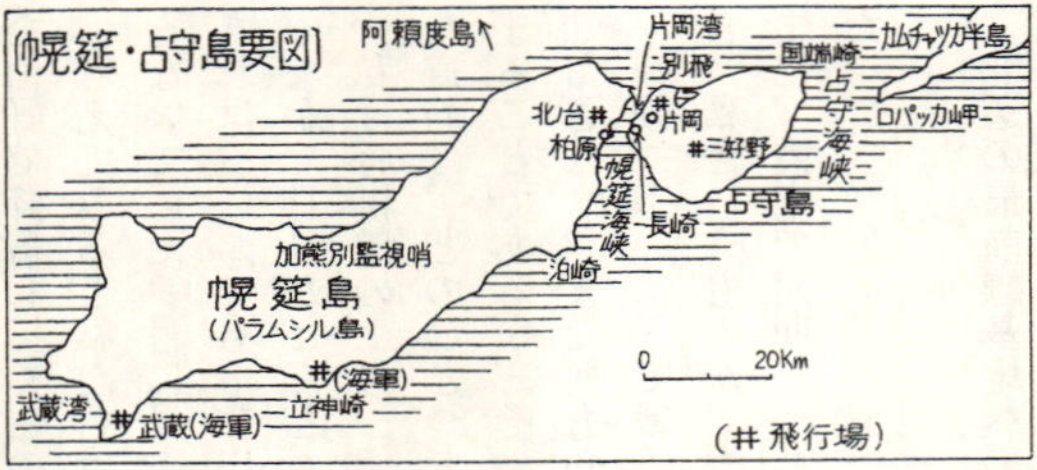

「土佐犬のような飛行機ですねェ」

天山——十四試艦上攻撃機。やや長い機首、火星一八七〇馬力は見るからに力強く、目新しいのは消炎排気管と十文字プロペラだ。ピンとはね上がったやや細目の垂直尾翼、シャープになった主翼前縁、操縦席の前面風防は九七艦攻が半円形なのにたいして、天山のは平板で組まれた角形が特徴だ。全体としてガッシリとした精悍な姿は「土佐犬のよう」かも知れない。

塗色は機体、機翼ともに上面は濃い緑、下面はうすい水色で、これは洋上行動のための保護色である。それに日の丸が、力強いアクセントをつけている。外から見たのではわからないが、必要に応じて胴体の下方がひらき、七・七ミリ旋回銃が射てるようになっている。電信席の後上方に同じくもう一梃、雷撃機にとっては、これがせい一杯の防禦火器なのだ。

天山のフラップの具合は、なかなかいい。九七艦攻のは上下動で単純だが、天山のは油圧がかかると、主翼の後縁がうすく割れて、ガイドにそって後退しはじめる。そこで角度がかわって、後下方にぐうっと張りだすのだ。操縦席でこの操作をするとき、飛行機を空中であやつる魅力とは別の気持よさで、フラップが降りたり、また主翼のなかに静かに納まったりするメカニックな魅力を眺めてたのしんでいた。

もうひとつ、目立たないが新しいものに尾輪の固定装置がある。全備重量五二〇〇キロの天山の操縦を楽にする装置で、操縦席のレバー一つで、尾輪を飛行機の軸線にあわせて固定したり、必要に応じて解除したりできる。横風のときの離着陸では、便利なことが多かった。

この三好野の不時の訪問者として、天山はけっこう陸軍兵士をなぐさめ、勇気もあたえたようだった。手に手に振る帽子と「また来てください」の声に送られて、私たちは飛びたっていったが、以後ついに、ふたたび三好野を訪れる機会はなかった。彼らは一年前、キスカから撤退してきた人たちだという。

離陸するとすぐ、片岡基地が見えてきた。片岡基地は占守島の西北端に位置し、標高約五〇メートル、十文字に滑走路があり、飛行機を岩窟に引き込むための誘導路が、丘の高線沿いにきりひらかれている。

さすがに千島の最前線基地で、かなりの飛行機が空中にも、地上にも活動している。海峡をはさんで向かい側の幌筵島《ほろむしろとう》にある陸軍の隼戦闘機基地の柏原とは、目測で二浬《かいり》の距離である。

味方識別のバンクをしながら上空を一航過し、風向きをたしかめて旋回しつつ編隊をといた。

着陸してみると、滑走路は南端から中央にむかって下り坂となり、接地した機は、引きこまれる感じで行き足がついてくる。スイッチオフして滑走していると、こんどは上り坂になった。ここは南と北の丘をきりくずして、中央の低地を埋めてつくった滑走路なのであった。冬季にはいると、千島特有の強い北西風が吹きつづけ、着陸する飛行機は下り坂の途中で行き足をとめられてしまうほどであった。

合理的なアメリカ式兵器

昭和十九年夏、あ号作戦は敗れ、敵はニューギニアよりウルシーをへてフィリピン、台湾、沖縄への南方路、トラック、グアム、サイパン、硫黄島への中央路、キスカ、アッツ、千島への北方路と、ひた押しに攻めのぼってきている。

占守島は、北にそなえる最前線となっていた。片岡には零戦、艦攻、摺鉢に艦爆、武蔵には零戦と中攻がおり、北千島の守備隊の兵力は、海陸あわせて二万余であった。

敵は夜間に艦隊が沿岸基地を砲撃したり、Ｂ24数機の編隊が連日のように定期便で列島を空襲し、基地が霧の中にあっても、陸用爆弾や落下傘爆弾をまいていった。モトロフのパン籠とかいわれた、切り口が六角形で棒状の焼夷弾をたばね、落下傘がひらくと空中でばらまかれるものとか、鉄パイプに五ミリ間隔に螺旋状に溝が切ってあって、爆発すると無数の鉄片となって飛散するものとかがあった。

これにやられた兵士は、外傷としては脳にうけた一個の鉄粒だけであった。地上機の場合は、燃料タンクや重要部分が穴だらけにされ、こうなると修理が面倒で、即応戦力が失われてしまう。なかなか米国流の能率的、経済的な攻撃兵器だと感心してしまった。

日本帝国流の兵器は、こういう観念とは遠いものだった。磨きあげて、神様の御符を祀るような崇高貴重なものと教えられてきた。武士の魂であった。「米国の物量に負けた」とよくいわれるけれども、万事に計算と効率が勝敗の根底になっていたように思われる。

占守島で撃墜されたＢ24から押収した資料によれば、精密明瞭な航空写真で、味方基地は電柱電線まで敵にわかっていたというし、搭乗員の不時着にそなえて千島方面の食用野草図鑑や、魚釣道具もあたえられていたそうである。

日本には、そんな配慮も準備もまったくなかった。また私たち自身、出撃は必死であり、

800キロ航空魚雷を胴体下面に懸吊、超低空雷撃訓練を行なう天山一二型

落下傘のバンドは装着していったことはない。単に機上作業の邪魔だとか、落下傘降下しても海では助かるはずがないから無駄だ、という簡単な理由だけであった。当時といえども、いや当時だからこそ生命は戦力であって、これより貴重なものはなかったはずであったのに——。

艦攻隊は毎日、太平洋上に扇形の索敵線を張り、艦攻天山の進出距離は三七〇浬、測程八十浬で、黎明に発進して約六時間の行動であった。濃霧の季節であったし、視界の悪いことが多くて、効果は十分とはいえなかったが、搭乗割にしたがって連日、七機が飛びたっていった。

非直の者は、船団護衛と対潜哨戒が仕事であった。敵潜の動きは活発で、わが方の輸送船の被害は相当な数にのぼっていた。そのため、片岡湾と内地を往復する船舶の航路は、不規則な隠密行動がとられた。護衛にゆく飛行機は暗号によって船舶と会合し、悪天候の中でも、忍耐のいる任務をはたした。護衛する艦攻は、船団の上空に二時間いてから、次のものと交代するのが普通であったが、その間、せいぜい十五浬ぐらいしか進んでくれない船団をまもることは、実にしんどいものだった。

占守を出発した船団を一日中護衛し、つぎの日は松輪島を給油基地として、得撫《うるっぷ》島や択捉《えとろふ》島の方まで送ったこともある。敵潜におびやかされる船団の人々にとって、飛行機がまもってくれるほど力強い味方はないそうだ。

たのもしき飛行隊長

海軍大尉長曽我部《ちょうそかべ》明、私の飛行隊長である。海兵六十七期で、任官いらいの貫録のついた軍帽をオールバックの頭にカッコよくのせ、やや早口で愉快そうにしゃべる。

昭和十九年九月下旬、千島にいた海軍機は主力を南方に移動した。だが攻撃二五二飛行隊は台湾沖の戦闘で、数回の出撃ののち、ほとんど全滅してしまった。だが隊長は生還してきた。きっと、あっさり出撃し、あっさり帰ってきたことだろう。

フィリピンの戦いで、おなじく艦攻で活躍した攻撃二五一の永田徹郎隊長（海兵七十期）が手記のなかに、長曽我部大尉の豪胆さや、淡白な人柄を次のように書いている。

「大尉機は敵機動部隊を攻撃して輪形陣に飛びこみ、魚雷発射後、輪形陣を飛びこえようとしたが隙がない。たいていの者は、ここで無理して飛びこすので撃墜されてしまう。大尉はそのとき、操縦員に輪形陣の内側をまわれと指図した。声は平素と変わらないものだった。二回まわるうちに、ついに外側の敵艦の隙間から脱出に成功した。

また十月三十日には、敵捕虜から聞きだした敵機の味方識別を逆用して奇襲し、巡洋艦を撃沈した。この味方識別は全隊に知らされていたが、実際に利用して侵入した者はなく、長曽我部隊長自らが実施して、まんまと成功した、という。それに、これらのことは大尉の口から聞いたのでなくて、大尉機の操縦員、電信員の話によってわかった」

占守島では、索敵機を悪天候のために三週間もたたぬうちに四機も失った。電探装備の天山が帰途、島の南端で濃霧の断崖に散ってしまった。操縦員大迫飛曹長、偵察員山田中尉、電信員富田上飛曹（いずれも当時の階級）、みな古い熟練搭乗員である。こんな状況でも、隊長は顔色ひとつ変わらなかった。「人間、死ぬの生きるのなんてことは、千年も前からきまっているんだ」と部下の面前で言い放っていた。

隊長機の電信員が、苦笑して言っていた。

「隊長の航法図板には往きだけしか書いてない。帰りの分は『ああ、上海の花売りむすめ』なんていたずら書きさ」

基地には、索敵機からの連絡がひんぱんに入る。

「隊長、在空機より基地天候を聞いてきました。返事は？」指揮所の窓外には、いつしか雪がしきりに舞い、海峡はもう見えない。が隊長は、やりかけのドミノの卓から目も放さず、掛け声入りで矢つぎ早やにパイを打ちながら言うのだった。「うん、飛行適、最適じゃ、ソレ、ソレソレッ」

聞くものすべてをあきれさせていた。しかし、私にはわかっていた。飛行不適といったところで、北千島方面では占守と幌筵の二島にしか帰りつく場所はないのだ。

また、ある索敵機が帰途、北西風におされてカムチャツカに流されて、ヘマをやったことがあったとき、隊長が私に、「わしは側程をまわって、帰投針路にむいたら、偏流の二倍を修正して定針させる。そうすれば、デッカイ幌筵に嫌でもぶつかるからなあ」と洩らしたのをおぼえている。「上海の花売りむすめ」にだって、ちゃんとした根拠はあったのだろう。

あっさりした海軍気質

私は長曽我部大尉が、おこったり怒鳴ったりしたのを見たことはない。いつもあっさりしていた。あるとき、襲撃訓練からもどった一機が、隊長に報告していた。

「松尾上飛、××号襲撃訓練おわりました。機体に少し震動が出たほか異状ありません。おわりッ」

このとき、整備分隊長が駆けてきて隊長になにかいっていた。隊長はニヤリとしたが、すぐふつうの顔になり、敬礼をしてひきさがる搭乗員を呼びとめた。

「待て、松尾上飛、貴様の飛行機のペラを見てこい。駆けあしッ」

それだけである。松尾上飛は雷撃射点で海面低く降りすぎたため、プロペラが水を切ったらしく、曲げてしまったのだ。

私にも手荒い失敗があった。別府湾で戦艦金剛を目標に襲撃訓練をやったとき、小隊長機である私が急激な運動をしたため、編隊の二番機が海中につっこんでしまった。魚雷を発射した直後の高速だからたまらない。真っ白い水しぶきの上にカウリングが舞い上がったとみるや、瞬時に水没した。それからあとは、私はボーッとなってしまった。二番機を殺してしまったのだ。

ところが、急旋回して現場上空にとってかえし、よく見ると、何という天佑だろう、三人とも腕を動かして元気に泳いでいるではないか。落下傘を白いくらげのように引きずっていた。私はむやみに翼を打ちふって、神様にこの幸運を感謝した。

そのときも、隊長は、私が直立不動の報告をおわると、「ご苦労」といって答礼を返されただけだった。私は練習航空隊から着任して、二ヵ月あまりしかたっていないのだ。海軍とはなんとあっさりしたところだろう、と思った。

永田大尉の手記はまた、こう書いている。

「昭和十九年十月二十四日、天山艦攻二十機が比島にあつまったが、激烈な比島沖海戦がおわり、十月三十日ころの使用可能は六機であった。それでも艦攻隊は毎日出撃し、比島周辺に蝟《い》集する敵の艦艇群にたいして、黎明薄暮の攻撃をくり返し、十一月四日になった。

航空部隊は消耗はげしく、二航艦は陣容をたて直すため、比島各地の生存搭乗員を調査していたが、その結果、在比艦攻隊をあつめて、長曽我部大尉指揮のもとに一隊を編成することになった。搭乗員は残り少なく、疲れており、基地内にアミーバ赤痢が流行して、罹病者も多かった。

　ところが、長曽我部大尉に内地転勤の命令がくだり、出発された。だがこの機は、天候不良でひき返してきた。翌日、命令が変更され、長曽我部大尉は比島に残ることになった。

『あ、そう』大尉はそういっただけであった。内地転勤への取り消しをこだわるふうもなかった。何事によらず、このように淡白な人であった」

忘れられぬ人々の顔

　手許に一枚の記念写真がある。裏に『昭和19・2・11紀元節、築城海軍航空隊』と鉛筆書きがしてある。第一種軍装に勲章をおびた准士官以上九十七名が、すまし顔でならんでいる。初代の根岸隊長や長曽我部分隊長、愛刀の孫六を抱いた山本分隊長、静かな人柄で艦攻を操縦させては抜群の知識分隊長、それから若い同期たちや海兵出のコレス山田少尉、谷川少尉、お世話になった渡辺軍医長や柳田整備分隊長……写真にうつる懐かしい人々。しかし考えてみると、彼らがどうしてここに集まったか、どこの戦場で何をやってきたかなど、一緒にした生活の間に、一人として私たちに語ってくれた者がない。そんな話に花を咲かせた場面もない。そして彼らはいま、どこへ行ってしまったのだろう。

　攻撃二五二飛行隊での年月、それはおそらく、私の一生を通じ、集団での人間関係においてもっとも信頼にみち、生死を超越して、集団の目的のために燃焼した人間の姿が、これ以上に輝いて見えることはもうあるまいと思われるのだ。

「その時になれば、その環境ならば」などということを往々きくこともあるが、それはその通りかも知れない。がしかし、人生果たしていつ「その時」に出合い、かくのごとき特異な環境が訪れることだろうか。もとめて得がたいことではないか。

私としては、いたずらに追憶におぼれ、過去のみ美化して語るつもりはない。私ごときがあえて語るところのことは、彼らかつて語らず、なお語るべく甦《よみが》える魂ではないからだ。

九三一空「最後の雷撃隊」沖縄航空戦

当時九三一空電信員・海軍上飛曹　宮本道治

沖縄航空戦がようやく激烈となりはじめた昭和二十年四月初めのある日、分隊長の小松万七大尉は飛行隊指揮所前に緊急集合を命じた。そして分隊長会議の様子を詳しく説明し、最後に、

「当隊は戦況いかんによっては雷撃隊となるが、その時こそわれわれは日本で最後の雷撃隊となる部隊である」と言葉を結んだ。

あまり戦場なれしていない若年の私たちは、思わず笑い声をたてたが、それは「最後の雷撃隊」という言葉がなんとなくおかしいと同時に、いささか英雄気取りの気分に襲われたからである。

宮本道治上飛曹

われわれ九三一航空隊本来の任務は海上護衛であった。二ヵ月前の二月八日、本隊の佐伯

航空隊から台湾新竹へ進出し、台湾海峡、東シナ海の対潜哨戒に任じていたが、沖縄方面の戦雲急をつげるに及び、久しぶりに本隊に帰投していたのである。

新竹進出前の一ヵ月間、別府湾で雷撃訓練を受けてはいたが、従来どおりの潜爆（潜水艦爆撃）、定着（一定のところに着陸する）訓練を続行していた。歴戦の搭乗員をいかに消耗したとはいえ、伝統と誇りに輝く本来の雷撃隊もなおいるものと信じていたので、われわれがあるいは雷撃隊になるにしても、それはまだ相当先のことだろうと楽観していたのだ。

ところが、予期に反して戦況は悪化の一途をたどり、ついに分隊長のいう「日本最後の雷撃隊」が誕生し、われわれは沖縄戦の第一線基地串良《くしら》に九七（三号）艦攻で進出することになったのである。この九七式艦上攻撃機は、機種としては少し古く、海上護衛部隊などで使用していたほか、練習機や特攻機にも使用されていた。当時の艦攻第一線機は天山《てんざん》であった。

私たちのいた佐伯航空隊の上空を、毎日、南へ南へと沖縄作戦参加のため、南九州を目指して飛んでいく陸海軍機のさまざまな編隊は、あたかも武士がおっとり刀で戦場へ馳せ参ずる姿を思わせ、私たちの気持をいやが上にも緊張させた。

われわれの部隊は、第五航空艦隊の指揮下に入り、菊水隊千代田部隊と命名された。第一陣は九三一空司令中村《なかむら》建夫大佐（のち峯松大佐）ほか四十二名であった。

四月八日、串良基地に着陸してみると、さすがに戦場気分がみなぎっている。豊田副武連合艦隊長官の「本職指揮下各部隊は全力を投じて殊死奮戦強靭執拗あくまで天一号作戦の完遂を期すべし」の訓示にもとづき、海軍は「神風」一本槍で菊水作戦を開始した。四月六日の菊水一号作戦に空前の大規模攻撃をおこなった直後であった。

串良基地においても、神風特攻隊が出撃したとのことであった。足立義郎飛行長は、「日本航空部隊の主力と、米艦隊の主力とが決戦する。君たちこそ連合艦隊の主力である」と強調された。日本雷撃隊の主力は、いまや南九州に集結を完了、搭乗員は何百人も待機しており、串良は艦攻の特攻の基地であった。

私たちはさっそく作戦命令をうけた。その作戦大要は、九三一空は九七（三号）艦攻九機で、作戦前日、喜界島に進出し、夜間に燃料を補給して翌九日黎明、沖縄周辺の敵輸送船を攻撃し、串良基地に帰投することであった。三号艦攻では、南九州から沖縄本島周辺まで行って帰れなかった。結局、脚が短かったからである。

しかし九日も雨、十日も雨で、私たち若年搭乗員は飛行隊指揮所内において欺瞞《ぎまん》紙（これはグラマン夜戦や敵艦等にある電探の妨害用に錫箔などを貼った幅約三センチ、長さ一メートルのものを一束百メートルまいて電波をさえぎり、ブラウン管に目標捕捉反射波によって生ずる電磁をいくつも出して、どれに照準を合わせてよいか判らなくするためのもの）を何束も作らせられた。

喜界島へ進出

菊水二号作戦は、四月十二日に開始される運びとなった。われわれは前日、喜界島に進出しなければならない。指揮官小松大尉（分隊長）は攻撃隊員一同を集め、

九七式三号艦攻。光エンジンを栄に換装した改良型。ラバウル湾上空

「喜界島からの無線情報によると、同島上空にいつもグラマン二十機くらいが制空しているが、夕刻一定時間に引き上げて行くとのことである。われわれはその合間に進出する」と指示された。

基地は、機動部隊攻撃のため天山艦攻隊が、ゴウゴウという爆音に包まれながら出撃していった。そして出発準備を完了したわれわれは、離陸線上についた。征く者、送る者、互いに無言の別れを告げる。新鋭機のなかに旧式な九七艦攻の雷撃隊は、いささか悲壮である。

発進！　指揮官機が空中に

舞い上がった。つづいて二番機、三番機とつづく。私の機は、偵察員川村重信兵曹、操縦員福田峰康兵曹、電信員が私の三名である。

僚機を見ると、操縦の才田紀久雄兵曹（五月十一日戦死）の、飛行帽の下に日の丸鉢巻をしめている真剣な姿が、まるで白虎隊が敵陣へ斬り込んで行くように印象的で、ひとしお頼もしさを感じさせる。

やがて前方に喜界島が小さく見えて来たとき、急に編隊が乱れた。すわッ、グラマン？いや、指揮官機が増速したのだ。グラマンは見えない。編隊は島の上空で解かれ、指揮官機につづいて二番機、三番機と着陸した。外を見て、アッと驚いた。滑走路の付近は、飛行機の残骸が一杯である。

もはやあたりは薄暗くなっていた。整備員の誘導する懐中電灯が急に消えた。変だぞ、もしやと思って上空を見ると、グラマン夜戦が急降下しながら機銃掃射にやって来た。私たち三人は、海岸と反対の方向にすばやく駆け出した。グラマンが反転銃撃してくる。伏せる。十メートルくらい前を曳跟弾《えいこん》が赤黄い線をえがいてバラバラ落ちる。ふたたび駆け出す。また銃撃される。

そのうち先に着陸した九七艦攻が、地上から旋回機銃で応戦しだした。味方の曳跟弾が、グラマン夜戦の近くをあざやかに飛んでゆくのが見える。やってるな、と思ったが、逃げ出した私たちはどうにもならない。後で聞いたところ、これは小笠原直寿兵曹であった。

やっとの思いで松林の中に駆けこみ、互いに名前を呼び合って集合してみると、誰もやられている者はいない。やはり夜戦では、めくら射ちに近い。林のなかにあった防空壕の中に入り込んだが、敵戦闘機の機銃弾は入口近くにも飛んでくる。敵機はいつの間にか二機になった。

喜界島電探は、海上に目標をとらえたのか、「艦砲射撃のおそれあり、注意を要す」と報告してきた。敵潜水艦が島の近海にいるらしいので、夜設（飛行機が夜間着陸するための設備）にも、充分な注意が必要だという。

つい最近まで、対潜哨戒、攻撃などに出撃していて、いささか腕のにぶったうらみのあるわれわれだが、今日は雷撃隊としての初陣である。それが敵に制空権を奪取されているこの逆境下とはいえ、飛行機搭乗員が潜水艦におどかされようとは、まことにもって心外であった。

隊長機撃墜さる

串良基地を出発するときの話では、明朝、喜界島で九三一空雷撃隊の指揮をとるため、尾翼に菊水のマークをつけたダグラス機（零式輸送機）で飛行隊長の片山信夫大尉が優秀な整備員十六名をつれて飛来するはずである。グラマン夜戦は、着陸したわれわれの飛行機を撃破しようとしてか、滑走路付近を銃撃中である。

と、見張員から、ダグラスが来たらしい、という報告がきた。あぶない。しかし、ダグラスは喜界島上空をはなれて奄美大島方面に引き返していったという。

やれよかった、と安心していると、時間にして十分くらい経っただろうか、また見張員が、ダグラスが引き返して上空に来た、と報告してきた。夜戦は相変わらず執拗に地上を銃撃していたが、とうとうダグラスに気がついたらしい。

「グラマンがダグラス銃撃中！」見張員が叫ぶ。私たちは壕内でかたずを呑んだ。すると今度は急に、

「ダグラス、火を噴き出しました」と見張員の悲痛な叫び声。ダグラスはついに海上に墜落してしまった。一瞬壕内はシーンと沈黙。隊長の面影、串良基地飛行隊指揮所前にあったダグラスの機影が目にうかぶ。

夜戦は、いつしか引き上げて行った。隊長と整備員を一瞬にして失った私たち九三一空搭乗員に、同島の整備兵曹長は、明朝の出撃準備についていろいろと注文を聞いて協力してくれた。

私たちは魚雷を抱く索のゆるみを締めることと、電信機の整備とを依頼して、整備員の案内で宿舎に向かった。

午後十時も過ぎたであろうか。私たちは飛行服のまま、ごろ寝をしたが、また敵機が飛来して盲爆をはじめた。いわゆる牽制作戦か、それとも神経戦術か、爆発音と爆音とでなかなか眠ることさえ出来ない。

召集兵らしい整備兵が眠ったとでも思ったのか、そっと近づいてきて毛布をかけてくれた。うつらうつら眠ったと思ったら、直ぐに起こされた。指揮所に着くと飛行場では、百数十

人の設営隊が爆弾の穴うめ作業中であった。昨夜の爆撃で相当ひどくやられたのだ。私たち雷撃隊員は分隊長以下、壕内の指揮所にいる喜界島最高指揮官の前に整列して、出撃の命を受けるべく敬礼した。誰の顔も興奮の色がただよっているかに見えた。

指揮官は陸軍大佐で、歴戦の勇士を思わせる落ちついた態度、堂々たる体軀は、何となく頼もしさを感じさせる。私たちは、はたして滑走路は大丈夫だろうか、敵機の攻撃で飛行機はやられていないだろうか、などと心配しながら複雑な気持で攻撃命令の発せられるのを待った。

しかし一同を見つめている喜界島最高指揮官から発せられた命令は、意外なものであった。

「昨夜来の攻撃で、設営隊の努力も空しく、滑走路は八百メートルくらいしか使用できない。君たちは残念であろうが、南九州へ帰れ」

物量をほこる敵の前に、必死の覚悟でいた私たちであったが、この命令をうけて、正直のところ心の緊張はへたへたとくずれ去っていった。

旧式機は特攻へ、という上の方針をくつがえし、あくまで雷撃を強調した指揮官小松大尉（神風特攻隊敷島隊長関《せき》行男大尉と同期生）も、隊長を失った。また一本の魚雷も発射できなかったこの攻撃失敗の原因は、航続距離の短かい九七（三号）艦攻にあると判断していたのであろう。

偵察員和田中尉（五月佐伯湾で殉職）、電信員細川兵曹（同殉職）、山中兵曹、川村兵曹と私を残し、操縦員全員とその他のものを、撃破をまぬがれた九七艦攻に分乗させ、天山艦攻講習のため無念の涙をのんで串良基地に引き揚げていった。

喜界島の一週間

私たち五人は喜界島（鹿児島県薩摩郡に属していて、飛行場が同島西岸に構築されており、歴史で名高い俊寛《しゅんかん》島流しの島である）に滞在して、なんらかの方法で串良基地に帰らなければならない運命となったが、制空権は昼間は完全に米軍にあって、夜間しか味方機は着陸できない。たとえ味方機が飛来したとしても、燃料がなくなって不時着するとかエンジン不調とか、機位不明で立ち寄るぐらいのもので、全く当てにはならなかった。

島の南端に水上特攻基地があるという話を聞き、飛行場から自動三輪車を借用して、慰問と激励に五人で行ってみた。そこの隊長は和田智中尉と兵学校同期の若い中尉で、隊員の大部分は後輩の予科練出身の者であった。

その隊は水上特攻艇隊であり、ベニヤ板製の一人乗りの舟で、その先に二五〇キロの爆薬が装填されていて、敵艦船が来襲するまで待機していたのである。その攻撃艇は山のなかの洞窟の中に一列に五、六隻ぐらいずつ入れられており、そんなのが幾十となくあった。

昼は米軍の制空下にあって日本機はたまにしか上空に飛来せず、またいつ来襲するかも知れない敵艦船を待つ隊員たちの気持はいかばかりであろうか。彼らは私たちと同じく空中勤務者になるべく志ざしたが、戦局は今やそれを許さず、やむなく水上特攻隊に編入されていた、いわゆる神潮特攻隊員であった。

われわれは沖縄戦における特攻機の出撃状況や南九州の状況を、くわしく隊員に話してやって安心させるとともに、激励して別れをつげた。

捕虜の米パイロット

このころ米空軍捕虜がいるという話を聞いた。収容所へいってみようと思ったが、大火傷を負っておばけみたいだという。我々もいつの日かは敵艦船や敵機に攻撃され、被弾墜落する瞬間は、きっと同じことだろう。だから敵捕虜といえども、その顔を見るのは耐え難い。自分自身がその運命を一時的にたどることは明らかであったからである。

しかし、すすめられるままに行ってみた。まことにおばけ同様であった。体の大きい顔の長い、飛行服を着た軍人だった。立つことも出来なかったのか、あぐらをかいて見つめていた。火傷のため食欲もないのか、一升びんに水と黒砂糖が置いてあった。収容所といっても四畳半くらいの小屋であり、彼一人しかいなかった。名前をトーマスといった。

つぎの日にも行ってみた。昨日と同様である。また次の日も行った。彼と英会話の練習をしたかったからであった。早朝、彼に「グッドモーニング、サー」と挨拶をこころみた。「モーニング」流暢《りゆうちよう》なアクセントで応答があった。

つぎにグラマン戦闘機の薬莢《やつきよう》を持っていって質問をしてみた。そして簡単な対話に中学時代教えられた英語にも自信が持てるようになった。断片的ではあったが、アメリカ人と会話をしたのは最初であったからである。

予備学生出身の本川譲治少尉の通訳によると、彼はコロンビア大学出身の学徒兵であって、空母エセックス乗組の艦上爆撃機操縦員であったが、同島空襲のさいに被弾火災を生じ、落下傘で脱出したが、同乗者は機と運命を共にしたそうである。階級は士官候補生で、軍歴一年半、二十一歳とのことである。

戦争に勝ったら返すから、ウイスキーを飲ませろといっていたそうだが、同島へ二、三日前に飛来した私たちでは、そんな配給品などあろうはずはなかった。

同島に落下傘降下して捕虜になった者は別として、海上に脱出して洋上に漂う搭乗員の救助には決死的な働きで飛行艇が来て救出してゆくという。われわれ友軍機が敵前に撃墜されたときはどうであろうか？

中攻で脱出に成功

グラマンの牽制攻撃は日ましに激しさを加えていった。時には喜界島上空にも味方の制空隊が飛来して、グラマンと空戦を行なった。機数において劣勢であったにもかかわらず、最初はグラマンを撃墜していた。

しかし、なんといっても苦戦であった。グラマンは二機の編隊をくずさず、必ず一機の日本機を二機で攻撃する。そして日本機は海中に墜落したり、不時着したりした。

こうして翼をうばわれた我々は、昼歩きまわり、夜は飛行場がよいの日課がつづいた。一週間目の四月十八日、南九州鹿屋《かのや》基地から、九六陸攻二機が挺身空輸で喜界島飛行場に来るというので、飛行場に駆けつけて待った。海軍の搭乗員が二十名くらい集まって来た。みな我々と同じく翼を失った者たちであった。

中攻一機はエンジン不調のため、途中から基地に引き返していったことが、喜界島の電信員から報告された。しかし、待ちに待った中攻一機は午前二時ごろにぶじ飛来し、着陸することが出来た。さっそく高射機関銃弾十一箱が、防空壕内の指揮所に運び込まれた。

機長は、海軍中尉の人であった。指揮官に経過報告をするさい、飛行帽の下から長い頭髪が少し出ていて、丸坊主の指揮官と対照的であった。

当時、喜界島には補給がつづかず、敵機が急降下してきても弾薬不足で、射つ弾丸もなく、引き上げるチャンスをねらって射撃するぐらいのものであった。しかし、機銃員は至極勇敢で、上半身裸体に鉄カブトを着け、堂々と敵機とわたりあっていた。

このように執拗に牽制攻撃にくることは、敵にも弱みがあったのにちがいない。九州各地より発進する攻撃隊、とくに米軍恐怖の特攻隊による攻撃を阻止しようとして、その進路に全力をあげてピケラインをしき、なかでも喜界島飛行場の使用を不可能ならしめようとしていたのである。

午前四時、グラマン夜戦の来襲もなく、同島電探にも目標がないとの報告をうけ、機上の人となった。一週間お世話になった喜界島が、一塊の黒いかたまりとなって遠去かっていく。

鹿屋基地を経由して串良基地へ帰ると、四月十五日ないし十六日の菊水三号作戦で、目立って搭乗員が減少し、他隊の同期生、高橋（忠）、松本（伝三郎）の二名も特攻にいって、その姿が見られなかった。まさに沖縄航空決戦は最高潮に達しつつあったのだ。

天山艦攻に乗りかえて

串良基地に帰り、また佐伯に飛んで天山艦攻の訓練をしたペア操縦員福田兵曹たちと合流、五月初旬、私は第一線の串良に舞いもどった。

四月二十五日から二十九日に発動された菊水四号作戦において、わが九三一空の倉谷定茂飛曹長機（操縦梶村久男上飛曹、電信員木島丈夫一飛曹）は天山艦攻で出撃し、沖縄周辺において、巡洋艦一隻を撃沈したという。わが隊最初の戦果であった。

五月四日、われわれは天山艦攻で菊水五号作戦に出撃を命ぜられた。九三一空は、攻撃機六機で沖縄周辺の敵輸送船の攻撃が目標である。出発に先だち、つぎのような指示があたえられた。

一、第一攻撃目標輸送船。
一、エンジンの調子のよい飛行機から単機発進。
一、敵夜間戦闘機に発見された場合は、体当たりせよ。

さらに串良基地が明朝B29の攻撃をうけて帰還しても着陸できない場合に、着陸すべき二、三の基地が示された。

午後十一時五十五分、発進。月明雷撃には戦場到達時に月が水平線上三十度の角度になければならない。攻撃進路、種子島の西回り。

鹿屋上空を飛び、鹿児島湾内に入ると、ものすごい漁船のカンテラだ。電探につかまらぬように高度を低くして南下する。後部電信席で敵夜戦を見張中の私は、高度が極度に低下しているのに気づいた。危ない。

「高度が！」と川村兵曹に報告する。愛機はいくぶん高度を上げていく。だが右と左の排気管から、ものすごい火の粉がでて、それが夜空に長い尾を曳きはじめていた。大丈夫だろうか、夜戦の目標にならないだろうか、と思う間もなくまた高度が下がってきた。私はまた川村兵曹に「高度が下がる」と報告する。飛行機はいくぶん高度を上げる。

鹿児島湾入口にさしかかると、漁船のカンテラの光も少なくなってきた。ところが突然、どすんとものすごいショック。後方見張中の私は電信席にいて、頭と背中を、いやというほどたたきつけられた。

〝体当たり〟と直感した。それは出発時、夜間戦闘機に発見されたら体当たりせよ、という命令だったからだ。ところが飛行機は落ちて行きそうもない。おや？　それでは低空飛行で暗夜のため山にでも衝突したのか、それだとすると駄目だ。

爆発するであろう魚雷（艦船攻撃用の一トン魚雷を積んでいた）、砕け飛ぶ肉体、発火する愛機……こんな血なまぐさい情景が一瞬にして頭の中をかけめぐった。

私の体は飛行機の進行方向の電信席の電信機にはりついていて、なかなか起きられない。しかし魚雷も爆発せず、火災も生じなかった。と思う間もなく、ものすごい勢いで海水が座席にどっと流れこんできた。

飛行機は尾翼を水中に幾分あげながら、鈍い音を立てて海面を走っている。ああ不時着か、それにしては電信員の私に何の連絡もしないとは？　出発時、感度試験一回きりだなと思っているうちに、行き足がとまった。

月は煌々《こうこう》と海面を照りつけていた。沈黙の一瞬！　ただ生か死があるのみである（以後、漂流三時間、運よく漁船に救助され、翌日、串良基地に帰還した）。

同期生大武一飛曹の戦死

五月十一日、菊水六号作戦発動、沖縄周辺の敵機動部隊攻撃に、天山艦攻九三一空四機、攻撃二五一飛行隊六機の十機が戦闘機の護衛なしに出撃していった。そして、全機帰らなかった。

この日に限って昼間強襲といって、昼間の攻撃であったが、種子島上空で味方零戦隊と合流し、その護衛のもとに雷撃を敢行する予定であったのに、戦闘機と会合しないまま重い改七（魚雷の名）を懐ろにいだき、一発必中の攻撃を加えて、全機沖縄の空に散ったのである。

私はそのとき訓練のため佐伯にいて、その攻撃隊の出撃に加わらなかったが、当時、串良基地にいた搭乗員の話や地上電信員の記録をみると、十一日早朝出発、昼間強襲の命下るや、井上伊之介兵曹（乙十八期）は意地でも帰って来るといって、飛行時計を大事そうに持っていったそうだ。

午前五時三十五分、全機離陸、八時三十五分には全機の連絡が絶えていた。この間「敵見

出撃に備える天山一二型。胴体後部側面にレーダーアンテナが見える

ゆ」あるいは「我、敵戦闘機の追躡《ついじょう》を受く」または「敵空母見ゆ」「空母雷撃す」などと打電して来た。きっと敵戦闘機の攻撃を受けながら機動部隊にとりつき、はなばなしく戦ったことであろう。

このなかの一機である小島潔上飛曹の操縦する攻撃機は「われ戦艦雷撃す」と打電して来たそうだ。電信員は荒井郷治上飛曹だった。また、この攻撃で児玉仁上飛曹の操縦する攻撃機も帰らなかった。

三人の上飛曹は、佐伯で共に下宿し、一緒に苦楽を共にしていた一期先輩の人たちだった。小島上飛曹は台湾にともに出撃、船団護衛の任についていた。後輩である我々をよくかばってくれた人情味の深い人であって、この時、私は兄を失ったような気がしてならなかった。

大武節雄一飛曹は私と同期生、同県人（茨城県日立中学出身）で、土浦海軍航空隊から大井海軍航空隊、九三一海軍航空隊と同じコースをたどった。海上護衛作戦のため一足遅れ、第二陣として串良基地に進出し、この日、戦死したのであった。

この攻撃を見送ることさえ出来なかったのが、今もって残念である。艦攻による昼間強襲

はこれが最後であったと記憶している。この攻撃隊は、のちに特別攻撃隊となった悲劇の雷

撃隊である。

特攻出撃前の無気味さ

「嵐の前の静けさよ」だれかが詠《よ》み、また軍隊内においても聞きなれた言葉であったが、特

攻隊出撃前の無気味さは、まさにこれであろう。

五月下旬になると、串良基地から白菊特別攻撃隊が出撃した。白菊とは、海軍が偵察員を

教育するため開発した機上練習機のことである。この白菊が特攻機に改造され、二五〇キロ

爆弾二発を搭載し、体当たり攻撃を敢行するため出撃したのである。天山特攻隊および宇佐

空における実用機の特攻隊も出つくしたのであろう。

〝今日は特攻隊の出撃〟という日はすぐにわかるのだ。というのは地下弾薬庫から牽引車に

曳かれて、ブーブーというエンジンの音とともに特攻用の爆弾が、つぎつぎに進んで行くか

らである。ただの爆弾ならそんな無気味さはないのだが、あのひれのない爆弾を見ると、そ

のたびにゾッとしたものである。もし私が特攻隊の一員であったら、どんな気持でこれを見

るだろうか。

夕闇せまる頃、ぞくぞく出て来てこの爆弾が白菊に積まれ、暗くなると沖縄に敵をもとめ

て特攻機が発進して行ったのである。こうした特攻出撃の緊迫した空気の中に、まるで無関係のごとく若い少年たちは頬を赤らめて、白い鉢巻を地上にたらしたり、赤だすきや、白だすき、白いマフラー、赤いマフラー、あるいは黄色いマフラーなどをし、また賑やかにちゃらちゃら鈴まで腰につけて整列し、死地におもむいて行った。

われわれ雷撃隊が白いマフラーを軽く巻いて、落下傘バンドもつけない丸腰で出撃するのとは対照的で、上司に丁寧に挨拶していくその顔は、興奮に満ちたものであった。これが最後と、みな思い思いの姿で自分をいくらかでも慰めて出発したのだろうが、特攻隊員でなかった私としては知るよしもない。

菊水七号作戦発動

五月二十三日、菊水七号作戦が発動されるため、北九州築城《ついき》基地で訓練中だったわれわれは、その前夜、外出を許可されたので、先輩同僚および電信機の整備員とともに市街に出かけた。これが最後の夜となるかも知れない。

明くる二十三日の早朝、築城基地を二機の天山艦攻が離陸した。いうまでもなく私たちである。エンジンの調子が少しよくないらしい。だからといって串良基地まで飛べないこともない。その動作に気づいた指揮官機は二番機の位置についた。

操縦員横田幸雄中尉、偵察員浅野耕作中尉、電信員小関長吉兵曹である。横田中尉は飛行時間四千時間以上を有する当隊きっての艦攻のベテラン、浅野中尉は予備学生出身のインテり、小関は飛行練習生大井空時代の同期生だった。

この横田機と行動を共にすることは百万の味方を得、さらに大船に乗ったようで、精神的に気楽でさえあった。別府上空を通過、高千穂の峰を右に見て南下する。随分かよいなれた道である。機は串良基地に着陸した。

串良基地は作戦準備でごったがえしていた。今朝からの多忙にまぎれて、いつのまにかもう夕刻になっている。このあわただしさの一日、少しの休養も出来ず、このまま出撃して死につくとは残念である。せめて今夜一晩でもこの基地でゆっくりしたい。

作戦のしんがり

今日は出撃の日である。敵機動部隊が近海にいるとの情報が入った。また偵察機の空中写真では、沖縄本島周辺では敵艦船が数えきれないほどいるという。物量の反攻である。特攻隊員は「目標がいくつもあるぞ」と喜んでいた。

しかし、それにしてもあまりにもありすぎる。今日という今日は、帰ることは不可能にちがいないと覚悟をきめた。

作戦大要は、夕方より薄暮にかけて我が陸海軍の戦闘機が、伊江島および沖縄の制空権を一時的に確保する。つぎに陸軍の義烈空挺隊が着陸（胴体着陸）する飛行場を、陸軍の靖国《やすくに》が銃撃する。その後、九七重爆に乗りこんだ陸軍空挺隊が強行着陸して敵陣に斬り込み、海軍の彗星艦爆隊が敵艦船を爆撃する。その後をわれわれの天山艦攻隊が魚雷攻撃するという作戦で、われわれは作戦のしんがりを承わっていた。

出撃天山艦攻十機——われわれは午後十一時、飛行隊指揮所内にいって整列し、司令の訓示を待っていた。峯松巌司令は、

「沖縄の友軍からの無線連絡によれば、海軍航空部隊の戦果を特に期待している。戦果いかんによっては地上部隊の作戦も有利に展開する。

戦場に到着したら、攻撃目標は戦艦、空母、輸送船の順。飛行中、エンジン不調ならばいつでも帰って来い。しかし戦場に到着し、雷撃進路に入った場合には、相当の対空砲火もあると思うが、決して命は惜しまず一発必中の雷撃を敢行せよ。また敵機動部隊が、近海にいるかも知れない。発見した場合は沖縄に行かずに空母を攻撃せよ」と命令された。

足立飛行長によって指揮所の黒板に種子島の西回り、東回りのコースが書かれた。敵機動部隊がそのどちら側にいるかわからないからであった。

さらに飛行長は沖縄上空の天候と、串良基地が明朝敵機の攻撃をうけて着陸不能のときに、着陸すべき他の二、三の飛行場を指定した。喜界島の飛行場も現在使用可能、不時着したさいは、内地にはないオクタン価九一の航空燃料を満載してくるよう指示された。

出撃隊員三十人は司令の前に整列し、冷酒を飲み、航空弁当、サイダー、居眠り防止食、パイ缶をもらい、いつものとおり各機十束の欺瞞紙の配分をうけた。小関兵曹が私の右脇にいた。「自己符号はイロ二だったね」と問いかけた。すると「そうだ、俺がイロ一だから、自己符号は間違うなよ」とにこっと笑った。

私は居眠り防止食、サイダー以外は見送りの戦友たちに御馳走して愛機に向かった。機のそばでは例のとおり整備員が試運転中で、整備の下士官が操縦席に乗っている。その下士官が右手をあげた、異状なしである。

操縦員の福田兵曹、つづいて川村兵曹が搭乗、つぎに私、最後かも知れない大地を踏みしめ電信席に入った。そして無線機を調整、指揮所と感度試験を手ばやく実施した。すぐ良好の応答、川村兵曹に「後席出発準備よろしい」と報告して電信席内の塵をはらい、飛行服のポケットのゴミを機外へすてた。

沖縄全島をおおう火線

天山艦攻一機が私たちの機の前を通過して、滑走路の方へいった。攻撃にいく時は〝一番先に〟というわれわれ三人の信念をくつがえすかのように、エンジンの調子のよい飛行機から単機発進なのである。つぎに遅れはとるまいとチョークをはずして出発、整備員が手をあげて見送ってくれる。

離陸地点に来た。私は指揮所に向かって「離陸よろしきや」とオルジス（航空灯）で自己符号をうった。指揮所には足立飛行長がいるはずである。〝離陸〟の発光信号が来る。〝了解〟と応答、機はゆっくり滑走路を走り出す。その近くで残留搭乗員や特攻隊員が、軍艦旗を振って送ってくれているのが月光でよくわかる。

離陸だ。機首は一路、種子島の東へむけ沖縄へ沖縄へと南下する。味方戦闘機の護衛などはない。重い一トン魚雷を胸にだいて飛行するので、速度はつかず、先に敵夜間戦闘機を発見して逃げなければ、一撃で撃墜される。月はほぼ満月に近く、翼が青白くにぶく光るので、今にもグラマン夜戦が直接照準で射撃をして来はしないかとの不安の念におそわれる。

私の機は、種子島東回りの五機のうちに加わっていた。出発直前の指示にしたがい、残る五機は、島の西側を飛んでいた。途中で電光のごとく上空から黄色い光がスーッと流れて来た。〝夜戦〟思わず背中がぞーッとする。だがそれは流れ星だった。

三人とも極度に緊張していたが、海上には、空母の影も形もない。いつまで行っても同じことだ。右側に、小さく喜界島が見える。

沖縄本島へ近づくにつれてだんだん曇ってきた。天佑だ。曇れば雲下では翼が光らず、敵艦船が海上にいたとしても、肉眼での発見は困難だろう。だが、これはほんの気やすめに過ぎないのである。というのは敵に電探がある以上、雲など問題ではないのである。

午前二時ごろ、沖縄本島が黒々と見えてくる。沖縄かと思ったら、足の方が小きざみにふるえて来た。武者ぶるいとはこの事か。接近するにつれ、その全島をおおうように赤、青、色とりどりの火線が縦横にとびかうのがわかり、地上における戦闘の烈しさを物語っているようだ。

挺身斬込隊は成功したにちがいない。「やってる、やってる！」全身が叫び出しそうな、名状しがたい昂奮におそわれる。

突然、本島南端から高射砲の威嚇射撃をうける。欺瞞紙をまいて左旋回し、高度を下げる。

翼端が海上につきそうだ。しかし、どうしたものか、わが天山艦攻の目標である敵の艦船は、一向に見えない。

敵を求めて海上を三十分くらい旋回していたであろうか。月を見ると水平線上三十度くらいで、もし敵艦が月を背景にしてくれたら、われわれは月に向かって最良の攻撃をし得るのだ。

そのとき、沖縄本島南端あたりに、白灯が三つ四つ、点々としてまたたくのが見えた。

雷撃成功！

「なんだろうアレは？　接近して確かめてみよう」

川村兵曹も、すぐにそれに気がついたらしい。私はすぐ「突撃電報をうつ」と報告、電鍵をたたいた。機は白灯に接近すべく慶良間諸島と沖縄本島中間の海上を飛んで、東に進路をとる。敵を捕捉攻撃するなら今だ。月が沈んでは海上が暗くなって、もう遅いのだ。

接近して見ると、海上に点々と小島のようなものがいくつも浮かんで見える。

「おかしいなあ。こんなところに島はないはずだが」さらに接近するにつれ、「あッ！」とわれわれは、声を呑んだ。

いる　いる！　小島のように見えたのは敵の艦船で、よく見ると、巡洋艦、駆逐艦、その他輸送船などが、数えきれないほど、点々としてならんで停泊しているではないか。愛機はいったん白灯上空を通過すると、中城湾に入り、さらに左旋回して雷撃進路に入る。

川村兵曹が福田兵曹にむかって、「目標、前方の輸送船」と伝達しているのが聞こえる。中城湾では十メートルくらいの高度で魚雷を発射しないと、潮流の関係で射点沈没するおそれがあるので、機はぐうっと降下して、海面スレスレに飛ぶ。月光にきらめく海面が、矢のように走る。

全速、息づまるような一瞬「ヨーイ」「テー」の声が伝声管を流れる。つぎの瞬間、機はフワリと浮きあがった。魚雷はまさに発射されたのだ。そのまま機は大型輸送船の船首上空を通過、左旋回、排気管から物凄い火の粉を噴きながら上昇に移る。

上昇しながら海上を見下ろすと、いましも魚雷は、夜目にも白い航跡を一直線にひきながら、大型停泊船にむかって突進している。去る一月の別府湾における実戦さながらの雷撃訓練をはじめ、事故死者を続出させたほどの猛練習の成果が、いままさに敵にむかって発揮されようとしているのだ。

息をのんで魚雷の航跡を見つめているその一瞬、輸送船中央に、船の三倍もの高さの真っ黒い水柱が噴きあがった。

「当たった、当たった、当たったぞ！」一同、思わず声をあげて、快哉を叫ぶ。

この時、機翼に鋭い鋼鉄音がはじけ、叩かれたようなショックが、機体を揺すりあげた。敵が電探による機銃射撃を開始したのだ。つづいて高角砲が機の周囲に炸裂しはじめる。その物凄い弾幕のあいだを、機は右に左にバンクしながら、いったん上げた高度をまた下げて速力を増し、突っ込んでは逃げた。

それを追うように、今度は曳光弾が花火のようにポンポン撃ちあげられ、夜空は明るく染まった。それに対抗して、こちらも欺瞞紙を撒いて敵の眼をくらまそうと試みる。

逃げながら、さっきの輸送船を見ると、すでに水柱は消え、船は大きく傾斜して、船尾から水中に没しつつあった。「しめた、轟沈！」と直感した瞬間、また翼のあたりにガンと大きな衝撃があり、機は大きく傾いた。

「やられたかな？」と思いながらも、伝声管にしがみついて、夢中で「全速、全速！」と怒鳴る。陸地上空に逃がれるのは危険なので、機は全速で艦船群の真上に突っこんだ。すでに曳光弾は消えていたが、敵艦の上を飛ぶたびに、電探射撃で撃ちまくられる。まさに全速で飛んでいるのだが、まるで機が停止してでもいるかのような焦燥感でヤキモキする。

海上を見ると二隻の敵艦が全速で之《の》の字運動をしながら逃げまわっている。なんのことはない。両方で逃げっこしているのだ。そう思ったら、危急の瞬間なのに、なんとなくオカしくなった。敵に遭遇するまではなんとなく不安があるが、いざ戦闘開始となると、そんなものは吹ッとんでしまうのだった。

雷撃を終わって、すでに攻撃の武器もないわれわれは、一刻も早くこの死闘の空を脱出せねばならない。猛烈な対空砲火の洗礼を受けながらも、どうやら艦隊上空を通過したらしい。

「ラユ」――雷撃終了を送信して機首を立てなおしたとき、また新しい敵が私たちに挑みかかってきた。後方の空に、こちらに向けて進んでくるグラマン夜戦一機を発見したのだ。

（しまった！）グラマンでは相手が悪い。

「機長、グラマン！」と報告して最後の欺瞞紙を一束まき散らし、必死の逃走に移る。遁走数分、背後をふりかえって見ると、どうしたものか、グラマン夜戦の姿はない。こちらの姿を見失ったのかもしれない。とにかく、肉眼での夜間飛行は日本人は絶対に優秀なのである。

グラマンの追跡もなくなり、機は北へと方向をとる。基地へ向かって、大型輸送船一隻轟沈の戦果を打電する。もう欺瞞紙もないので、さらに夜戦への警戒を厳にしながら飛行をつづけ、いつしか奄美大島西海岸の上空に到達していた。

戦闘にうつる前、敵発見のために三十分くらい空費していたので、串良基地まで帰る燃料がなくなっていた。仕方なく、遠くに見える喜界島に不時着することにきめ、基地に向けて「われ喜界島に不時着す」の無電をうつ。時に午前四時、いくらか空は白みかけたようである。

喜界島上空に達したわれわれは、上空を旋回しながら、地上へ向けて味方識別信号を出したが、地上からはなんの応答もない。むろん夜設（夜間に飛行機が着陸する設備）が行なわれる様子もない。おかしい。どうしたのだろう？

さらに味方識別信号を出すが、依然として上は真っ暗で、なんの反応もない。付近には敵の潜水艦がいるかも知れず、また上空ではグラマン夜戦が見張っていないとも限らないので、そう頻繁に味方識別信号を出すわけにもいかない。

我々はようやく、不安と焦燥の念にかられて来た。こんなことをしていたら、やがて燃料がつきてしまうし、他の基地へ今から向かうことも不可能だった。

敵の手中に不時着？

今度はもう最後の手段だ。機は脚を出し、超低空で、小さな喜界島の上をグルグルまわりはじめた。すると今度は、バーッと夜設のカンテラがついたのである。

「やっと判ってくれたか」ホッとして、誘導コースをまわり、やっとのことで着陸した。しかし、どうしたことなのか、頭上に敵がいるかもしれないというのに、今度は夜設の灯火が煌々《こうこう》とつけっぱなしになったまま、いつまでたっても消えようとしないのである。

整備員はいったい何をしているのだろう？　我々はようやく、強い疑惑と不安をもちはじめた。このあたりは第一線の優秀な整備員が配置されているから、こんなヘマをやるはずはないのだ。そう思っている時、突然、パッパッと花火のように火がはね、頭上に不気味な爆音が迫ってきた。

「あッ、グラマン夜戦だ！」まだ機上にあったわれわれは、はじかれたように機からとび下りると、夢中で滑走路を駆けだした。

グラマンは二機いた。やはり上空で旋回しながら、こちらを狙っていたにちがいない。走るわれわれに向かって、グラマンは低空で銃撃を浴びせてきた。すぐそばで土煙りがパッパッと上がった。

とにかく手近の遮蔽物に駆けこまねばならない。伏せては駆け、伏せては駆けしていると、また不思議なことが起こった。今度は地上から、私たちに向かって機銃がうなりはじめたのだ。

事態を判断するまもなく、夢中で飛行場のはずれの草むらに飛び込んだわれわれは、先ほどからの漠然とした疑惑が、ようやく強い不安となってくるのを感じた。もしや、喜界島は敵の手中に帰しているのではないか？　そう思ったとたん、慄然と肌に粟を生じてきた。そうだったら百年目である。われわれは拳銃一つ持っていない丸腰だった。

その時、福田兵曹がこんなことをいった。

「この夜設の仕方は、四月十一日にここへ来た時と同じものだ。敵じゃないよ」

われわれも、そう思いたかった。さっき串良基地を出発する直前にあたえられた情況からいっても、ここは味方によって確保されているはずだった。そう短時間に、情況が変わるはずもない。その間にも、グラマンはつづけて銃撃をくり返している。

その時、われわれはふと近くの防空壕らしいところで、人の話し声をきいた。まぎれもない日本語だ。もう大丈夫、と思ったので私たちは、パッと草むらから出ると、「入れてくれ！」と叫びながら、その壕の中にかけこんだ。

やっぱり、喜界島基地は、わが軍の手中に確保されていたのだ。そのとき、グラマンの音が一時遠のいたように思ったので、われわれは指揮所にいって不時着の報告をすませ、ついで今夜の戦果を報告する。その間に整備員たちは、グラマンの再襲にそなえて、愛機を飛行場の片隅に押してゆき、木の葉などをかぶせて擬装してくれた。

予想どおり、グラマンはまたやってきた。今度は二機、四機としだいに数をまし、ついには十六機もやってきて、かわるがわる急降下しては銃撃する。ひとしきり、猛威をたくましくすると、グラマンはふたたび遠ざかっていったが、わが天山は、せっかくの擬装のかいもなく、この銃撃によって、ついに炎上してしまった。

情況が一段落したところで、さっき、われわれが着陸する時の、飛行場の不思議なやり方についていてきいてみると、地上では、はじめ我が機を敵機と誤認し、味方識別信号が出てもわざと夜設をしなかったらしい。

というのはそのとき、飛行場上空にグラマン二機が制空中ということが判っていたからである。しかし、われわれが、しまいには脚を出して低空で飛んだので、その爆音ではじめて天山艦攻とわかり、いそいで夜設をしたのだった。

それと同時に、今度はわれわれの上空から襲ってきたグラマン二機も味方と誤認、その着陸にそなえて、夜設を消さなかったのだという。九死に一生を得たわれわれ三人は翼をうばわれたまま、しばらく喜界島基地に滞在することになった。

白菊特攻機で救出さる

われわれ三人は、喜界島で昼間はぶらぶら島内を歩きまわり、夜になると例のごとく飛行場通いである。基地の海軍少佐は、われわれの戦果をたいへん喜んで、あらためて串良基地に大型輸送船轟沈の戦果と、不時着したことを無線で連絡してくれた。

五月二十五日は、さきに敵無線を傍受したところによると、喜界島に米軍が上陸するらしいとのことで、島民は軍命令により強制的にみな山中に避難していた。

四月十一日に来たときは兵隊たちも民家に居住していたのが、いまは山の洞窟や急造のバラックに立てこもり、道路には、いたるところに地雷敷設をしたりしていて、島内もその趣きをだいぶ変え、われわれが一夜仮寝した宿舎は爆撃でふっとんでいた。どうもスパイがいるらしい。われわれも以前に幾度もやったように、スパイ狩りを行なう。

こうして一週間くらいたったある夜、白菊特攻隊の飛行機一機が不時着した。特攻隊員は操縦、偵察員とも若い人であった。

その話によれば夜間、鹿屋基地を発進するさい地上指揮官からコースを示され、沖縄本島近くになれば激戦中であり、敵味方の弾丸の破裂する火炎が見えるからわかるといわれて飛行した。どこまで行っても沖縄本島らしい島も見えず、機位が不明になったので、明かりの見えたこの島に着陸したという。

いつものようにグラマンが夕刻の一定時、上空をはなれるとき、この白菊特攻機に便乗、喜界島脱出を決意した。帰るとなると基地の参謀および高官たちは軍機の分厚い秘密書類を、「大変だろうが鹿屋基地飛行隊指揮所に届けてくれ」と電信員である私に託すのだった。

「はい、確かにお渡し致します」と答え、その何通もの書類を飛行服と下着の間に入れ、その上にジャケットをつけ、もし途中で撃墜された場合にも、この書類は私の体と一緒に沈むように万全の心構えをした。

夕刻、白菊特攻機が飛行場の一隅に運び出された。一刻の猶予《ゆうよ》も許されない。電探には敵機なしとの報告に、機の運用は特攻隊員にまかせ、私たちは見張りの任についた。

機は滑走路を滑り出し喜界島をはなれた。脱出に成功したのだ。もちろん高度はとれず、海面すれすれの飛行がつづく。発見されれば最後である。機銃も電信機もオルジスも積んでいない。

鹿屋到着は夜になる予定である。基地上空には海岸方面から進入しなければならないが、その際は識別信号を点滅して、味方機であることを知らせなければならない。特攻機の偵察員に懐中電灯の所持について聞いたが、それもない。仕方がない、なんとかなるだろうと覚悟した。

天山艦攻に乗っていた私にとっては、白菊特攻機はまるで自動車のように遅い。喜界島から一五度で飛行すれば、種子島と屋久島の中間に出るはずである。運よく屋久島が左に見えたが、九州南端で暗くなって来た。

特攻機の偵察員があわてている。下を見ると今までうす黒く見えた陸地が見えない。川村兵曹（私たちの偵察員）が事実上の先任者であり、偵察員であったので交代、機位を確かめると雲上飛行であった。陸地上空になったので、知らずしらずのうちに高度をあげ、雲上飛行をしていたのだ。

鹿屋の飛行隊指揮所では盛んに「・・—・・」と疑問符信号を上空に向けて打って来る。出発時の心配が現実となって表われたのだ。どこの飛行機かといっているのだ。だが白菊特攻機ではどうしようもない。

飛行場上空を飛ぶ爆音で、判別してくれたのであろう。パアッと夜設がついた。やっと着陸できた。まったく練習生時代には速いと思った白菊は、空のボロ自動車といえた。

その晩は特攻隊員と別れ、鹿屋の飛行隊指揮所に出頭し、喜界島の参謀に依頼された軍機書類を手渡し、大変喜ばれた。

我々のために、さっそく白菊一機が準備された。私たち三人を串良基地まで送ってくれるのである。敬意を表して機上の人となった。串良基地に着陸、間もなく乗用車が迎えに来てくれた。喜界島からの無線連絡によってわれわれの戦果を知っていたのか、飛行長は大変喜び、〝轟沈祝〟と称して清酒一升をくださった。

しかし、私たちの戦果に手放しで喜んではいられなかった。艦攻十機が出撃したが、三機はエンジン不良で引き返し、魚雷攻撃を敢行して帰って来たのは一機で、他の四機は未帰還であった。

その中には、艦攻隊のベテラン横田中尉機もある。電信員で、出発するとき「自己符号を間違うなよ」と言って出撃した小関兵曹からは、二十五日午前一時二十六分まで無線連絡があったが、以後、消息を絶っていた。当隊においては大なる損失である。

五月二十七、二十八両日における菊水八号作戦は喜界島への滞在中に終了していたが、分隊長の小松大尉機は敵の戦艦に攻撃を加えたという。

その攻撃方法がまた大胆だった。雷撃進路に入ると敵艦が回避したので、射点が不良となり、攻撃をやりなおすことになった。雷撃の常として、攻撃をやり直した時には必ずといってもいいほど失敗し、撃墜されることを免れなかった。

それを小松大尉はあえて、攻撃のやり直しをしたのである。しかも、二度目もだめ、三回目もいい射点につけず、四回目にとうとう魚雷を発射して命中させるという、とんでもない放れ業をやってのけたのである。まさに雷撃魂の権化《ごんげ》ともいうべきものだった。操縦は小松大尉、偵察は芦野飛曹長、電信は伊藤上飛曹だった。

天山艦攻「雷風雷撃隊」最後の日々

燃料輸送屋から一転して特攻となった艦攻隊の心意気

当時 攻撃二五一飛行隊操縦員・海軍中尉 島倉一郎

胸に数個の三号爆弾を抱き、いま私は千葉・横芝基地を飛び立ち、機首を八丈島へと向けた。午後六時三十分、任務はいわずとしれた八丈島よりの燃料空輸が主目的だが、往復路とも洋上での対潜哨戒を兼ねている次第だった。

これがその頃の私たち攻撃二五四飛行隊に課せられた毎日の使命だったことはいうまでもない。この原因はほかにもあるだろうが、最大のものは徳山にある海軍燃料廠が爆撃の被害で、目にみえて航空燃料が不自由になったからである。

島倉一郎中尉

いまの私たちは、攻撃部隊といっても輸送部隊となんら変わったことはない。ただ、当時、日本近海にさかんに出没しだした敵潜水艦に対しての、対潜哨戒という〝オマケ〟がちょっぴり心のなぐさめになったのだが、〝任務は任務だ〟と自身に言いきかせて、夜の洋上に針路をとったのだ。その途中、大島、三宅島の島影を洋上で左に眺めながら、ただ黙々と飛行をつづけていたのだ。

これは飛行学生を卒業して、四ヵ月あまりの天山艦上攻撃機の操縦員としての数々の戦時技術訓練を終え、初めてこの攻撃部隊に配属された私には、なにか一つ割り切れないものがあったことは事実であった。

その飛行も往きは目的地までの片道燃料分しか積載してないのだ。この機の六個の翼内タンクも、五個までは空タンクで、途中で万一にも突発的な飛行延長の事態が発生したら——と考えると、機はまるで血に餓えた野獣が獲物に突進するように、八丈島に向かって飛びつづけていた。島には南北に山を切りひらいた一本の殺伐とした急造の滑走路があるだけで、その周辺には建物らしい建物すらないありさまだった。ただ島の中央部に位置する八丈富士の地下一帯が、いつかくる本土作戦用の燃料庫になっていると聞かされていたが、その燃料を一足先にわれわれは使用していたのだ。

この燃料輸送機の天山を、夜の八丈島の着陸灯に引きよせられるように着陸させ、所定の給油場所に地上滑走していった。そこには私より先に発進した僚機が給油の真っ最中で、その姿が月明かりのなかに浮き出されていた。

その僚機に気をとられていると、いつのまにか私の機に給油するため、待機していたのであろう燃料ローリ車とともに二、三人の整備兵が近寄り、乾き切った翼内タンクの一つ一つにてきぱきとした動作で、それも無表情で給油しはじめた。その間、私たちは月明かりの飛行場の片隅に腰をおろし、ホタル火のように煙草を吸っているだけで、ほんとうに何とも味気ない時間をすごすのだった。

やがて私の前方を、さきに給油の終わった僚機が爆音とともに砂煙りをあげ、エンジンの青白い炎を排気口より吹き出しながら元気よく飛び立っていった。

やっと私の機も給油と所定の点検を終わり、あふれるほどの燃料を翼の中につめ、この八丈島をあとにして大きく洋上を三角航法での哨戒態勢で針路をとり、午後十一時ごろ、もとの横芝基地に帰投するわけである。

敵機とまちがえられて冷や汗

ある夜、こんな出来事があった。私の機が給油も終わり、離陸前の試運転中にエンジンの異状音をみとめ、その整備のために最終僚機より一時間あまり遅れて八丈島を発進し、約二十分ほど経過したときであった。伝声管を通して突然〝ただいま警戒警報が出ました。機種不明の敵小型機がこの近くを北上中とのことです〟とガナリ立ててきた声は、一番後席にいた沢田上飛曹からであった。一瞬、私は電気にうたれたように、体中の神経がまるでピアノ線がはね返るように緊張した。

つぎの瞬間、機首をぐっと下げ、高度を二十メートルに落とし、こんどは私が〝上を見張れ〟と怒鳴った。今のいままで私たちは、のんびりと座席から見える洋上の見張りだったのだが、こんどは逆に空の見張りをしなければならなくなったのだ。小型機なら、あるいは敵の夜間戦闘機かも知れない。往きとちがって燃料切れの心配はないといっても、相手が夜戦ならそれこそ大変だ。

　この天山は力こそあれ、スピードがなく、もし目標になれば一コロだ。そんな緊張の連続で海面低く飛びつづけたが、それきり途中なんの変わった出来事もなく、飛行場の上空に到着するころには警報も解除となり、ぶじ任務遂行して着陸したのである。

　あとで知ったことだが、この警報の原因は、横須賀鎮守府のレーダーに入った機影が時間と位置より推察すれば、どうも私の機が所定の時間外に飛行したことが誤報の原因と知り、ほっとするやら、恐縮するやらの冷や汗ものだった。だがこの事件は私たちのペアと、部隊の一部の隊員だけが知っていただけで、当時のマル秘の出来事であった。

　われわれが着陸したあとの整備兵は大変だった。持ち帰った燃料を、早春とはいえ三月の真夜中に、しかもカラッ風に吹きさらされての作業は肌にしみることだったろう。それもあちらこちらに退避分散した機の燃料タンクから、明日の片道燃料だけを残して、余分をドラム缶に一滴も無駄のないように抜きとる作業が明方ちかくまでつづくのだ。

あこがれの飛行甲板に立つ

　やがて、私たち攻撃二五四飛行隊に大分基地への移動の話がまいこんできた。それは別府湾内に入港している空母鳳翔への着艦訓練と魚雷発射訓練で、もちろん私たち大部分の隊員にとっては初めての実地訓練であった。これまでのマンネリ化した任務にいささか飽《あ》きあき

飛行甲板を飛び立つ天山一二型。全幅14.9メートル、全長10.8メートル

していたときだけに、このニュースはたちまち隊内に伝わり、皆は子供のように喜んだものだった。

そして大移動の日がきた。佐藤中佐を一番機にしたわれわれ天山艦攻の大編隊は、大分基地に向けて発進したのである。

大分基地に到着したとき、隊長機の編隊解散のバンクで、各小隊ごとに飛行場上空を大きく旋回しながら、自分の着順番を待機していた。一機また一機と滑るように滑走路に美しく着陸していく。飛行場には零戦が見え、そして艦爆も銀河も、一式陸攻もいた。

そのなかに、十機あまりの今まで見たことのない型の双発機がいた。新機種かもしれないと、そんなことを考えているうちに私の小隊の順番が近づいた。私は僚機に着陸に入るバンクを送ったのち、一直線に第四旋回を終わり、機の位置と速度を修正しながら滑走路に滑りこんだ。われながら見事な着陸だ。僚機も私につづいてつぎつぎと着陸して来た。

一機の落伍機もなく飛行場に立ったとき、さあこれから自分の腕をためすのだと考えると、なにかその瞬間、ジーンと体内をはしるものがあった。

さきほど上空より新機種と思った双発機は、陸軍の爆撃機キ67（飛龍）だとこのとき知った。やはりこの戦時下に陸海共同作戦のため私たちと同じように、雷撃訓練と航法訓練のためにこの基地に集結していたのだ。だが陸軍機には偵察技術がないので、現在のところ、われわれ同期の偵察士官が機長として同乗指導しているとのことであった。

翌日、私たちはこれより始まる訓練の仮想敵艦である鳳翔を見学しに、ランチで出発した。実際のところ私も海軍軍人でありながら、まだ一度も本物の軍艦に乗艦したことはなかった。この鳳翔は小型空母ではあるが、やはり空母ともなれば立派な帝国海軍の軍艦であった。憧れの空母に乗艦して驚いたことに、飛行場と大空を相手にしているわれわれ搭乗員の目には、なにもかも全部が寸足らずのように狭いのには二度驚かされた。一通り見学もすみ、午後は明日よりはじまる訓練の準備などで一日も終わり、みんなは上陸もせず、その夜は基地内の宿舎で就寝した。

不時着水した大堀機

ちょうど訓練三日目のことであった。昨日までの停泊艦に対する攻撃とちがって、こんどは全速航行する艦にたいする発射訓練のため、われわれには高度な技術が要求されたのだ。模擬魚雷とはいえ発射後、その回収までには大変な費用がかかることだろうから、下手な行動はもとより小さなミスもゆるされないのだ。

今日は大堀少尉と二機編隊の二番機として、七〇〇キロあまりの模擬魚雷を胸に午前十時、ピッチレバーとともにスロットルを徐々にあげ、力強い爆音を残して浮き上がった。一番機の大堀少尉は宮城県出身の同期生で、色浅黒くていかにも古武士的な風貌の青年士官であり、彼のお国の東北弁がよけいにその面影を強くしていた。

じつに爽快！　その日は雲ひとつない晴れわたった飛行日和で、太陽が痛いように目にしみる。一番機とがっちり編隊を組んで、洋上に鳳翔の姿をもとめて飛行した。まだ私たちの視野にはなにもうつらない。しばらくして右前方一時の方角に、目標艦をとらえることができた。近づくにつれてその白い航跡が見える。全速航行だ。私たちはただちに編隊をといて大きく旋回し、太陽に向かって飛びつづけた。

これは攻撃時には太陽を背にして突入するためで、敵に対して機の発見を遅らせるための擬似行動であった。一番機が空母に向かって突入し、つづいて私も高度二十メートルで突入を開始した。前方の空母がみるみる大きく接近してくる。そのとき一番機が魚雷を発射するのが見えた。

私は艦の速度と発射距離とを瞬間計算し、眼前の照準器に目標艦をとらえて、思いきり操縦桿上部の発射レバーを押した。一瞬、私の機は一トン近い魚雷を発射して身軽るになったので、ふわーと浮き上がるように、全速で艦上真上を通過し、左旋回をしながら上昇姿勢で振り返ると、いま発射した魚雷の航跡が長い尾を引いて一直線に鳳翔に向かい、やがてその艦の真下を通過した。〝命中したぞ〟と、期せずしてわれわれ三人の口から喜びの歓声があがった。

なんともいえぬ良い気分で、爆音も軽くこれより帰投だ。さきの一番機と編隊に入ろうとしたその直後、まったく予想もしなかった事態が発生した。それも瞬間の出来事だった。とつぜん一番機の右の真っ黒なエンジンカバーが飛んだと思ったら、真っ赤な火の玉のようなシリンダーが沖天に舞い上がり、すごい勢いで海中に落下したと同時に、一番機は急に速力が低下し、そのまま不時着水するかのような姿勢で海中に突っ込み、瞬間にその機影は別府湾内深く沈んでしまった。海中に沈んだのを目撃したことがとても信じることができないくらいで、ただ心の動揺をおさえるのに精いっぱいであった。

われに返ったとき、洋上には二つの人影が波間に浮いていた。そして私たちの方にさかんに手を振っている。誰だろう一人少ないと思ったが、何はともあれ救命ゴムボートを二人の近くへ低空より投下し、つづいて発煙弾と色素弾を海上に投下した。そしてその上空を二度、三度と旋回をして、いちおう事故報告と救援手配のため基地に引き返した。

基地に着陸するなり報告のため指揮所前まできたときの隊長の第一声が「このバカ者！何でもそもそしておったのだ。そんなことで何時《いつ》までうろうろしてたんだ。すぐに帰らんかバカモノ！」であった。なんのことはない。バカのおまけがついて、ガナリ立てられたのだ。基地にはもう連絡が入っていたのだ。だが、私は私なりに自分の処置が悪かったとは思えなかった。

天山一二型。速度や航続力はTBFアベンジャーをしのぐ高性能を発揮した

後刻、救助された二人の搭乗員のなかには大堀少尉の姿はなく、もう二度とその勇姿に接することはできなかった。大堀機の沈んだ海中は深度五十メートルで、とうとう機体も引き揚げ不可能だった。いまもって大堀少尉は機体とともに、別府湾深く眠っているのだ。

特攻隊員の憩いの場は地下壕

いよいよ私も同隊の戦友より一足先に、特攻基地串良《くしら》に出陣命令がでた。出発の朝、愛機の前で私は日の丸鉢巻で、これまで苦楽を共にした同期の湯川、若林両少尉と三人で別れの写真を撮影した。

特攻に出れば、二度と東京の空を見ることはできないだろうと思ったら、よけいに名残りおしくなり、基地を飛び立ってから機首を東京上空へと向けた。一回、二回と東京の上空を旋回して最後の別れを告げたが、東京の街々はあちこち数度の爆撃で、いたるところ焼野原となっていた。

去りがたい気持でいっぱいだったが、しかたがない。こんどは串良に針路をとった。三時間あまり飛ぶともう串良はつい目と鼻の先だった。「どうせ死にに行くんだ。いそぐことはない」と宮崎空に何のためらいもなく着陸した。

そこで、私が海軍中尉に進級していることを知った。なんのことはない。進級の伝達を聞くために降りたようなものだった。われながらつい苦笑せざるを得なかった。さっそく中尉の階級章をと思ったが、この南端基地ではとても入手することはできない。そこで基地付の同期生にたのんで古い階級章の桜を二個ゆずりうけ、いままでの桜をはずし、その横に一個ずつ補充して、形ばかりの新任中尉ができあがった。

その夜、基地の同期生の進級祝いの宴に、宮崎の夜の街に上陸した。そして翌朝、前夜の美酒にいささか重い頭で国の朝風を頰にうけながら、飛行場で今度こそ二度とふたたびまみえることができぬ戦友との別れに、複雑な思いを胸に秘めて串良基地へと飛び立ったのである。

標高九七メートルの串良基地からは、いままでにも数多くの戦友が特攻隊員として出撃しているのだ。私がいままでに歩いた数々の基地とは別な感慨で地上に降りたったが、バラック式の兵舎が飛行場横の林のなかに点々と建っている。じつに殺伐とした南端基地だった。

恐らくここが最後の地となることだろう。着任そうそうの私には、攻撃二五一雷風雷撃隊の編成と、その隊長の任が待っていた。

この基地の夜は地下五十メートルの地下壕のなかで寝るのだ。寝苦しい目を開くと、昼行灯《あんどん》のような薄暗い裸電球の光が見える。やがて地上では夜明けがやってきたのであろう。一人、二人と仕度をして外に出て行く。このモグラのような生活が毎夜つづいたのだが、夜休むときのベッドの毛布も、数時間の睡眠中によくもこんなに重く感じるまでに湿気を吸収したものだ、と感心するぐらいに水分をふくんでいた。

私がこの基地に来る前から、すでにサイパンより連日、しかも昼夜の別なく敵機がやってきていた。そのたびに、この基地の上空をいかにも定期便のように、ゆうゆうと飛んでいるのだ。そのようなことで、この基地の誰もが彼らのことを定期便と呼んでいた。そしてときどき思い出したように、敵機はこの基地にも襲ってきた。そうした事情から、この地下壕となったのだ。

私が想像していた地下壕とは、およそ考えられないほど大きなもので、縦穴の横は十メートル以上はあったろう。入口はなだらかな傾斜になって、奥に入るようになっている。壕内の通路が不規則に曲がりくねっているのは、この土地が石質だからだろう。その両側に大小数多くの部屋らしきものがあるが、壁もドアーもなにもなく、その中に多くのベッドだけが置かれてあるのだ。横の壁面にしてもなんの飾りもなかった。ツルハシやスコップの跡がそのまま残っており、照明設備も相手がやっと近づいてきてから確認できる程度の裸電球が、ところどころに思い出したようにぶらさがっていた。

これが日本最南端基地の生活であり、死を待つ者の一番安心してすごせる憩いの場でもあったのだ。そして夜明けとともに地下の生活から、地上の生活へと入るのをつねとした。

運命をきめる〝午前十時〟

地上の宿舎に出てあれこれと時間がすぎて、飛行機乗りが一番恐れているいやな時間がやってくる。

午前十時、宿舎の中のスピーカーから、いきおいよく軍艦マーチが流れてくる。それが終わると作戦参謀室からの通達である。

〝本日の○○攻撃の搭乗割を発表する。第○小隊○○中尉、○○少尉、○○上飛曹……以上の者は午後六時までに各自の飛行機の点検をなし、指揮所前に集合せよ、終わり〟

よほどの悪天候でないかぎり、この放送は事務的に毎日つづくのだ。

何といっても敗け戦さになってからの、この通達を聞く搭乗員には、これほどいやな時間はほかにはあるまい。誰もみな、いちおう死は覚悟はしていても、自分の名前がでるか、呼ばれないかと、死刑囚の刑の執行を知らされるようなものだった。

毎日、何人かの戦友や同期生が、この放送によって、二度とここに帰らぬ人となって飛び立って行ったのだ。だが、名を呼ばれた隊員は、つとめて表情は冷静に、そして言葉しずかに「とうとうきたか」と言ってはいたが、その胸中は計りしれないものがあったことだけは確かである。そして静かに身のまわりの整理にとりかかるのだ。

この頃になると、残る者も飛ばぬ日が多くなる。この特攻基地でもいよいよ燃料が乏しくなってきたのである。征く者のために、いずれ征く自分のためにも、いつの間にか三匹の猿のように、誰もが口数が少なくなっていった。

午後六時近くになると、もう宿舎には人影も少なくなって、みなは飛行場へ征く者の見送りにでる。残留組が三々五々と飛行場に向かって歩いて行くが、その道路脇の木立の中や夏草の茂みの中には、いつかはわが愛機の胸に抱くべき運命の五〇番（五〇〇キロ）の特攻爆弾があちこち無表情に放置されて横たえられているのだ。これもわれわれ特攻隊員に対する一種無言の威嚇的示唆かもしれない。

指揮所ちかくには、今日征く者、残る者が、なにごとか語り合っており、それが彼らとして最後の語らいなのだ。やがて時間ちかくなると、お偉方のご入来だ。すると今までの空気が急にピーンと張った弓の弦のように、緊張した空気が流れてくるとともに、誰の指示もなく、征く者は整列して待つことになる。いままで毎日征った戦友とおなじようにである。

そのとき作戦参謀、部隊長、飛行長などのおざなりの訓示と、征く者へのはなむけの言葉が述べられるが、いまさら聞いてもどうということはなかった。

いよいよ攻撃隊長の数々の打ち合わせ事項があり、コース、攻撃方法、通信波長などの指示がある。このときは飛び立つ者も残る者も、一言一句聞きもらさじと一番緊張する時間である。

そのあと、攻撃隊員は一名「敵愾心高揚の注射」を射つことになっているのだ。この期になって敵愾心高揚もあったものではないが、そんな便利なものがその頃あったのだ。その時代には、みなはそれを信じ真剣に感心したものだ。

私も一度体験したが、なんのことはない。戦後、巷《ちまた》にはんらんしたヒロポンのような覚せい剤だったと思うし、十分それとうなずけた。

〝総員かかれ〟の隊長の号令で、いままでの緊張がとかれたように、征く者は残る者と最後の別れの敬礼をして、主を待つ愛機へと急ぐのだ。その胸にはしっかりとさきほど通った道端の、一五〇番の特攻爆弾が夕日にくっきりと浮かんで見えていた。

彼らはその瞬間に向かって、一人一人がいろいろの想いを残して、暮れはじめた南の空に向かって一機また一機と、悲しみの曲にも聞こえる爆音を残して、点となり、そして消えて行ったのである。

爆装「占守艦攻隊」の悲しき戦果

終戦後の八月十八日、侵攻してきたソ連軍との戦闘

当時 北東空分隊長兼攻撃二五二飛行隊小隊長・海軍中尉 喜多和平

昭和十八年七月、キスカの隠密撤収が成功し、アッツ、キスカはふたたび米国の手に帰った。このため、北千島の占守島《しむしゅ》は北方の最前線となり、トラック、サイパンとともに、急きょ強化工事がおこなわれた。その結果、当時もっとも充実した戦力をもつ不沈の航空基地となったのである。

ところで、占守島の南方に松輪島《まつわ》がある。松輪島は千島列島の中部にあり、面積わずか五十三平方キロ。盃をふせたような火山島であるが、南面海岸に松輪海軍飛行基地があった。滑走路は十文字だが、南北方向のものは未完成で、使用滑走路の距離は六百メートルほどしかない。そのため着陸には、滑走距離のみじかい艦攻でも、よほど気をつけなければ危険だった。

私は船団護衛の遠距離進出のため、中継基地としてよくお世話になった。ごく少数の基地員が、飛行場の保守警備にあたっていた。護衛から帰って松輪基地の風呂にはいっていると、

一人の兵がきて、背中を流してくれるという。そして、私に次から次へと話をせがむのであった。

いまは名前も忘れてしまったが、その夜、訪れる者もまれな孤島の守備兵と旅がらすの搭乗員は、戦争も忘れ、裸の人間同士として語り明かしたのであった。松輪島で人の住めるのは、この飛行場あたりだけで、切りたった山頂は噴煙をあげているばかりであった。

松輪から東北へ、飛び石のように島がつながり、それらはみな火山島で、なかでも温祢古丹《おんねこたん》島は、カルデラ湖をめぐらしたじつに美しい島である。幌筵《パラムシル》島硫黄山の大噴火のときは、一七〇〇メートルの山頂から火柱と火山弾がふきあがり、夜は毎日、壮大な大自然のショーを見るようであった。

あたかも、天地創造期にわれわれを引きもどすような、千島とはそんな所である。

取り残された四機の艦攻隊

大本営は本土決戦準備の体勢整備をいそがねばならなかったが、国内はすでに人的にも物的にも生産能力は低下し、食糧難も深刻になってきていた。まさに戦争というものが、過去の戦争とは異種のものとなり、戦争イコール戦闘という古い概念とは、ほど遠いものとなっていたのである。

まず燃料がない。物を生産するにしても、飛行機の増産をいそぐにしても、本土と前線との補給をおこなうにしても、とぼしい燃料では、思うように艦船や航空機を動かすことが不

占守島の片岡基地から船団護衛に出発すべく天山艦攻に搭乗する前より喜多中尉、増淵上飛曹、三浦上飛曹。手前は指揮官の高橋飛曹長に帰着報告する右より荒谷、樋口、山中上飛曹

可能であった。そして、特攻隊員を訓練することも、燃料問題が最大のネックであった。

それでも、本土決戦の企図は放棄されず、体勢整備に要する「時」をかせぐため、沖縄に、また硫黄島に、敵の侵攻阻止を目的に、必死の抵抗と莫大な犠牲がかけられたのである。わが北千島からも兵器、弾薬、砲、車輌、また燃料の本土への逆送が、全力をあげて開始された。

それより前の昭和十九年秋、われわれ攻撃二五二飛行隊にも南方転進の命がくだり、隊長をはじめ全機が去っていくことになった。そのとき、どういうわけか、私の小隊だけが残留を命ぜられた。「追って命ありしだい、本隊に合同すべし」という一言だけが置き土産であった。

残留小隊は九七式艦攻四機、天山艦攻一

機であった。
一番機＝（操）喜多中尉、（偵）増淵上飛曹、（電）三浦上飛曹
二番機＝（操）荒谷上飛曹、（偵）山中上飛曹、（電）樋口上飛曹
三番機＝（操）野口上飛曹、（偵）高橋喜一郎飛曹長、（電）永野甫上飛曹
四番機＝（操）岸本上飛曹、（偵）田上上飛曹、（電）二戸上飛曹

本隊が行ってしまってからは、日課の索敵は行なわれなくなって、船団護衛と対潜哨戒が主任務となった。船団が貴重な人員や兵器を満載して、島西部の片岡湾を出ていくときは、湾口からの前路哨戒、上空直衛にあたり、一直二時間ずつで交替機は定刻より五分前に上空に到着、これを夜までくりかえした。

船団航路は往復とも、前もって暗号電報で通知があるから、われわれ飛行隊は時刻、地点、速力から船団との会合点を計算して、おなじ要領で直衛をおこなう。敵潜水艦の暗躍は活発で、気が許せなかった。

船団は毎回ことなる航路をとって、太平洋あるいはオホーツク海を大迂回して航行する。偵察員は濃霧や吹雪をついて、北方特有の強い季節風が風速二十メートルから三十メートルにもなる中で、正確に自機を船団の真ん前に誘導するのだから、練達の技量を要求された。

そうでなくては、三百浬《かいり》もの遠距離進出では、確実に次直とのバトンタッチすら覚束《おぼつか》ないから、たいせつな任務が全うできないわけである。

また片岡基地からでは満足な進出距離がとれないときは、松輪基地をつかって、できるか

ぎり遠くまで船団を守るのである。オホーツク海には、よく鯨がいて、敵潜と見まちがった。あるときは、本当に爆撃してしまったこともある。せっかくだから、漁撈《ぎょろう》隊に取りに行ってくれと電話したら、鮭やオヒョウなどのいい魚ばかり追って、魚にはゼイタクなこの連中はまったく問題にもせず、却《かえ》ってわれわれの方が笑われてしまった。

新しき敵は〝北方の大熊〟

昭和二十年八月九日、ソ連参戦の報が入った。日ソ中立条約の期限は、昭和二十一年四月二十五日となっていたので、われわれはソ連船にあうと、よく翼をふって友好の挨拶をおくったものである。

カムチャツカ半島のヤイノ港には、戦前から日魯漁業の工場があり、その日もわざわざ貨物船二隻に海防艦一隻がついて、缶詰の積み込みにいっていた。しかし、いまはこれが危ないのだ。

艦攻に掩護せよとの命令が下り、私は六番（六〇キロ爆弾）二発をつけて急行した。本来ならば戦闘機か、せめて前方機銃のある艦爆なら満足な掩護ができるのだが、艦攻にはそれがない。しかし、ないものは仕方がない。

敵戦闘機を見張りながら偵察員は航法に専念し、電信員は後方機銃をつきだして、白雲のなかを半潜航のかたちで突っ走った。ヤイノは近いという偵察員の声がした直後、基地から電報がとどいた。「わが船舶一隻撃沈、一隻拿捕《だほ》さる。ひき返せ」護衛についていた海防艦は、片岡湾に逃げ帰ってきた。

ヤイノ事件の翌日未明、艦攻四機は全機が爆装してカムチャツカを爆撃した。敵戦闘機の応戦はなかったが、地上からの機銃は早くも応射してきた。私はそれを見て、なるほど敵もしっかりやっているわいと思った。

八月十五日、終戦のラジオ放送があり、この日をさかいに、あれほど活発だった米軍の攻撃は、みごとというほどピタリと止んだ。このときの北千島は、もはや一年前とはすっかりかわっていた。本土転進でエラい人はほとんど帰ってしまい、海軍の最高指揮官は通信隊の伊藤春樹中佐、そして北東空指揮官兼艦攻隊指揮官が私である。

私は兵科第二期の予備学生から飛行科第十二期に転科志願した者で、本職の軍人でないから、伝統精神も海軍常識もあまり持ち合わせがない。さいわい北海道の本隊から、伊藤中佐の区処をうけよとの命令があった。あとは自分の信念でいけば何とかなろう、とハラを据えたのである。

霧下の敵艦船に爆弾を投下

八月十八日午前二時、ソ連軍が占守海峡から上陸しているという報にたたき起こされた。暗闇の飛行場へ駆けあがると、陸軍の「隼」の連中も駆けつけて、「竹田浜だ、国端岬だ」などと叫んでいる。

われわれ艦攻隊は、不良視界を考慮して、単機行動をとることとし、高橋機をトップに全機発進した。私は北にむかって離陸、右旋回して占守島の北海岸にあるソ連軍の上陸地点にむかった。

今井崎沖にくると、ソ連艦三隻が片岡方向にすすんでおり、われわれにたいして、高角砲と機銃を撃ち上げてきた。

私は軽くいなして目的地に急行した。まだ暗くて、視界もあまりよくない。ときどき島の地表が、霧のすき間に見えかくれし、砲火は夜空を染めてさかんに撃ち合っている。

竹田浜、村上岬にかけて上陸したソ連軍は、わが歩兵大隊、砲兵大隊と真正面から撃ち合っていた。草地は戦車のキャタピラでなまなましく掘りかえされているのが、機上からも見える。敵艦船はほとんど低い霧の下に隠れているが、マストの先が多数見えていた。

目標を物色しているうち、旗艦らしい巡洋艦がでてきた。私は二五番（二五〇キロ爆弾）一発と六番二発を一度に投下した。緩降下の潜爆要領をおこなった。自分では命中と思ったが、後席電信員の三浦上飛曹は、霧に目標が隠れてわからないと言ってきた。

海峡には、すでに炎上した艦船や、砲煙のなかを行きかう上陸用舟艇の動きがあわただしい。爆弾を積みに帰投すると、高橋、岸本の二機は、第二回目の攻撃に飛び立ったという。しかし、荒谷機だけがいまだ帰らない。

心配しているうちに、今井崎砲台からの電話では、「艦攻一機が敵一艦を撃沈し、被弾発火しつつ他の一艦に突入自爆した。敵二艦は瞬時沈没」とのことである。隼戦闘隊からも、

「海軍機火を発し、急降下するのを視認」と知らせてくれた。

思い合わせれば、私が今井崎沖で出会ったのは三隻。それから、片岡湾口より北五浬の海面におびただしい浮游物をみた。あれが荒谷ら三名が、命とひきかえたソ連艦の残骸だったと思われた。

山中機長よ、基地は近いのだ。火をだしても、なんとか海岸近くまで頑張って、不時着してでも生還してもらいたかった。だが、君らの気持は俺にはよくわかる。一年前、南へ去った本隊の中核は、君らの同期が占めていた。みな二十歳前後の〝火の玉〟予科練出身者だった。私にしても、同期の桜林洋司中尉や後輩の栗林有司少尉ら、みな一緒にやってきた連中が、台湾沖航空戦に、あるいは沖縄特攻にと散っていったのである。「本隊へ合同せよ」の命令がいつくるかと待ちながらも、この一年よくがんばってくれた。安らかに眠ってくれ。

その夜は三人の遺品の整理をして、本土行きの最後のトロール船に託したのち、私は美幌本隊あての報告電文を都築掌暗号長にわたした。

「海防艦二、輸送船一撃沈、四隻撃破。山中、荒谷、樋口三上飛曹自爆」

この日、陸軍戦車第十一連隊は村上岬、竹田浜に進撃した。ソ連の対戦車砲は強力で、激戦の末、池田連隊長をはじめ大部分が戦死、なかには炎上する戦車の中で、肩を組みあった少年兵が拳銃自決しているものもあったということで、その壮烈さは見る者を泣かしめたという。

八月十九日、まだ戦争はつづき、停戦の命令はなかなか行きわたらなかった。午後から夕刻にかけて、機密書類や暗号書の焼却、電信機の破壊など、武装解除を明日にひかえての準備が命ぜられ、飛行隊もそれを実行した。夜になって、美幌本隊から、「艦攻隊搭乗員は本隊にひきあげよ」との命令がとどき、二十一日朝六時、部下の搭乗員八名を九七艦攻二機に分乗させて出発させたものの、航空図も航法用具もすでに焼却後だし、うまく帰りついてくれるか、ちょっと心配だった。

私は、自分にあたえられたもう一つの任務である、基地地上員の指揮官として残留した。捕虜になると、操縦員は腕を切断されるという噂であった。ノモンハン事件を経験した陸軍側からでた本当らしい話で、隼の搭乗員は変名変官して、一般兵員のなかにもぐりこんだと聞いている。

私はもうどうでもいいと思ったので、飛行服に飛行帽で武装解除にのぞんだ。幸いに、私の腕は異状なく、いまでもチャンとついている。

後日、ソ連下士官のトラヤノフという男から、上陸時、海峡でメッサーシュミットに攻撃され、船は沈没、彼もリヤコフ司令官も海中に投げ出されたと聞いた。私はソ連戦闘機は米国製のベルP39エアラコブラだとみたが、こちらはドイツの飛行機など借りたおぼえはないのに、と苦笑した。

それから永いシベリヤ抑留生活が始まった。

別れた部下たちのその後

なお、艦攻二機に分乗させて本隊へ引き揚げさせた八名の部下たちのその後について、私の機の偵察員であった増淵上飛曹から、後日（昭和二十三年秋）、次のような返信をもらっている。

——拝復、突然のお便りまったく驚きました。お手紙いただいたのは、ちょうど米俵を編《あ》んでいる時でした。嬉しくて嬉しくて、体がしびれるような感じでした。これで肩の荷が降りたようです。

何かにつけて思い出されたのは、一人置き去りにしてしまった分隊長です。「あのとき、無理にお連れすればよかった」とか「一緒に残ればよかった」など……（中略）あれからの私たちの行動を、簡単にお知らせいたします。

濃霧のなかを離陸しました。同時に一番機を見うしない（自分の翼端が見えませんでした）、だいたい武蔵あたりで、霧だか雲だかわからないやつの上に出ました。その時の高度四千五百メートル、それからときどき雲がきれて、海面がのぞける所もありましたが、高度を下げると雲ですから、やはり四千ないし五千メートルで飛びました。

チャートも航法板も計算板もないので、正確な機位はわからないが、松輪あたりと思われるところで高橋機を発見、スピードを出してやっと追いつきました（あとでお聞きしたら、三十分くらい待ってくださったそうです。このとき一緒にならなかったら、私たち四人は死んでいたでしょう）。

一番機も航法板も航空図もなしですから、私とおなじ位置は全然わからないというし、飛行時間は六時間になるのに、陸地に着かない。（中略）燃料メーターはとうとうゼロになり、大あわてでした。やっと右方に島影を見つけ、海岸に不時着と決めたのですが、高橋分隊士がすこし入ったところに不時着場らしいのがあるのを見つけてくださり、やっと着いたわけです。

そこで、朝と昼食を一度にし（十四時ごろ）、燃料をもらって美幌へ向かったわけです。

日本海軍急降下爆撃隊の奮戦

瑞鶴艦爆隊痛恨の南太平洋海戦

元「瑞鶴」飛行隊長・海軍少佐　高橋　定

急降下爆撃ということを簡単に紹介しておこう。

日本海軍が急降下爆撃機を第一線に送り出したのは、昭和十一年＝九四式艦上爆撃機、昭和十三年＝九六式艦上爆撃機、昭和十五年＝九九式艦上爆撃機、昭和十七年＝彗星《すいせい》艦上爆撃機、昭和十八年＝銀河《ぎんが》陸上爆撃機、昭和十九年＝流星《りゅうせい》艦上爆撃機の六機種である。

高橋定少佐

急降下爆撃というのは厳密にいうと、四十五度以上の降下角度で、急降下爆撃照準器という特殊の照準器を使用し、爆弾投下高度、投下時の飛行機の対気速力（メートル／秒）、投下点の風向風速、敵艦の針路速力の四つの要素を機械的に計算調整しておこなう必中爆撃法をさしていう。

照準器にはオイジー照準器、満星爆撃照準器などが使用され、投下高度六百メートルのとき地表面の距離十メートル間隔に碁盤縞《ごばんじま》の目盛が照準器の対物レンズにきざまれていた。

その爆撃のやり方は、目標との水平距離三十浬《かいり》で飛行高度約八千メートルから三十度ないし二十度のゆるい降下角度で、エンジン全馬力で急速に敵に接近し、高度約三千メートルないし二五〇〇メートルから降下角度四十五度ないし七十度で敵に向かってダイビングして、八百メートルないし六百メートルで爆弾を投下するのが標準のやり方である。

その目的は、高速で急転舵して逃げまわる艦船、潜望鏡を出して航行中の潜水艦、あるいはとくに精密を必要とする小さい目標、たとえば陸上では橋脚、車輌、ダムなどとか、陸上戦闘で相対峙《あいたいじ》する戦線の敵の第一線とかを攻撃する場合にこの爆撃法が適用されたのである。

昭和十二年七月、支那事変が勃発して以来、中国各地で戦線、道路、橋梁、車輌、都市の軍事施設、建物、小艦艇などを目標として大いに戦果を挙げた。

昭和十六年に太平洋戦争が始まってからは航空母艦に搭載されて、雷撃機とともに機動部隊の攻撃力の主力となり、真珠湾、珊瑚海、南太平洋、ソロモン周辺海域、インド洋の海空戦に参加し、あるいは南西太平洋方面の陸上基地フィリピン、セレベス、ジャワ、ボルネオ、スマトラ、マレー、その他の南洋の小島に配備されて、それら周辺の陸海作戦に協力し、日本海軍急降下爆撃隊の名を高からしめたのである。

急降下爆撃機の乗員はとくに体力の消耗がはげしく、爆撃技術の練磨には他の機種より長い期日を必要とするし、また艦爆は敵に肉薄攻撃する関係上、搭乗員の被害がきわめて多いのに対して、いっぽう搭乗員の養成はちょうど戦時中に熟練工の養成がその需要を満たし得なかったように、搭乗員の数は年とともに少なくなっていった。そして戦争末期には、支那事変以来の精強な乗員は全滅に近い状態となってしまったのである。

したがって現在生存する生粋《きっすい》の艦爆パイロットといわれる者は、日本全国からひろってみてもわずか十数名に過ぎないのである。

それとても、戦争末期ごろ病気であったとか、年齢や配置の関係上、第一線を去っていた者が大部分を占めているのである。

私もその一人で、昭和十八年八月、空母瑞鶴を退艦して終戦まで横須賀航空隊と航空参謀の配置につかされたがゆえに、偶然に今日まで生き永らえたのである。

以上は日本海軍急降下爆撃隊の概要のほんの一端を書いたに過ぎないのであるが、さてこれから私は急降下爆撃隊のいろんな部隊が、どんな生活をし、どんなふうに戦って死んでいったかについて書こうとするのである。

このことについては、今日まで公式の戦史も断片的ではあるが発表されたこともあるし、個人の戦闘記録、手記等は随分書かれているので、私が改めて書く必要もないようにも思うのであるが、ただ艦爆隊員が書いた艦爆隊の戦闘については詳しい記録が少ないように思う。

それでもし私がここに一文をのせれば、つづいて日本の各地におられる戦友先輩の方々が筆を執ってみようという気持になられるかもしれない。

そうすれば戦死された人々に最も近しい人々が知りたいと望んでおられるような事情も、つぎつぎと明るみに出るかも知れないと僅かではあるが希望が持てる。

また、こんなことはさておいて、生き残った者の極めて少ない私たち艦爆パイロットにとってみれば、かつて行動を共にして戦死した戦友の消息を伝えるべき義務が、生残者の数が少ないだけに大きい意味をもっているということからも、私は戦死した友人の言行をできるかぎり広い範囲にわたって調査し、発表する義務を感じている。これらのことが私をしてあえて拙文を発表させる動機となったのである。

ただお断わりしておきたいことは、発表する以上はありのままを書くのであるが、戦闘という狂気の世界の中で、見たり感じたりした一人間の主観をそのまま書くということは、何らかのかたちで問題を残しがちで、ことに戦死された部下の方々の御遺族に万一迷惑をおかけするようなことがあっては、まことに申し訳がないと思う。あらかじめお断わりしておきたい。私も当時は肉体的にも精神的にも若かったのである。

波高きトラック環礁

昭和十七年十一月一日早朝、南太平洋海戦の一週間後のことである。ここは南太平洋カロリン諸島のほぼ中心点、北緯八度、東経一五〇度、トラック島環礁の内海である。

明け方、環礁の東半分を南北にスコールが通過した。一年を通じて気温二十七度、湿度八〇パーセントの熱帯海洋性の気候であるが、スコール通過直後はホッと一息つける。空気はほどよく乾燥し、微風が肌に心地よい。空は淡いコバルト色に冴えわたっている。内地のように空中に塵埃《じんあい》もなく微生物も少ないのであろうか、いつでも内地の空より色が鮮明だが、

信号檣のトップに五航戦・原司令官の少将旗が翻る瑞鶴艦上の九九艦爆

スコールの後はさらにすっきりする。直射日光は強いが、反射光線が少ないせいか青空を仰いでもあまり眩《まぶ》しくない。

海は一五〇メートルぐらいまですき透って海底が見える。海底は珊瑚虫の残骸の短い棒状の真っ白い珊瑚砂である。それが強い陽光を反射して、キラキラと光っている。海中では名も知れない美しい縞模様の魚群が、忙がしそうに遊弋《ゆうよく》しているなかを（南洋の魚はどうしてあんなに忙がしそうに泳ぐのであろうか）ときどき白灰色の鱶《ふか》が横行する。そんなとき美しい魚群が逃げまわっているのが、空母瑞鶴の飛行甲板から手にとるように見えるのである。

外洋と内海をへだてているのは珊瑚環礁であるが、この環礁の外側がとても美しい。それは、南太平洋には常にどこかで台風が発生しているし、豆台風、スコールなどはいたるところで発生しているのだが、これらの台風が大洋にうねりをつくり、うねりがこの環礁の上に磯波となって砕けて、白い珊瑚の砂をさらに真っ白いベルトで包むからである。つまり真っ白い珊瑚の砂の浅瀬に磯波の波頭が真っ白にくだけて、非常に幅の広い白色の二重のベルトができるのである。月夜など飛行機からこれを見ると、白い輪が美しく浮かび上がって、この世のものとは思われない。

「竜宮城はあそこだよ」と子供たちに話したら、子供たちは皆それを信ずるだろう。――もっともそこには乙姫様はいないで、鱶や海蛇、毒くらげ、赤黄の鮮明な毒魚が、弱肉強食の舞を舞っているのであるが――。

さて、見かけばかりは別天地のような内海の中央より東寄り、春島と月曜島の中間に瑞鶴の巨体が浮かんでいる。瑞鶴の飛行甲板に立つと、すぐ目の前に夏島、春島の海岸線がある。海岸には椰子《やし》、檳榔樹《びんろうじゅ》が屹立《きつりつ》している。老木が多いせいか、ここの椰子の葉はすこし黒ずんで元気がない。椰子林の幹の間からバナナの葉が黄色く鮮明だ。

竹島は夏島にさえぎられて見えないが、竹島の基地で試運転をしている爆音がときどき唸《うな》るように聞こえる。

瑞鶴の右舷千メートルのところに駆逐艦四隻が行儀よく並び、その彼方には八千トン級巡洋艦が四隻投錨《とうびょう》している。艦尾のはるか彼方には戦艦霧島、比叡であろうか、黒灰色の巨体に油槽船が二隻ずつ給油している。翔鶴は工作艦を横付けにして応急修理でもやっているのであろう。七、八隻の駆逐艦が環礁の入口近くに錨鎖をとめて投錨している。

この環礁には六つの入口がある。その入口には敵の潜水艦が環礁内の艦隊の動きを見守っている。外洋は広漠たる南太平洋で、見渡すかぎり円弧の水平線のほか島影はない。この基地に隣接する基地はとても遠く、サイパン、ヤップ島まで約六百浬、クェゼリン、ルオット、パラオへはいずれも千浬以上もある。

さて瑞鶴の艦内では一八〇〇人の乗員が、いま朝食を終えて本日の仕事にかかろうとしている。飛行甲板には艦尾寄りに九九式艦爆、九七式艦攻、零式艦戦が二、三機ずつ翼を折り畳み、繋止《けいし》してある。

瑞鶴の飛行甲板は長さ二四二メートル、幅二十九メートルである。後部と前部に飛行機運搬用のリフトがある。約十二メートル四角のエレベーターだ。これは飛行甲板の下にある二層の格納庫と飛行甲板とをつなぐ飛行機運搬通路の役目をする。

艦首甲板には倒、立、自在の遮風板があり、その約四十メートル後方にクラッシュバリケードがある。このバリケードは高圧油で瞬間的に甲板上に横倒しになったり、直立したりする鉄柵で、飛行機が下手な着艦をして横張索に引っかからず、飛行機の惰性が止まらずに艦首甲板から海中に墜落するのを防止する柵である。

その後方艦尾まで横張索が十三線あって、着艦する飛行機の機尾のフックをひっ掛けるようになっている。艦尾両舷には誘導ランプがある。これは青赤の見透しランプで、飛行機の着艦のパスを五・五度から六度に合致させるようにしている。甲板の中央には首尾線灯、両舷側には舷側灯、甲板を照明するために蝦蟇《がま》ランプがある。

君たち二人だけか

さて瑞鶴では、その日午前中に先般の南太平洋海戦で戦死した搭乗員の合同葬儀が格納庫で行なわれることになっていた。

格納庫には昨夜すでに祭壇がつくられ、戦死した搭乗員の写真が飾られている。後記二十六人の搭乗員のほかに艦攻隊、艦戦隊をふくめて四十数柱の英霊が祭られ、その中央には艦爆隊長故海軍少佐高橋定之霊と書かれた幟りが立っている。天皇陛下の御下賜品も飾られている。

この葬儀の始まる直前、正確にいって午前八時二十五分、南太平洋海戦がおこなわれてから六日と二時間目、艦爆隊長高橋大尉とその偵察員国分特務少尉の二人が、カナカ土人のような汚い恰好で瑞鶴の舷門にたどりついたのである。高橋定が現に筆をとっている私であるが、葬式の日、しかも式が始まろうとする三十分前に死んだはずの人間が二人も帰って来たのであるから、葬儀準備委員長はずいぶんあわてたらしい。

さて私たち二人は舷門番兵の奇異の目をあとに、上甲板（飛行甲板は最上甲板）の通路を艦長室に急ぐ。艦長、野元為輝大佐に報告のためである。

艦長室の入口で葬儀準備委員長（副長）に呼び止められた。私は黙って挙手の礼。変な恰好である。私たちは帽子も靴もはいていない。副長は、

「君たち二人だけか」という。態度はきわめて無愛想だが、その目が、その表情が嬉しさと

愛情をたたえている。私は副長の質問には答えないで、

「国分少尉がひどい怪我をしています。すぐ病室へお願いします」「よし、甲板士官は国分少尉をすぐ病室へつれて行け」

「隊長、君らのほかに生きている者がいるのか」と、かさねて聞かれたが、私はもちろん返事はできない。私は私の部下の誰が死んだのか確認していないのである。確認できるはずがないのである。

「還らなかったのは誰でしょうか」と聞きたかったが、私は黙っていた。

私は知っていることが沢山あるのだ。そして知りたいことも沢山あるのだ。私の脳裡に、走馬灯のように敵の輪形陣、グラマン戦闘機の大群、味方の直掩戦闘機部隊、海面を低く前進する雷撃隊、そして私の部下艦爆隊の列線、火を噴いて落ちて行った艦爆、乱れる列線、グラマンの銃口が、浮かんでは消える。

「副長、しばらく休ませて下さい」「うん、部屋は準備してある。ゆっくり眠れ。話は後でゆっくり聞こう。艦長に簡単に挨拶だけしておけ」

私は艦長室を出て私室に帰る。艦爆隊員がほとんど総員、私室の前に集まっている。私は無事で帰った部下搭乗員を一人一人見た。そして帰らない者を、戦闘中の展開した列線の一機一機を想い起こすことができた。

天下分け目の戦闘

を発進してゆく九九艦爆一一型。左翼下に見えているのはエアブレーキ

話はここで一週間前にもどる。

昭和十七年十月二十六日午前四時、第一次攻撃隊が整列していた。瑞鶴部隊の指揮官は私である。艦長が訓示する。

「日本の勝敗の分岐点は諸君の攻撃が成功するか否かにかかっている」と。

まさにそのとおり、いまさら何をか言わんやである。昨二十五日夕刻には、わが機動部隊はすでに、敵偵察機に発見されている。敵の機動部隊もわが潜水艦が発見している。昨夜は両機動部隊がおたがいに反転したり、突入の気配を示したり、虚々実々の戦略運動を展開した。しかし、ここは日米おたがいに避ける戦場ではない。激突して相手を倒してからでなければ通れない、一筋の道に向きあっているのである。

日本にとっては、この機動部隊を倒せば、八月七日に上陸したガダルカナルの敵を孤立させ、これを全滅して、あとはガダルに前進基地をき

胴体下面に250キロ爆弾を抱え、敵空母を撃沈すべく空母翔鶴の飛行甲板

ずいて、米濠間の輸送路に匕首《あいくち》を突きつけることになる。そして日本は不敗となる。

米国にとっても日本反攻の拠点を失うか否か、数千のガダル上陸部隊を見殺しにするか否かの分岐点である。どうせ激突は避けられぬ。この緊迫感は個人の人格を圧倒してしまう。考えることは済んだ。相手を倒す、ただそれだけだった。

午前五時四十分、第一番機発艦。私は操縦桿をにぎるだけ。何も考えない。十年間みがいた一剣である。

発艦して大きく左にまわる。列機がつぎつぎと発艦して私を追ってくる。最後尾小隊の安藤五郎一飛曹が懸命に近づいてくる。二十一機全部が編隊を組む。発艦後わずかに五分である。

つづく戦闘機隊二十四機。世界に冠たる零戦部隊。ひきいるのは白根斐夫大尉。霞ヶ浦航空隊で教えた教え子である。白皙《はくせき》長身の貴公子、彼はいま何を考えているであろうか、とふと思う。

五時五十五分、僚艦翔鶴の雷撃隊、零戦隊と合同して針路一二〇度、敵機動部隊を指向しておもむろに高度をとる。

林立する積乱雲を避けながら飛ぶこと二時間。艦爆隊高度八千メートル、艦攻隊高度六千、戦闘機隊高度九千メートル、一大梯陣である。

淡々たる気持だ。いまさら何の個人的な感懐があろうか。ただ願わくば、過ぐる八月二十四日、私の最愛の部下であった大塚礼二郎大尉ほか十四名の命を奪った宿敵に一撃を喰らわしてから、死にたいと思う。いよいよ敵陣が近い。

午前七時、敵輪形陣を断雲の彼方に発見、ただちに突撃準備隊形に展開をはじめた。艦攻隊は左方に、艦爆隊は右方に、私は全部隊の右先頭に立つ。

七時三分、左後方に敵戦闘機の大群が見えた。艦攻隊の方に進撃している。私の右後上方には断雲がある。やがてそのかげから敵の戦闘機群が姿を見せるであろう。私はエンジン全速、降下角度十五、気速一八〇ノットにして突撃を下令した。

敵機の餌食となるか

一分ばかり高速接敵、敵戦闘機はまだ肉薄してこない。敵艦との距離はまだ十七、八浬ある。あと五分で急降下に突入できる。急降下に入れば敵の戦闘機はもう追跡して来れない。この五分間のなんと長いことよ。

私の列機は、私を右先頭に、十五度斜め左後方に横列をつくってぴたりと並んでいる。第四番機が少し遅れている。エンジン馬力が少し弱いのかも知れない。佐藤茂行、安田幸二郎の飛行機だろうか。島田陽三中尉の飛行機がエンジンをしぼって、少しずつ四番機との間隔をちぢめようとしている。一番むずかしい操作である。敵を後ろにしてエンジンをしぼる。言うは易く行なうは難い。高朝太郎が島田機の操縦者だ。

「高一飛曹、エンジンをしぼりすぎるな！　佐藤よ頑張って早く列線に入ってくれ」と怒鳴りたくなる。少しでも列線から遅れると、敵の戦闘機に近くなることはもちろんだが、それよりも、列線の全機の旋回機銃で構成している防御砲火網の外に、出ることになるのである。

それは裸でグラマンの大群の攻撃を受けることである。味方の戦闘機がいる間はまだいい。味方の零戦がいかに精鋭でも、三百浬以上を遠征して来た少数部隊で、しかも直衛をしながら時によっては格闘戦もやらねばならぬとなると、とうてい永続きするものではない。

突撃を開始して二分くらいか、敵戦闘機が肉薄してきはじめた。艦爆でも敵戦闘機と格闘はできる。敵戦闘機の射線を逃れて自分の生命を保つくらいの戦闘はむずかしいことではない。しかし、艦爆隊には敵の母艦を撃沈する任務がある。腹には二五〇キロの爆弾を抱いている。これを捨てて、戦闘機とトモエ戦をはじめるわけにはいかない。

いよいよ、敵戦闘機が喰い下がってくる。あわれ敵戦闘機の餌食となるか？　戦勢を決するのはこの一瞬である。

二十一機のうち十機を戦闘機に喰われても、十一機が母艦にとっつける。母艦の防御砲火で三機落とされても八機は爆撃できる。八機攻撃すれば五機は命中する。そうすれば、いま空中で私たちを攻撃している敵の戦闘機は、全部、着艦する母艦の背中がなくなるのだ。全機、洋上に着水せねばならなくなるのだ。

ああ右翼タンクが

七時八分ごろか。無念! 艦爆隊の全列線に混乱がはじまった。第六番機(山中正三二飛曹と北村一郎二飛曹か)がとつぜん胴体タンクから火災、グラマン二機が後下方から喰い下がっている。敵の新戦法である。

私の後上方から三機が攻撃してくる。シュッシュッ、パンパンと弾丸が翼に命中する。あまり射撃の上手な敵ではない。明らかに若い初心者の射撃である。三百メートル以上から撃っている。

八、九番機あたりから二機目の犠牲者がでた。すぐ続いて二機、一機は操縦者が撃たれたのであろう。突然、機首をぐんと揚げた。畜生、グラマンのやつ。続いて一機。あっ島田中尉機が——。

とつぜん偵察席から、「隊長、右翼タンク火災です」

ハッとして右を見ると、白煙が長く尾を引いている。(この様子を見た列機が攻撃終了後、隊長機火災墜落と報告、瑞鶴艦長は隊長戦死を海軍省に報告、交代員を要求した)

私は全列線に混乱がはじまった時、ホーネットには五機はとっつけないだろうと思った。

ホーネットまでは間合がほんのわずかであるが遠い。一分半か二分の距離なのだ。残念ながら戦機は過ぎた。残る部下たちよ、頑張ってくれ――。

私の飛行機は火災後三十秒ばかりたつと、突然、右に傾いた。飛行機はもう私の意志のとおりには動いてくれなくなった。先輩から聞いたとおり右に横転した。墜落である。耳がガンガン鳴る。二十九年の生涯の終わりである。しかし終わりも始めもあったものではない。海面がゆっくり廻っている。近づいてくる感じがない。高度計を見た覚えもない。「落下傘」「卑怯と部下に教えた」と思う。しかし落下傘は私は初めから着けていない。

三転したときわずか前方に駆逐艦が見えた。畜生、子供の顔と妻の顔が脳裡を走る。左の足を思い切って踏んでみる。右の足も左足の上に添えた。飛行機が右にぐるぐる旋回するのがシャクにさわるのである。

体が座席の右側におしつけられる。偵察員が何かわめいているが、何を言っているのか解らない。とつぜん飛行機の旋回が止まった。操縦桿を引いてみるが、昇降舵はきかない。昇降舵の調整輪を機首上げにまわすと、機首が恐ろしい勢いで上昇した。珍らしくも火災が消えている。

その時、大きい音がして右肩を烈しく叩かれ、右手の感覚が抜けた。なんだか冷たい感じがした。列機が左上方を去っていく。敵戦闘機はもういない。艦から撃つ弾丸が近くで炸裂しはじめる。駆逐艦の弾丸であろう。駆逐艦のような雑魚《ざこ》なんかどうでもよい。俺を撃墜するつもりで撃っているのなら早く落としてくれ。どうせ俺の用事は済んでいる――そう思ったら少し冷静にかえった。

操縦席内は目茶苦茶になっている。旋回計も速力計、コンパス、油圧計など重要な計器類は全部作動していない。

右肩から血が流れている、偵察員を呼んでみる。変わりはないという。おそろしく虚無的な落ちついた声だった。

飛行機は右に傾いたままで、左足をうんと踏ん張って、右に滑りながら機首を上げ気味に飛んでいる。左足の力だけが私の自由な力だ。弾丸も棄ててしまった。

——以上が、私の戦闘の経過である。したがって私は瑞鶴艦爆隊の攻撃の最後までは確認していないのである。

自爆する僚機

後日のことになるが、戦闘経過を総合検討の結果、艦爆二十一機のうち、十機がグラマンに、二機が防禦砲火で落とされ、九機が攻撃しそのうち四機が行方不明となり、五機が帰艦した。

戦果は四弾命中、二弾至近弾、雷撃隊は魚雷二本命中、ホーネットは大破炎上、戦線を離脱している。わが方の瑞鶴無傷、翔鶴が火災中破と比較して、わずかに我に有利な戦果であったろうか。

その後、私は操縦のできない飛行機に乗ったまま、どちらに飛んでいるのか、太陽方向だけから判断しながら戦場を離脱した。

それから約一時間後、偶然に私は部下飛行機に会ったのである。その飛行機も私と同様に傷ついていたのであろう。しかし操縦だけは自由のようであった。私の後方百メートルぐらいのところを、高度差二百メートルぐらい高く私についてくる。私の飛行機には指揮官機のマークが大きく書かれていたのですぐ解ったのであろう。安心しきってついてくる。こんな哀れなことはない。私の飛行機はもうあと十五分も飛べないであろう。そのことを後方の列機に知らせる方法がないのである。

それから十分も飛んだであろうか。その飛行機が突然、後上方から私に接近すると思う瞬間、二人が手を振りふり垂直ダイブに入って、私の見ている前で自爆したのである。

彼らもやはり燃料がなかったのであろう。水煙をあげて自爆した哀れな二人。私はその後、約五分ほどで飛行燃料がつきてエンジンが停止し、横滑りのまま洋上に着水したのである。

その後、偶然中の偶然によって油槽船玄洋丸に救助されたのであるが、私が天地神明に恥ずるのは、その自爆した部下機の機番号を失念したのである。そのときは見た、と思う。一週間後、完全に忘れ去っていたのである。

私は副長に、自ら目撃した二人の部下の最後を報告できなかった。しかしその部下が佐藤茂行と安田幸二郎であったことは後日、思い出した。

痛恨の南太平洋海戦

南太平洋海空戦で戦死した瑞鶴艦爆隊搭乗員の名をつぎに掲《かか》げて、これらの方々の冥福を衷心からお祈りする。

大尉	石丸	豊	一飛曹	宮原	長市	二飛曹	西森	俊雄
中尉	島田	陽三	同	別宮	利光	同	土屋	嘉彦
特少尉	村井	繁	同	安藤	五郎	同	篠田	博信
飛曹長	佐藤	茂行	同	加藤	清武	三飛曹	加藤	求
同	岡本	清人	二飛曹	藤岡	寅夫	同	吉永	四郎
同	東	藤一	同	前野	広	一飛	角田	光威
一飛曹	高	朝太郎	同	北村	一郎	同	横田益太郎	
同	勝見	一	同	山中	正三	同	三宅	保
同	安田幸二郎		同	酒巻	秀明			

右のうち二飛曹前野広、同藤岡寅夫の二人は偵察員であり機上戦死で、その操縦員は無事帰還している。(急降下爆撃機は乗員二人である)

昭和十七年十月二十六日午前七時十分から約三十分間、南緯八度三〇分、東経一六六度四〇分付近、ちょうどソロモン諸島の東方三〇〇浬、日本の南南東方洋上三千浬、濠州海岸から一二〇〇浬の洋上で日本の艦上爆撃機二十一機、艦上攻撃機二十四機、零戦約六十機が米機動部隊（母艦二隻、巡洋艦、駆逐艦等十八隻）に攻撃を加えた。

それとほぼ同時刻に、米海軍航空部隊も日本機動部隊の瑞鶴、翔鶴に対し同様の攻撃を加えた。その結果は日米ともに多くの犠牲者を出し、勝敗互角で引き分けとなった海空戦である。これを南太平洋海戦と呼んでいる。

これが急降下爆撃戦法だ

猛烈なGに耐えて急降下で投弾する命知らずの攻撃法

元「飛鷹」艦爆隊操縦員・海軍大尉　矢板康二

銀色および迷彩色にぬった複葉・羽布張りの九六艦爆（九六式艦上爆撃機）は、三機編隊をくんで九州は大分県宇佐の海上を、中津の海上標的に向かい、高度三千メートルで飛んでいた。

一番機を見ると、上翼の下に飛行帽、白いマフラーの操縦員と偵察員がむきだしに見える（風防などはない）。後席で旋回銃をもっている偵察員のマフラーの端が、風になびいているのがイキな感じに見えた。だが、それはイキな感じとはうらはらに、高度三千メートルはかなり寒い。飛行帽とマフラー、それに眼鏡でおおった顔でさえ、刺すような寒さを感じる。地表を見ると、中津の発電所の煙がたなびいていた。

風向は三三〇度、十ノットとみた。やがて、三三〇度方向の海岸に赤い屋根が見えた。「あれが進入目標だ」と頭にきざみこんだ。つぎは三三〇度方向に三千メートルを目測し、その点に一八〇度で進入する線をえがいて地上目標を見定める。ちょうど、その線上にめざす学校があるようだ。

（よし、これで腹案はできた）と、私は納得すると、一番機からの「突撃隊形つくれ」の命令を待った。コックピット内の各ゲージを見ると、ブーストは黒（プラス）の二八、速力一一五ノット、高度計は三千メートル、燃圧・油圧ともに異状はなかった。

一番機の機長が目標をにらむたびに、眼鏡がピカッと光る。やがて編隊は陸上にむかって海岸線上を飛んだ。すると一番機が翼を左右にふった。バンクだ。

一番機が増速してスーッと前に出た。二番機がそのままスッと中に入る。三番機が後ろにさがる。五〇〇〜一千メートル間隔の一本棒のような隊形ができた。

さきほどの学校は？　と思ってふり返って見ると、ちょうど腹案の線上にあるようだ。目標が左前方から近づいてくる。これをカウリングから胴体にそらせてきて、風防ガラスの左支柱と目安の線に目標がきたときに、左降下旋回をしながらダイブに入るのである。

見ると一番機がダイブに入った。私は標的と、さきに腹案をたてたダイブ方向の赤い屋根を、いま一度つなげてみた。よし、ダイブ線にきた。目安よし。私は深呼吸をしながら後部に「入る」とつたえ、スロットルをしぼり、降下旋回、照準器の線上にピタリと標的をとらえて旋回をもどした。

どうも体の浮き具合が少ない。さては浅いかな、と機首をすこしあげて修正する。よく見るとなんということだろう、タブ（修正舵）を「下げ」にするのを忘れていたのだった。そのとき後席が、

九六艦爆。九四艦爆と外見はほぼ同じだが、車輪カバーが付いた

「二千メートル」と高度を読みはじめた。そろそろ翼の張線がうなりだす。体が若干浮きだした感じで肩バンドにささえられて、機内のゴミがフラフラと浮いてくる。ダイブ角度は四十度ぐらいであったろう。会心の笑みをうかべる。

いつも、四十五度でダイブに入ったつもりでも、地上から測ってみると三十五度であったり、四十度であったりで、目測よりもちょっと低い角度であった。そのため、きょうこそは、と思った。

「一五〇〇」後ろから声がかかる。私はチラッと照準器を見た。きょうの射表ではマイナス「2」、すなわち中心から下ふた目盛が照準点だ。

やがて、パッと標的の左下十五メートルくらいのところで、白煙があがった。一番機が落とした弾着だ。(よし、俺も一発必中で当ててやるぞ)と思うと、体がいくらか緊張したが、それでも真剣に標的を照準した。ふと、なに気なく旋回計の玉を見ると、ちょっと左にすべっている。「よいしょ」とばかりに操縦桿を右に動かし、玉よ寄ってくれ、と心の中で祈った。

「よし、一千メートル。照準よし」左手を投下索にやる。

「ヨーイ、撃て」

投下索をギュッと引き、操縦桿をうんと引っぱる。キナくさいものが鼻をつき、体は座席にギューッと押しつけられ、目の前にはチカチカッと星がみだれ飛ぶ。眼球が飛び出さんばかりだ。それもそのはずだ。三Gくらいがかかっているのである。

飛行機はビューンという九六艦爆特有の音をたてながら、つぎの訓練のため、高度をとりつつ一番機を追った。

これが昭和十七年秋、われわれ三十七期飛行学生が実用機課程で訓練をうけた基本急降下爆撃法であった。とくに実戦とちがうのは、訓練では爆弾投下後、うんと引き起こしてまた高度をとるが、実戦ではそのまま海面スレスレまで降りて、全速力で帰投することである。

命中率五〇パーセント以上

ところで艦爆は、ダイブのときにはなかなか力がいる。またGもかかる。それが実戦ともなると、空戦もやらねばならないのである。

先にのべたような爆撃法は、すでに支那事変からはじまって、ハワイ奇襲攻撃、インド洋などで、その輝かしい戦果をあげていた。

とにかく昔は、降下角度は六十~七十度という、まったく肩バンドにぶらさがって爆撃をしたようなものだといわれていたが、命中率が悪いので、われわれは四十五度~五十度ということで教えられた。そのためか、命中率は五〇パーセント以上であった。また、聞くところによると、支那事変ではダイブをやりながら七・七ミリの固定銃を射っていたという。だが、一本棒になって突っこんでゆく爆撃法はどうも被害が多く、艦隊ではすでに横ならびの爆撃法が開発されていると聞いた。

さて、私は昭和十八年二月に飛行学生の課程をおえると、第二航空戦隊「飛鷹」乗組となり、ソロモン方面の作戦を戦いおえて、鹿児島で基地訓練中の飛鷹艦爆隊に着任した。そこに待っていたのは九九艦爆（九九式艦上爆撃機）という低翼、単葉、全金属性、可変ピッチペラ、過給器、フラップ、抵抗板、風防と、見るもの聞くものまったく目新しいものばかりついた新鋭機であった。

私はさっそく二〜三日の慣熟訓練をやるとすぐに、飛行隊長の二番機に指定されて、編隊爆撃なるものに参加させられた。九機編隊で高度六〜七千メートルを飛んだ。もちろん酸素を吸いながら、耳と口には伝声管のほかに超短波交話器のレシーバーとマイクをつけていた（これは雑音が大きかった）。

まもなく「京都、京都」という隊長の声が、レシーバーを通して入ってくる。それは「突撃準備隊形つくれ」の隠語であった。その命令によって九機編隊は真横に一列にならんだ。

まもなく緩降下に入った。スピードは一二五ノットから一八〇ノットくらいに増速する。ダイブ角度は二十度から三十度くらいになる。やがて隊長機の抵抗板がさがり、列機も一斉に機首をさげ、急降下に入った。スロットルは徐々にしぼられ、過給器は一速とした。目標をときどきチラッと見ながら照準器のふたをはずす以外は、もっぱらダイブ角度五十度くらい、スピード二二〇から二三〇ノットの横編隊であった。

私は抵抗板角度を調整しながら、重い操縦桿をひきずり、五百メートル間隔を保ちつつ、偵察員の高度呼称と、降下角度の呼称をたしかめた（九九艦爆からは後席に降下角度指示器がつき、パイロットの照準器にもジャイロが導入され、自動照準になっていた）。体は肩バンドにブラさがり、必死の操縦で、とても空中衝突のことなど考えているヒマはない。

高度一五〇〇メートル。照準器をチラッと見る。不思議と目標はピタリと中心にきている。スピードは二四〇〜二五〇ノットだ。高度はぐんぐんさがってくる。一千メートル、いよいよ照準よーいッ。

「撃て……」投下把柄を引き、操縦桿をしずかに引きながら海面スレスレに機首を起こし、抵抗板をおさめながら隊長機のあとについた。パワーは全力近くに入れる。スピードは徐々に落ちて、一六〇ノットくらいになった。

これが当時の艦隊の爆撃法であった。一本棒の戦法では艦上射撃にねらい射ちされやすいので、新しく考えだされた爆撃法であった。爆弾の弾着はまったく九機ともほとんど一点に集まった。

難しい夜間爆撃

その後、豊後水道において標的艦摂津《せっつ》を相手に爆撃の演習をやったが、ほとんど全弾が命中した。もっとも当時の搭乗員は、われわれのような新参中尉をのぞいて、ほとんどの人が支那事変、ハワイ以来の古強者であった。

この爆撃法で昭和十八年四月六日にはソロモン、ニューギニア方面の攻撃をおこなった。その後、母艦は内地に帰ったが、われわれ飛行機隊はブインの二十六航戦に協力して、五八二空とともにソロモン作戦に従事した。

この頃になると、日本軍の被害はしだいにふえ、二航戦でやったような編隊強襲はめったにやれなかった。そして爆撃も、夜間の敵陣地攻撃が多くなり、三十分間隔に出撃して月明やサンゴ礁を道標に、敵地へ二五〇キロ陸用爆弾を落とした。暗いなかで、どうやって照準をつけるかというと、風防の前方に二個の照星照門をつくり、その上端に夜光塗料をぬって行なったのである。

とにかく、戦さはいろんな〝生活のチエ〟を教えてくれる。あるとき私は、こんな戦法を考えた。それは急降下中に抵抗板を操作してスピードをかえ、また機銃弾幕に入る高度（約二千〜三千メートル）では、木の葉が落ちるように飛行機をひねったりした。そして爆弾投下高度は、五百メートル以下までさげた。

そんな明け暮れのうちに、米軍の進攻がレンドバ、ムンダから北上しはじめ、あらたな敵の上陸が予想され、艦爆隊も新しい戦法が必要となった。

もうこの頃になると、艦爆の搭乗員の年齢が非常に若くなっていた。そのため未熟ということもあって、夜間の動的目標爆撃は急にはできないため、士官チームによる夜間爆撃隊がつくられ、カビエンまで下がって、急きょ訓練にはいった。

ところで、昔からやっていた艦隊への夜間降爆は、吊光投弾を目標の反対側におとし、その明かりを利用して目標を識別し、爆撃したといわれている。しかし、われわれはとてもその練度にはなれないし、また敵の妨害もはげしく、そんな余裕のある爆撃がやれる状態ではなかった。

そんなわけで、すべての灯火は消して排気管から出る排気の炎をただ一つのたよりに、編

編隊で急降下突入訓練中の九九艦爆一一型

隊を組むのである。まるで手さぐりで飛ぶようなものだ。

この〝排気飛行〟ではかなりの犠牲者がでた。というのも、突撃準備隊形で一本棒のようなかたちになる。このときが〝魔の時機〟で、つまり排気を見ながらの有視界飛行からあっという間に無視界飛行に移るので、パニック状態におちいるのである。

さて、話はかわるが、ソロモン海戦の後半あたりから敵は、レーダーによる方位盤射撃を陸上からも行ないはじめたので、われわれはチャフ（電波欺瞞紙。レーダーを撹乱するための錫箔《すずはく》などが箱に入っている）を持って出かけた。途中、チャフがまちがって後席内でひらき、偵察員が錫箔だらけとなった――という笑えない失敗もあった。

またその頃、このソロモン地域で、日米あわせて数ある航空機のなかで、脚がニョッキリ出ていたのは、喜ぶべきか悲しむべきか、わが九九艦爆だけであった。そして、のちに艦爆として使われた彗星《すいせい》一一型の新鋭偵察機が、三百ノットちかいスピードで飛び、優速を利して、グラマンやシコルスキーをさんざんからかった話が伝わってきた。われわれは彗星乗りがうらやましく、その反面、九九艦爆の脚がうらめしかった。

さて、彗星のことだが、最初は水冷の一一型であった。そのうちに二一型にかわり、パワーアップされたものの故障が多く、ピストンの突きぬけなどもあり、レイテ海戦以降は、金星の空冷エンジンを搭載した三三型にかわった。彗星はご存じのとおり脚が引っ込み、弾扉があって高空性能がよく、巡航もはやく、また二五〇キロ爆弾を搭載し、翼に増槽タンクをつけて五～六百浬《かいり》の索敵もできたのである。そして、もし増槽タンクをつけなければ、五〇

○キロ爆弾も積めた。ただ、ダイブ中にスベリが多くなったのが、どうしようもなく困ったことであった。

新しい反跳爆撃法とは

それから幾月かが流れた。昭和十八年がやがて終わろうとするころ、私は大分県の宇佐空に教官としてむかえられた。そして、戦局がいよいよ逼迫《ひっぱく》してくる昭和十九年四月、私は第一航空艦隊二十六航戦攻撃一〇五飛行隊長となり、あこがれの彗星で、フィリピンのダバオに進出した。

ダバオでは、主として索敵攻撃をやったほかは、同時異方接敵、すなわち突撃隊形をひろく横に分散し、異方向から同一目標に同時に突っ込む方法と、夜間動的降爆を訓練した。接敵高度は九千～一万メートルといちじるしく高くし、緩降下急速接敵（約二百ノット）をやった。

その頃になると、後席の旋回銃に対しての期待度はしだいにうすくなっていった。また、夜間降爆はソロモンで訓練した戦法を適用し、ダバオ湾に標的艦波勝《はかち》を回航して猛訓練をやった。

当時、起きた問題は高々度接敵による気温、湿度の急激な変化にもとづく照準器のくもりで、照準器に電熱をいれ、防曇剤を塗ってもまだくもり、ほとほと困ったものであった。

これらの訓練は大きな実をむすぶこともなく、戦線はしだいに悪化し、後退してわれわれは中部フィリピンのセブに移動した。すでにセブには、横空から反跳爆撃の講習にきて、反跳爆撃という新しい爆撃法の訓練に全情熱をかたむけていた。

反跳爆撃とは、もともと米軍がはじめたものである。その米軍のをマネて横空で急きょ開発した爆撃法であった。それは急降下爆撃が弾幕による被害が多いこと、そして艦のデッキの装甲甲板よりも、舷側水線上の方が弱いことに目をつけたわけである。

それは、石ころでもって川とか湖の水面上をなめるようにして速いスピードで投げると、石ころは二つ三つとスキップする——つまりその方法を利用したのである。目標の周辺三千メートルくらいのところをめがけて、緩降下接敵し、射点（目標から二〜三百メートル？）までに最低高度（五十メートルくらい）になるように、しかも最高スピードを維持し、艦の横腹めがけて爆弾を落とすのである。

すると、落とされた爆弾はワンスキップして艦の横腹に当たる。そして飛行機は爆弾を追い越し、目標をとびこえて避退する方法で、われわれ艦爆隊は五〇〇キロ爆弾、零戦は二五〇キロ爆弾を積んでおこなうことになった。

セブ海峡で猛訓練中に、セブの奇襲にはじまるレイテ沖海戦がはじまり、これらの成果が得られないうちに、特攻や散発的な奇襲戦に入ってしまった。

ともあれ、わが海軍の急降下爆撃はきわめて優秀なものであった。それと同時に中攻、艦攻などとともにきわめて被害の大きい攻撃法でもあった。しかし、ソロモン方面の海戦以降、敵の防禦のカベは厚く、それとは逆に日本軍の練度は低下して、われわれの訓練はあまり大きな成果を得ずして特攻に移っていった。

もうこの頃になると、ハワイ以来の急降下爆撃の名手たちまでが、特攻攻撃に自発的にいってしまった。歴戦の勇士たちがつぎつぎに果てていったことは、技術的にみると惜しいことでもあった。が、特攻の戦果は、あの猛訓練に耐えぬいたからこそ、得られたものだと思う。

支那事変いらい、真っ白いマフラーを風になびかせながら、大空の果てに散っていった幾多の戦友たち——。いま静かに目をとじると、あの日の出来事が、きのうのことのように網膜の裏から鮮烈な思い出となって甦ってくる。

艦爆隊を率いて飛行隊長の回想

元「瑞鶴」飛行隊長・海軍少佐　高橋　定

第二次大戦中、海軍航空部隊をひきい、中国大陸の奥地深くへ進入して敵の航空基地を攻撃したり、あるいは日米の機動艦隊の洋上決戦で敵の母艦群に突入してこれを撃沈したり、飛行隊長という部隊指揮官は、初期作戦中の絢爛《けんらん》たる花であった。渡洋爆撃隊の小谷雄二隊長、ハワイ攻撃隊の淵田美津雄隊長、プリンス・オブ・ウェールズを撃沈した入佐俊家隊長、珊瑚海海戦の嶋崎重和隊長、ポートモレスビー攻撃隊の三原元一隊長らがそれである。

ところで、この飛行隊長という指揮官には、どのような任務と権限があたえられていたのであろうか? 昭和十年ごろの艦船職員服務規定という海軍の令則には、飛行隊長の職務について「戦闘に臨《のぞ》んで部下隊員を指揮統率する」と書かれていた。その他には何も書かれていなかった。

一方、飛行隊長の直属部下である飛行分隊長の職務規定には、戦時と平常時とを問わず、所属の分隊員の教育訓練の計画実施をはじめとし、人間管理（考課、叙勲、進級、配置）、

瑞鶴を発進する九九艦爆一一型。下げたフラップが陰に入り、黒く見える

技能管理（用兵上の知識、能力、技術）、服務管理などについて細かく書かれていた。また、飛行隊長の直属上官である飛行長についても、飛行科の総括管理者としての任務と権限が細かく規定されていた。

さらに、航空母艦の艦内編成について紹介すると、艦長の下に女房役の副長があり、その下に砲術、水雷、通信、航海、運用、飛行、整備などの各科がおかれ、それぞれの科長を砲術長、水雷長、飛行長などと呼び、各科は一つまたは数個の分隊によって構成されていた。

つまり、艦の編成の基幹は科と分隊であった。艦のすべての乗組員はどれかの分隊に属し、青年士官や若い兵隊たちはもちろんのこと、年老いたベテランの特務少尉や兵曹長までが、自分の所属する年若い分隊長を「おやじ」と呼び、運命を共にしようとするムードを盛り上げ、喜びも悲しみも、生も死も分隊長まかせといっても過言ではないというのが、その実態であった。

一方、飛行隊長については、同一機種の複数の分隊を統括することになっていたが、それは航空機の運用面に関してだけであって、一般管理については何もしないのが実態であった。陸上の航空隊についても、艦とおなじであった。

以上のように、飛行隊長は平常時には用はないが、戦争になったら部下を指揮統率せよという規定であった。指揮は絶対権として上官にあたえられるものだから、疑念はなかったが、統率については問題があった。統率という概念は、きわめて抽象的で主観的なものであり、その内容を規定化できるものではない。

もちろん、海軍に画一的解釈規定などがあろうはずもない。もともと統率という字句は、古代の中国の用語で「統卒」あるいは「統率」と書く。卒は兵百人（周代初期）または兵二百人（春秋時代）をいい、率は師（兵二千五百人または軍）をひきいるの意であり、統は現在と同じように、たばねる、したがえる、ということで、これらの文字や熟語が明治時代の日本の軍隊に入って統率という観念を形成してきた。

ごく簡単にいうと、統率とは部下が喜んで命令に従うようになることであり、和諧の気があふれているのが統率のおこなわれている部隊だというていどの解釈であった。

ところが、第二次世界戦争がはじまると、このような解釈ではおさまらなくなった。つまり、戦場は死生の地だから、喜んで命令に従うといっても、従う心理は単純ではない。死ぬことは各個人の高い自覚にもとづく行為であり、究極するところは、統率からはなれてしまうのが原則だ。

また、なかには強いて統率と死の関係をくっつけようとして、「部隊の一人一人の自我意識と目的意識が、当面する戦闘に勝つための方法と手段に集約され、行動として指揮官と部隊全員が一体となり、時によっては死地に飛び込んでいくこともあり得るから、死もまた統率にふくまれる」と説く人もあったが、これも中国古典の史記列伝や春秋左氏伝、三国志などの武将の部下統率の例から引用した解釈であろうと一蹴された。

後年になるが、私はこのような解釈例と戦場での実態をくらべて、要するに理念としての統率には客観的な結論はない、だから生涯をかけてそれを追求していくのが隊長個人の仕事だと、結論にならない結論を出したのであった。

私が見た戦闘指揮の真髄

私は昭和十一年、海軍少尉のとき、パイロットの基本コースを学び、昭和十二年四月につぎのアドバンスコースを卒業して、パイロットになった。海軍中尉になったのは二十四歳のときであった。その三ヵ月後に北支事変が勃発し、北支、中支方面に出征した。

このころから私は、各部隊の飛行隊長の言行を注意して見つめていた。ときには上杉謙信や武田信玄が采配をふるっている姿をあおぎ見るような思いをすることもあって、これが統

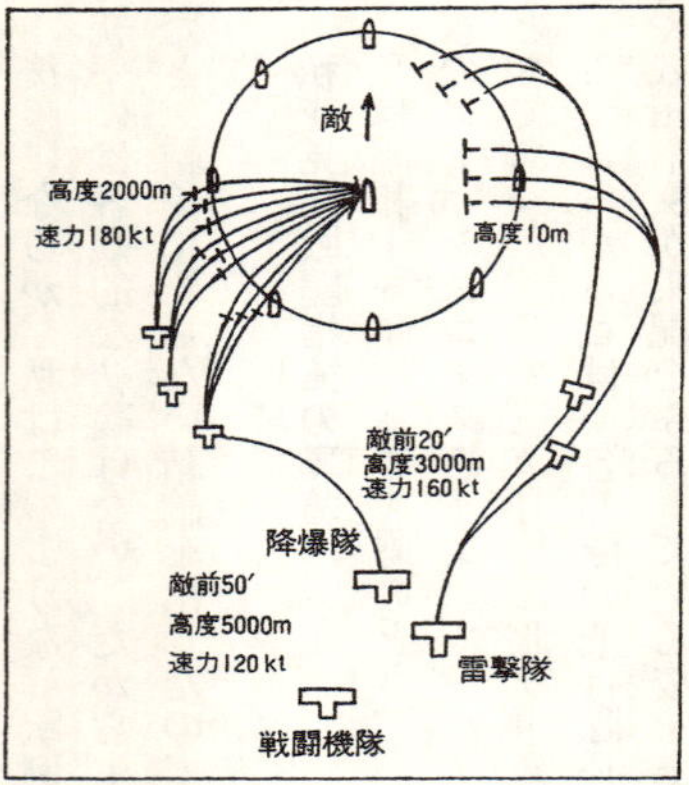

率というものかと思うこともあったし、ときには凡将の拙劣な指揮ぶりを見て、戸惑いをおぼえることもあった。

昭和十三年に大尉に進級して、航空母艦龍驤《りゅうじょう》の分隊長となり、南洋方面に行動したときのことだ。演習ではあったが、日米の決戦を予想した実戦とおなじような行動であった。

このときの艦爆隊長は、三年先輩の江草隆繁大尉であったが、彼の部隊指揮ぶりは俊敏果断であり、そのための準備は精緻であり、人格は清廉であって名将の器であった。その指揮ぶりの一例を示すと、つぎのようであった。

艦爆隊と雷撃隊を決戦場に誘導するとき、彼は両部隊が同時攻撃になるように、艦爆隊の高度と速度の転換を分秒単位で計算し、どんな小トラブルや誤操作が後続する部隊内で起きようと、図のような彼我の態勢をつくりあげるように演練した。

簡単に説明すると、敵母艦にたいする左右からの挟撃は、母艦が変針すると簡単に不可能になる。だから艦爆隊は、雷撃隊がよい雷撃射点に占位できるように、敵の母艦の変針を抑止する必要がある。そのためには、艦爆隊の各機が降下角度と投下高度を変え、母艦の転舵変針の時期と方向をこちらの思うようにさせなければならない。敵の艦長との心理戦のようなものだ。

こんなときの彼の機敏さは見事で、結果的に雷、爆の挟撃がいつも成功するのであった。それは阿吽《あうん》の呼吸といえるもので、誰にでもできる業《わざ》ではなかった。私はこういう指揮ぶりが統率につながるのであろうと思った。

昭和十四年十一月、私も南支、仏印方面部隊の艦爆分隊長となって、広東、海南島、ハノイ方面に行動した。このとき後年、プリンス・オブ・ウェールズを撃沈した入佐俊家隊長に海南島で会った。彼は中攻部隊の隊長であった。

私は入佐隊長の飛行機に便乗させてもらって、昆明爆撃行に参加し、その指揮ぶりを見せてもらったことがある。昆明市上空に進入したとき、約十秒間隔で一斉射撃をしてくる二十数弾の敵の高角砲弾幕にたいし、高度と速度を機敏に変更して、それを回避した。それは、転瞬の間の判断処置だったが、泰然とした迷いのない操縦であった。

後続する列機は、敵の弾幕を回避するために、隊長機に近づいたり離れたり、高度を上げたり下げたり、それを隊長の手のふり方一つによって行なうのである。あるいは、以心伝心による隊形の変換であったのかもしれない。私はこれが戦闘指揮の真髄であり、統率がこの裏にあると思った。

昭和十五年二月末、私は艦爆隊十二機（九九式）をひきいて、海南島から南寧に進出し、貴州省都貴陽を攻撃することになった。この作戦は、ビルマと南仏印と重慶を結ぶ軍需品の輸送路の遮断作戦で、十五年六月まで十三回実施された。

この爆撃行には、十七、八歳の少年パイロット（甲種予科練出身者）をつれていって編隊、通信、列機航法の訓練をおこなったのであったが、彼らは爆撃行をかさね、弾幕をくぐり、悪天候をおかすごとに腕を上げ、胆力を身につけ、みるみるうちにたくましく育った。

このとき思ったことは、ベテランであれ十七、八歳の少年であれ、寝食を共にすればいつの間にか連帯感が生まれ、それが熾烈な戦闘を体験するにつれて、おたがいに無駄死にをさせまいとする身内意識に発展し、その後は一人ひとりが自我と対決しながら、悪戦苦闘のなかを歩みつづけるものだ。これはお互いの思いやりや心構えの問題であって、統率以前のことであろうということであった。

戦うことの空しさと虚脱感

昭和十六年十二月、対米戦争が始まり、フィリピン作戦のため独立艦爆隊をひきいて、マニラ市のニコルスフィールドに進出した。若い新鋭の艦爆パイロットを、急いで練成する任務を兼ねていた。私は彼らを率いてコレヒドールを攻撃しながら、激しい機銃砲火をさける技術を教えた。

そして、昭和十七年六月、これらの若者たちの一部をつれて、機動艦隊の旗艦瑞鶴の隊長に着任した。中国戦線で共に戦った往年の部下たちは、すでに瑞鶴にあつまっていた。二個分隊編成二十四機の九九式艦爆隊であった。パイロットになってから五年有半、はじめて飛行隊長になったのである。

しかし、私は先輩たちのように戦勢にたいする的確な判断力、作戦実施にあたっての臨機の決断力、最悪の事態に対処しうる冷静沈着な対応力、不退転の執拗性などが私にそなわっているとは思えなかった。そして、隊長意識だけが肩に重かった。

昭和十七年八月七日、敵はガダルカナルに上陸してきた。そして八月二十三日、敵機動艦隊はガダルの東北洋上に姿を見せた。ガダル上空の制空権を確立し、さらにソロモン海全域にそれを拡大しようとして、北上をはじめたのである。

私は予想される会戦の戦略的意義を考えた。日本側はまったくの油断からガダルに無血上陸された。そしてガダルの制空権は、六〇パーセント以上が敵の手中に帰した。いま日本が逆上陸をしてこの島を占領し、制空権を奪い返すことは至難であろうが、それにはまず敵機動艦隊を撃破して、ソロモン海の制空権を手にいれる。つぎにガダルカナルの制空権の争奪戦をやる。それに勝ってからガダルに上陸する。これが作戦の順序というものであろうと思った。

ところが、このときに示された作戦命令は、ガダルに日本陸軍部隊を上陸させ、それを餌にしてアメリカの機動艦隊をひき寄せてこれを撃破し、それによってソロモンの制空権を確保して、その制空権下にガダルを逆占領するという。これは二兎を追う作戦であって、だれが考えても戦闘の原則をやぶる一人よがりの作戦だと思った。しかし命令はすでに発せられた。私は敵機動艦隊だけを見つめて戦おうと思った。

明くれば八月二十四日午前三時、北上する敵の主力が発見された。サラトガとエンタープライズの二空母を基幹とする二つの輪形陣で、小型空母ワスプを随伴していた。味方は瑞鶴、翔鶴を主力とし龍驤を連れて南下した。午前五時、翔鶴艦爆隊長関《せき》衛少佐が第一次攻撃隊の艦爆・艦攻四十八機をひきい、わずか九機の零戦隊に守られて発艦した。わずか九機の護衛というのは、ガダルの占領部隊を乗せた船団の護衛に、多くの零戦を割いたからであった。

関部隊はいまから九機の零戦で約四十機のグラマン戦闘機と戦い、これを突破してさらにハリネズミのように高角砲と機銃で武装された輪形陣に肉薄せねばならない。この作戦が成功するとすれば、それは奇蹟というべきだろう。果たせるかな関部隊は発艦後、三時間たっても敵発見の電報もなく、ゆくえ不明となった。私は関少佐の敵情報告をうけてから、二次攻撃隊を率いて出発することになっていたので、三時間がむなしくすぎた。

そして四時間半後の午前九時半、関少佐とおなじように四十八機をひきい、九機の零戦隊に守られて出発した。敵の位置は五時間前の概位であり、正確ではない。敵の予定位置に到達したとき、敵はすでに南方に去っていた。私は敵を発見することができず、また敵も日本艦隊を発見することができずに、いわゆる第二次ソロモン海戦はものわかれに終わってしまった。

日本陸軍によるガダルの敵前上陸も失敗に終わり、龍驤はエスピリッサントからのB17の攻撃によって沈んだ。完敗であった。このような作戦計画を立案した上級司令部にたいしては、統率などは論外であった。ただ一人、私たち二次攻撃隊を一刻も早く収容しようとして、単艦で敢然として決戦場に突入した野元為輝瑞鶴《ずいかく》艦長だけは、偉大な指揮官としてパイロットたちから高く評価された。

昭和十七年十月二十五日、ソロモン海の南東洋上に敵の機動艦隊がふたたびあらわれた。怨敵ござんなれ！　第二次ソロモン海戦の恨みは誰も忘れはしない。こんどこそはソロモンを越え、南緯十度のかなたにまで敵を追うのだ。私にはこの前の戦さで奪われた艦爆隊十八機、三十六人の戦友たちの悲壮な最期が、眼前に浮かんで消えなかった。

十月二十六日午前四時、敵情が入った。敵も味方も第二次ソロモン海戦とおなじであった。五時二十五分、私は零戦十八機、艦爆二十機をひきいて瑞鶴を発艦し、翔鶴雷撃機隊二十五機と合同して、一路南方の敵にむかって突進した。迷うことは何もない。七時四十分に敵を発見、四十五分に全軍突撃を下令し、七時五十分にホーネット上空に殺到した。そしてホーネットを撃沈し、エンタープライズを大破させた。とむらい合戦は成功したのであった。これが南太平洋海戦であった。

私はこの戦いで、敵の戦闘機ワイルドキャット四十機と空戦中に、空中火災を起こした。戦い終えて自分をふりかえると、全身火だるまとなり、火傷を負い、飛行機のタンクは破れ、母艦に帰る燃料はなかった。もはやエンジンが止まるまで、洋上をさ迷い飛ぶしかなかった。日本から五千五百キロ離れた南半球の果てであった。

戦いに勝ち、戦友の怨みは晴らしたが、帰るところはどこにもなくなっていた。一時間後には死との対決がくる。過去のすべてが走馬灯のように脳裏をよぎった。やがて、過去六年にわたって共に戦ってきた戦友たちの面影も、遠くへかすんでいった。

世界最強のヘルダイバーとして、自他ともに許してきた誇りも夢のように消えた。そして残ったものは、愛する人へのかすかな祈りでしかなかった。その愛とても、父母や妻子にたいするものだけだった。隊長とはこういうものだったのか、と思った。

その後、洋上を漂流中に一万トン・タンカーの日本郵船の玄洋丸にひろわれ、戦闘の日から十一日目にトラック島の瑞鶴に帰りつき、ふたたび隊長の職務についた。

十一日間の戦死であった。この戦いで二十六人の瑞鶴艦爆隊員が戦死した。私はこの戦いを境にして、戦うことの空しさに、凍りつくような虚脱感をおぼえることが多くなった。

長い消耗戦の果てに

昭和十八年三月末、瑞鶴艦爆隊をひきいてトラック島からラバウルに進出した。そして四月七日、「い」号作戦が発動された。

これは西部ソロモン群島とラバウル周辺の制空権の争奪戦であった。日本は十八年二月にガダルを放棄してしまったので、敵は本腰を入れてソロモン群島を西進しはじめたのである。これを阻止するために、母艦の艦爆隊を使おうという宇垣連合艦隊参謀長の見敵必殺の作戦であった。

私は日本の機動艦隊のパイロットをこんな陸上作戦で消耗してもいいのであろうかと心配したが、もう作戦計画について深く追及することはやめた。部下たちも、おたがいに長くつづいた友情の終わりをじっと見つめながら、戦おうとしているようであった。そこには統率

い号作戦に投入され、長駆ラバウルに進出した母艦部隊の九九艦爆二二型

はもうなかった。

四月七日、私は一二四機の戦爆や中攻の大部隊をひきいてガダル周辺を攻撃した。（二〇七頁写真は当日朝ブインにて）これをフロリダ島沖航空戦という。つづいて四月十日から、ニューギニア北岸の敵船団を攻撃した。そして四月十四日、山本長官の一声で「い」号作戦は中止された。

戦果は駆逐艦一、巡洋艦一隻中破、輸送船数隻を撃沈。被害は瑞鶴艦爆隊六機、十二人、ラバウル艦爆隊は隊長以下、大部分が戦死した。

また、いまも眼底に残っているのは、中攻隊の三原隊長がポートモレスビー攻撃に、ラバウル西の飛行場を出発するとき、「行くぞっ！」とただ一言、見送る司令部の高官たちをふり返りもせず、部下たちと肩を寄せ合うようにして、愛機に乗ってふたたび帰らなかったことだ。山本長官もこの四日後に、おなじソロモンに散華された。

昭和十八年八月、私は瑞鶴を去って、横須賀航空隊の飛行隊長に転勤した。この部隊は海軍航空の用兵作戦全般についての実験研究と開発指導にあたる部隊であった。ここで私は、B29にたいする空中爆撃と上陸船団にたいする反跳爆撃法について研究した。

昭和十九年六月十九日、サイパン沖の海戦がおこなわれた。日米の母艦数は一対五であった。蛟龍にたいし蟷螂《とうろう》が斧をふるうような作戦で、大鳳と翔鶴が沈み、日本の母艦は瑞鶴一艦となってしまった。

そして、海軍の航空戦力の主力は、陸上基地の急降下爆撃隊の銀河部隊と流星艦爆隊につった。これらの乗員の中核は、むかしの艦爆隊員たちであった。昭和十九年六月二十日、サイパンで銀河部隊が玉砕し、江草隊長をはじめ、旧艦爆隊員の多くが戦死した。

昭和十九年九月、反跳爆撃の研究を完成し、私は大本営にいって東條総理をはじめとする首脳たちに説明した。内容は、体当たり特別攻撃法の技術的なむずかしさと、艦爆の貫徹力の弱さについて批判し、反跳爆撃法の命中率の高さと操縦のやさしさ、水中弾の魚雷のような威力、生還率の高さを強調したのであった。

さいわい軍令部に承認されたので、九月中旬、フィリピンのマニラとセブにいって、零戦部隊と艦爆隊にこの戦法を講習した。この爆撃法は終戦までつづけられたが、これに使う爆弾と装備品および機体の改造がまにあわず、体当たり特攻戦法が主用され、反跳爆撃法は副用されたにとどまった。

昭和二十年に入って、特攻作戦は熾烈となり、若い殉国の志士たちにまじって、艦爆隊員も戦死した。こうして、支那事変以来、戦いつづけた艦爆隊のパイロットたちは、約九〇パーセントが戦死し、約二十数名が生き残って戦いは終わった。

彼らはいま、敵弾に撃ちぬかれた足をひきずりながら、それでも昂然と肩をそびやかし、胸を張って生きている。九州では神崎生次郎をはじめとし、藤本義夫、外園政徳。大阪、四国、中国方面では一木栄市、古田清人、堀建二、石井武、原義雄、俵良通。中部地方では花村勝之輔、鈴木敏夫、江間保、小瀬本国雄。関東、東北では宮内安則、本島圭三、伊吹正一、阿部善次、小野了、広瀬一馬、高橋定たちがそれである。

私たちは往時をしのんでよく一堂に会う。そんなとき、誰からともなくつぶやく。「あ奴が生きていたら、もっとこの世は楽しかろうに」と。

生き残った私には、戦闘に命をかけたことに悔いはないが、若くして死んだ戦友たちにたいしては悔いが残っている。彼らもおなじ思いでつぶやいているのであろう。隊長とは哀れなものであった。

瑞鶴艦爆隊「ろ」号作戦参戦記

母艦からラバウルへ進出した一七二機がたった五機に

当時「瑞鶴」艦爆隊操縦員・海軍上飛曹　一木栄市

大分県の宇佐海軍航空隊で、飛行練習生の教育にあたっていた私は、空母蒼龍の艦爆隊いらい二年ぶりで、艦隊勤務にもどることになった。

上等飛行兵曹として、空母瑞鶴の艦爆隊に配属されたのである。鹿児島錦江《きんこう》湾に停泊する瑞鶴にむかう私の心のなかは、古巣に帰る懐かしさでいっぱいだった。瑞鶴といえば、加賀、赤城なきあとの連合艦隊で、姉妹艦の翔鶴とともに最大無二の正規空母である。

着任の手続きをおえた私を、飛行科の甲板下士官が寝室に案内してくれた。艦爆隊の搭乗員寝室は戦闘機隊のそれといっしょに、飛行甲板のすぐ下、艦長室や士官室とおなじ甲板にある。艦攻隊だけがなぜか、もうひとつ下の甲板に陣どっていた。

艦の生活にはすぐなじんだ私だが、その私に、どうしてもなじめないものが一つあった。それは、この艦の甲板士官である。甲板士官は海兵出身の若い少尉で、なかなかの張り切りボーイだったが、私はどうしても好きになれなかった。

私とこの甲板士官との確執《かくしつ》は、私の着任の夜からはじまった。巡検のとき、当直士官の整備科大尉は、入口から搭乗員室の中をチラリとのぞいただけで行きすぎたのだが、随行していた甲板士官の方は、何のためらいもなく室内に入ってきて、キョロキョロとアラを探そうとするのである。龍驤や蒼龍など、これまでの私の空母勤務の経験からは、かつてないことであった。

下士官兵の搭乗員寝室とはいえ、甲板士官はおろか、当直士官でもみだりに立ち入らないのが不文律になっていた。

「あの甲板士官、われわれ搭乗員を目の仇《かたき》にして、うるさいのなんの……」周囲の連中が口をそろえていう。階級はちがっても同年輩だし、それに海軍の経験なら、こっちの方がずっと上だ。

「世間知らずの思いあがりが……」ムラムラと反発心のわいてくる私だった。それからというもの、私は、ことあるごとに甲板士官と衝突した。

こんなこともあった。ある夜、やはり巡検のときだが、例によって甲板士官が搭乗員寝室に入ってくるのを認めると、私は寝ながら読んでいた本をとじ、腹の上に乗せていた毛布を故意に通路におとして、片足を通路につきだし、タヌキ寝入りをきめこんだのである。

私の傍に寄ってきた甲板士官は、「おい、毛布がおちているぞ」突きだした足を棒でつつきながらいう。

「あ、あ……」私は、寝ぼけたふりをして足をひっこめると、くるりと寝返りをうって、甲板士官に背をむけた。

「こらっ貴様、巡検だぞ、わからんのか」甲板士官の声が荒くなる。私は待っていましたとばかり、ベッドの上に起きなおった。

「巡検ちゅうもんは、寝とる者を起こすことですか」「なにいっ！」

「毛布をおとしていたら、寝びえせんようにかけてやる、それが巡検じゃないんですか」私は、甲板士官の顔をにらみつけた。

「貴様、本艦に乗艦したばかりのくせに、生意気だぞ」「本艦への乗艦は最近でも、母艦は三つも乗っています」

「貴様、俺を侮辱する気か」「そんな気は毛頭ありません。ただ、搭乗員室の中へまで入ってきて文句をいう甲板士官は、初めてだと申し上げたいのです」

「なんだと貴様、起きてこい」

憤怒にふるえる甲板士官の声など聞こえないふりをして、私はごろりと横になった。

「こら、起きろというのだ」甲板士官の怒りは、頂点に達していた。さっき、入口からのぞいただけで通りすぎていった当直士官が、

「おーい甲板士官、何をやっとる、早くこんか」と呼ばなかったら、私は寝たままで殴りつけられていただろう。当直士官の声に甲板士官は、ふるえる拳《こぶし》をにぎりしめながら、足音荒く出ていったのであった。

「一木兵曹、あまり刺激せんでくださいよ、それでなくてもやかましいんだから……」まわ

りの連中は、私のことより、今後をしきりに心配する。

案の定、それからというもの、搭乗員にたいする甲板士官の態度は、さらに厳しさをくわえた。だが、よく考えてみると、軍規風紀を取りしまるのが任務の甲板士官が、搭乗員を目の仇にするのも無理からぬことであった。飛行機に乗っているとき以外の搭乗員の生活は、これでも兵隊かと、首をかしげたくなるほどのひどさであったことはたしかだ。

口にこそ出さないが、そんな搭乗員たちの言動に不平をもつ者は多かったにちがいない。その先頭に立ったのが、甲板士官である。

彼は、自分が尊敬する砲術長につねづねそうした不満をぶちまけていたようだ。砲術長も、空母、いや海軍の軍規風紀を乱すのは搭乗員なりという説をもち、搭乗員の性根を叩きなおしてくれると、ことあるごとに言明していたのである。

ところが、われわれの方は、搭乗員なくしてなんの空母、搭乗員こそ空母の花形だという意識があって、態度をあらためようとしない。そのような反目を乗せて、空母瑞鶴は、翔鶴、瑞鳳とともに、巡洋艦、駆逐艦に護られつつ南方の作戦海域へむかった。

い号作戦、陣頭指揮の山本長官

空母瑞鶴は第三艦隊に属し、翔鶴、瑞鳳の三隻で第一航空戦隊を編成していた。その第一航空戦隊を中心とする機動部隊が、ソロモン諸島の北東海域を南下中、敵哨戒機と接触したのは、昭和十七年十月二十五日夜のことであった。敵機動部隊が近くを行動中だったのであ

の九九艦爆二二型。増槽を懸吊、発進にそなえてエンジンを始動している

昭和18年４月、い号作戦のため長駆トラックからラバウルに進出した母艦航空隊

る。

かくして明くる二十六日払暁《ふつぎょう》から二十七日にかけて、彼我の攻防がくりひろげられ、敵は空母ホーネットを失い、空母エンタープライズほかが損傷をうけて敗退した。これが南太平洋海戦である。この戦いで翔鶴と瑞鳳が敵機の爆撃による被害をうけたが、いずれも軽微であった。

その後、第一航空戦隊はトラック諸島の春島沖に停泊し、われわれ飛行機隊は春島の飛行場をつかって訓練をおこなっていたが、たまに母艦にもどると、例の砲術長と甲板士官が眼玉をむき、わずかのことにも口やかましく文句をつけるのだった。

そんなわれわれに、飛行機隊はラバウルに進出せよ、という命令が出されたのは昭和十八年四月はじめであった。

九九式艦上爆撃機（九九艦爆）と零式艦上戦闘機（零戦）百数十機の編隊は、大挙してラバウルに進出した。そこには、陸上攻撃機（陸攻）など基地航空部隊の二百機ばかりも集結して、いったい何がはじまるのか、われわれには見当もつかなかった。

さらに驚いたのは、山本五十六連合艦隊司令長官がみずから陣頭指揮にあたるため、純白の制服でラバウル基地に降り立たれたことである。あとで知ったのだが、これが「い」号作戦だったのだ。

作戦は四月七日にはじまった。われわれ九九式艦爆隊は零戦の護衛をうけながら、ルンガ泊地、オロ湾、ミルネ湾などの敵艦船を攻撃し、予想以上の戦果をあげたのである。

四月十七日、帰還命令をうけた第一航空戦隊の飛行機隊は、編隊を組み、意気揚々と春島基地にむかった。だが、ラバウルを飛びたち、ショートランド島にむかった陸攻二機が、P38の待ち伏せにあい、山本司令長官が壮絶な最期をとげられたのは、翌十八日のことである。

大艦に放った六〇キロ爆弾

春島基地で訓練と哨戒の日々をおくる第一航空戦隊飛行機隊にたいし、ふたたび全機ラバウルに進出せよという命令がくだったのは、昭和十八年十月末日のことであった。電波欺瞞《ぎまん》の任務にたずさわる艦攻五機を残し、零戦、九九艦爆、九七艦攻あわせて一七二機の大編隊は、勇躍して発進した。

ラバウル到着の翌朝から、さっそく出撃命令がでた。午前三時起床、ラバウルの空はもう明るい。指揮所で命令を受領したのち、出発までのわずかな時間を、搭乗員たちは待機所でたわいもない話に興じていた。

「おいイチ、俺は悪い夢を見てな……」先輩の日根兵曹長が私に話しかけた。

「はッ?」「お前が地獄で閻魔《えんま》さんにつかまっている夢なんだ」

横にいた木村兵曹長までが、「そういえば、俺もイチのエンジンが吹っ飛んだ夢を見たよ」

二人は顔を見合わせて笑う。私も負けてはいられない。

「そうですか、私も見ましたよ、日根さんと木村さんが賽《さい》の河原《かわら》をいばって歩いている夢を」

「こいつ。だが、俺たち三人がそろって行けば、地獄の鬼も手をやくだろう」

三人は腹をかかえて笑った。飛びたてば何があるかわからないのに、搭乗員はこんな冗談を平気でいいあうのだった。

午前五時離陸、敵輸送船を捜索攻撃せよという命令だから、二五〇キロ爆弾は搭載していない。増加タンクをつけ、六〇キロ爆弾二発を搭載しての出撃である。高度八五〇〇メートル、針路を東にとり、獲物をもとめて飛ぶうちに、ブーゲンビル島の南方にさしかかった。

前方に、無数の黒点が見える。敵戦闘機のお出迎えだ。およそ百機はいよう。わが方の直衛零戦は二十機あまりだが、その半数がわれわれ艦爆隊の前方にでて迎撃態勢をとり、残る半数はわれわれの上空を、艦爆の速度にあわせてジグザグに行動して、掩護にあたってくれる。

敵さんがこんなに多数お出迎えにくるようでは、近くになにか大物がいるにちがいない。艦爆隊は全機増槽をすてて決戦にそなえた。われに数倍する敵戦闘機は、迎撃する零戦の隙間をくぐって、艦爆隊におそいかかってくる。火だるまとなって空中爆発したり、黒煙を吹きながらおちていく僚機、多勢に無勢で虚をつかれて炎上落下する零戦、さながら地獄の様相である。

しかし、そんな戦いも長くはつづかなかった。急に敵戦闘機の姿が、潮がひくように見えなくなったとき、われわれは前方の海上に敵の大機動部隊を発見したのである。輪形陣を組んで、かなりの速力で航行中だった。そのウェーキが目にしみるほど美しかった。

輸送船どころか、大艦隊である。われわれ艦爆隊は横一列に隊形をかえ、急降下の時機を待った。突然、その後上方に、真っ黒な高角砲の弾幕が張られた。それが二回、三回つづいたと思うと、今度は前下方に移動した。あきらかにレーダー射撃だ。むだに炸裂する弾丸はなく、横一線にみごとな弾幕が張られて、われわれをひと呑みにしようとしている。

敵戦闘機は、味方の弾幕にはいる前に避退したのであった。われわれは弾幕を避けながら接敵する。敵の輪形陣は、右に左に回避運動をつづけるが、すこしも隊形を乱さない。いよいよ突入だ。

「はいる！」

後席に声をかけると、私は中央のいちばん大きい艦を目標にダイブに入った。目標は一見、重巡の感じだが、それにしては大きすぎるし、艦橋付近は大和に似ている。

一気に突っ込んでいくと、高角砲にくわえて機関砲までが猛烈に射ちあげてくる。目標をねらう照準器のなかに、弾丸が火の玉となって飛び込んでくるような感じだ。降下速力がのろくてもどかしくなり、エアブレーキを引っこめると速力が急にまし、三二〇ノットをさす。八五〇〇メートルから一気に突っこんできて、高度四五〇〇メートルまでのわずか二十秒くらいが無性にながく感じられた。

「よーい、撃て！」爆弾をたたきつけるようにして機首を引き起こす。とたんに右足に思いきりこん棒で殴りつけられたような痛みがおそい、一瞬、フットバーから足がはずれ、ピーンとのびた。

「やられた！」気がつくと、急降下直前にあけておいた風防の右側が、グシャグシャになっている。

だが、そんなことにかまってはいられない。引き起こしながら、機を左にひねって弾着をたしかめると、艦橋のすぐ横に二発とも命中していた。しかし、六〇キロ爆弾では火花が散っただけで、たいした損害はあたえていないようである。

僚機の爆弾も、後部砲塔や前甲板などに命中はしているものの、どれもこれも二五〇キロ爆弾のような威力はない。これでは、針をもって象を攻めるようなものだ。

主砲弾を振り切って

エンジンを全開にして、海面すれすれに輪形陣の中から避退をはかった。前方に軽巡らしいのがいるので、真横から艦橋にぶつけるような格好で、機銃を射ちながら飛行する。

艦橋に左翼が当たらんばかりにして飛びこえた。やれやれ、と安心する間もなく、前方にもう一艦いた。今度は艦尾から艦と並行に飛行する。舷側とおなじ高さだ。敵が懸命に機銃をまわそうとしているのが、はっきり見えた。

やっとの思いで輪形陣を突破することができたが、敵はわが機をねらって、さかんに機銃を射ち込んでくる。右足をやられているので、方向タブをいっぱいに右にとり、左足を突っぱって機を左右にすべらせながら敵弾をさけた。高度三十メートルくらいだ。高度をいっぱいに下げているため、後方に飛沫《しぶき》をまきあげながら飛びつづけた。

ソロモン上空をゆく九九艦爆。翼下の抵抗板や爆弾の様子がよくわかる

するといきなり、前方に巨大な水柱が立ちはだかった。それも、二つや三つではない。敵が主砲を発射しはじめたのだ。高さ百メートルほどの水柱が、随所にたちのぼる。翼にでも引っかけたらおしまいだ。機銃弾なら何とかかわせる自信があるが、主砲となると、いつどこに水柱がたつか見当もつかない。運を天にまかせるより仕方がなかった。

ガン、ガン、ガン、まるで空缶をひっぱたくような音がした。

「やられた」

座席の計器盤はめちゃくちゃになり、油ともガソリンともわからぬものが、眼前に飛び散った。

さらにもう一発、ガンと見舞われた。右の燃料タンクに直径二十センチくらいの穴があき、ガソリンが白く霧のように尾をひいている。ただちに燃料コックを、共通から右タンクに切りかえた。流出する燃料を少しでもつかっておかなければ、ラバウルまで帰り着けない。

あっという間に燃圧計がふれはじめたので、コックを左に切りかえて飛ぶ。やっと敵の射程外に出ることができたが、風防はオイルで真っ黒になっていた。持ちあわせたウエスでぬぐっても、たえず油が噴きつけるのだからキリがない。座席内にはガソリンとオイルがじゃぶじゃぶとたまり、臭気で呼吸が苦しくなって、目もあけていられないほどだった。

風防の左から顔の半面をだして、息苦しさに耐えながら、前方を見て飛ぶ。さっきから後席の偵察員にいくども声をかけるのだが、さっぱり返事がない。振りかえってみても、姿が見えない。座席の下にもぐっているのか、それともやられたのか?

ふと気づくと、左後方を九九艦爆が一機、わが機を追うようにやってくる。私はスピードをおとして待った。近づいてきて、わが機の右にならんだのを見ると、翔鶴の所属機で、尾部に小隊長マークをつけている。パイロットの左腕には中尉の階級章が見えた。彼はすこし前方にでると、

「後席を見てくれ」といわんばかりに、私に合図をおくってきた。私はすこし高度をあげ、彼の後席を見た。

後席から胴体後部にかけて、壁土をぬったような色がベッタリとついており、偵察員が頭部を吹っ飛ばされて、座席にのけぞっている。駄目だと知らせると、彼はわかったというよ

うにうなずき、今度は自分の方が私より高くあがって、私の後席を見てくれた。彼の合図も、やはり駄目だった。

中尉は、私についてこいと合図して前に出る。だが、瑞鶴の私が翔鶴の彼についていく気はない。それに経験ならこっちの方が豊富だ。そっちこそついてこいとばかり、私の方が前に出る。怒った中尉が私を追いぬく。そうはさせじと、また抜きかえす。

そんなふうにして、九九艦爆二機は喧嘩をしながら、やっとラバウルに辿りついたのであった。私の傷は砲弾の破片が二個、右大腿部に刺さっていただけで、たいしたことはなかった。

あとで知ったのだが、われわれがラバウルに進出したのは「ろ」号作戦のためであった。このろ号作戦とは、ニューギニアへの敵の補給路を絶つのが目的だった。そのため二五〇キロ爆弾をおろし、増槽をつけて六〇キロ爆弾二個を抱いたのである。

それがいきなり、ブーゲンビル島タロキナへの上陸を支援する敵の大機動部隊にぶつかったのだ。そして私が攻撃したのは、戦艦サウスダコタであった。戦艦に六〇キロ爆弾では、ハチが刺したほどにもなかったろう。

しかし、この日に端を発した戦いが「ブーゲンビル島沖航空戦」と呼ばれて、十一月一日、三日、五日、十一日とつづいた。一回出撃すると、半数以上が帰ってこなかった。瑞鶴用の宿舎では、到着の夜、八畳吊りの蚊帳《かや》十張りをつって、かさなり合うようにして寝たのだが、翌日は六張りですみ、その翌日は三張り、最後には一張りのみで、私をふくめ四人が寝るだけとなった。

そして、トラック島にいる母艦への帰還命令がきた。

五機のさびしい帰還

来るときは一七二機の大編隊だったのが、わずか十日余りで、帰りは瑞鶴と翔鶴あわせて九九艦爆二機、九七艦攻三機のみである。泣くにも泣けない気持であった。春島に帰り着いたのは、すでに夕刻だった。待ちうけていた整備兵たちが、あっ気にとられている。

「つぎの編隊は、どれくらい遅れている？　何十機帰ってくる？」矢継ぎ早な質問に、「これで全機だ。あとも先もない」

私は怒鳴るように答えた。瞬間、みなの顔から血の気がひくのがわかった。

瑞鶴からの迎えのランチに乗り、なつかしい母艦の舷梯に着いた。ラッタルを上りつめてギョッとした。あの砲術長が立っているのだ。しかし、引き返すわけにはいかない。一列に並んで当直士官に敬礼すると、四人を代表して、

「ただいま帰りました」私が報告すると、横から砲術長が、「ご苦労だったな、風呂の準備ができとるから、みんなゆっくり入ってくれ」

その顔が、いまにも泣きだしそうだった。艦長が出てきて、私たち四人の肩を両手で抱くようにして、

「ご苦労さん、ご苦労さん」一人ずつねぎらってくれた。艦内の士官も、全員が並んで出迎

えている。

　なつかしい母艦の搭乗員室だったが、人気のない部屋がガランとしている。私は自分のロッカーの前に立つと、出発前に遺品と書いて貼りつけておいた手紙をやぶりすてた。遺品といっても、愛用の箸《はし》が一膳いれてあるだけだ。

「おい、今日の砲術長、なんだかヘンだったな」

　それは、四人とも同感だった。砲術長のあのように思いつめたような顔を見るのは、乗艦して以来はじめてのことであった。

　四人は各自のベッドへいくと、魂がぬけたようにころがった。頭の中もからっぽだった。

　まもなく整備科の兵隊が、風呂に入ってくださいといってきた。

「おい、みんな、アカを流そうぜ」私を先頭に風呂場にむかった。風呂に入って驚いたのは、私たち一人ひとりに兵隊がついて、身体を洗ってくれるのだ。

「おい、よせやい」「なんだか薄気味悪いぜ」

　どうも勝手がちがう。

「おい、これはどうなっているんだ?」私が一人の兵隊にたずねると、「はい、砲術長の命令です」

　私たちは自分の耳をうたがった。「なんだって、あの砲術長が!」

　風呂場から搭乗員室にもどると、さらに驚くことが待っていた。テーブルにはご馳走が並べられ、ビールまで置いてあった。私たち四人は、キツネにつまれたようだった。兵隊が二人、ビールを一箱ずつかついで入ってきた。しかも、その後から、例の甲板士官がついてくるではないか。

「チェッ、あの顔みたら、せっかくのご馳走がまずくなるぜ」私は心の中でそうつぶやいた。

「よし、そこにビールをおいて解散」兵隊二人を帰すと、甲板士官はいきなりデッキに正座して、帽子をぬいだのである。「みなさん、ご苦労さんでした。これまでみなさんを目の仇にしてきた俺だが、今日こそ思い知らされた。本当にすまなかった」

その後、しばらくは声にならなかった。泣いているのだ。涙を拭《ぬぐ》う甲板士官は、やっと言葉をついだ。

「一木兵曹、申し訳ない。君のロッカーに遺品の貼紙があったので開けてみた。箸《はし》がおいてあった。君たちがつねに死と向かいあっている気持が、俺にはわからんかった。許してくれ」そういって、男泣きに泣くのだった。涙でクシャクシャの顔で立ちあがると、甲板士官はビールの栓をぬき、四人の湯呑みについでまわる。「さあ、飲んでくれ。思うぞんぶん飲んでくれ。ご馳走は艦長命令、ビールは砲術長と俺とで準備した。さ、飲んでくれ」

「いただきます」私たちは、素直にそれをうけた。

「おい、ありったけの湯呑みを出せよ」

私は急に思いついてそういった。テーブルの上に二十個ばかりの湯呑みを並べ、私はそのすべてにビールをつぐと、

「飲みたくてももう飲めん、戦死した人たちのために、かわって飲むぞ」一つの湯呑みをと

りあげ、「日根さん、木村さん、大田さん、飲めよ」

そういって、一気に飲みほした。ほかの三人も、それぞれ仲のよかった戦友の名を口にして、飲んだ。

「甲板士官、あんたも一杯……」「いや、せっかくだが、今日は艦内酒保止《ど》め、禁酒だから俺は駄目だ」

甲板士官は、手を左右にふる。

「禁酒？　俺たちは？」「いや、搭乗員は別だ」

そのとき、艦内スピーカーから当直士官の声が流れた。

「全員に告ぐ、本艦の飛行機隊は先日、ラバウルに進出し、激戦の末、大部分が戦死した。本艦乗組員は飛行機隊の奮戦をしのび、戦死した搭乗員の冥福《めいふく》を祈るため、本日は酒保止め、歌舞音曲を禁止する。なお、本日帰艦した搭乗員をゆっくり休ませるため、搭乗員寝室への立ち入りは遠慮せよ。以上」

すでに空母瑞鶴の姿は、夕闇につつまれていた。

海空戦の花形「艦爆」誕生の舞台裏

艦上爆撃機の設計開発とその変遷

航空機研究家　中里清三郎

日本海軍は世界で初めて航空母艦として設計建造された鳳翔《ほうしょう》についで、本格的な戦力空母赤城《あかぎ》、加賀《かが》を相前後して完成した。これは日本海軍の海上航空戦力をきずいた最初の要素であり、世界空母史でも画期的な出来事であった。

英国のアーガス、イーグル、ハーミス及びフューリアス、米国のラングレイ、レキシントン、サラトガに対する日本の鳳翔、赤城、加賀の独創的な設計によるその陣容は、当時としてはまことに堂々たるものであった。

しかし問題は、その旧式な艦載機にあった。英国のフライキャッチャー艦戦（艦上戦闘機）につぐガムベット艦戦、ホーネット艦戦。ダート艦雷（艦上雷撃機）につぐリポン艦雷、ホルスレイ艦雷。米国のボーイングF2B、F3BにつぐF4B艦戦、およびカーチスF6CにつぐF7C艦戦。ダグラスDT艦雷につぐマーチンT3M、T4M艦雷というような相つぐ新型機の出現、試作機の完成の報にもかかわらず、日本海軍は依然として大正十年制定の一〇式艦戦、艦雷、艦偵各一種と、一〇式艦雷にかわる一三式艦攻一種を、空母兵力の主力としている状態であった。

そしてその設計は、いずれも英人技師の指導により三菱が国産化したものであった。おなじ英人設計の三式艦戦、八九艦攻の生産機があらわれたのは、ようやく昭和五年に入った頃からであった。日本人設計の九〇式艦戦、九二式艦攻、九五式艦戦など末期の複葉機が第一線に配置されたのは、支那事変に入ってからで、報国号として献納されてから一般に知られるようになったものである。

要するに、昭和初期の日本海軍航空、とくに海上兵力は、その比較的に威容をととのえた空母陣に対して、艦載機の性能は英米のそれにくらべると、まだ相当に見劣りするものであり、もちろんその頃には、艦上爆撃機（艦爆）という機種はなかった。

米海軍が初めて艦爆を研究したのは一九二八年（昭和三年）ごろ、その機体カーチス〝ヘルダイバー〟の第一号機を公表したのは一九三〇年、つまり日本海軍が九〇式各型を採用した年、満州事変の前夜であった。

艦爆のはじまり

もともと、航空母艦から発進して敵の艦船に攻撃をくわえる専門の飛行機は、はじめ潜水艦用の魚雷に改造をくわえて、これを携行して低空から発射する艦上雷撃機として発達した。もちろん魚雷のかわりに、爆弾をつんで相当高度からの水平爆撃を行なうことも、偵察にも使うことができた。

これを英米ではトーピードボマー（Torpedo Bomber）と称していたが、日本では艦上雷撃機の名をつけたのは十年式だけであって、大正十三年の一三式以降のものは、すべて艦上攻撃機と称した。そして八〇〇キロ級の魚雷一本を携行する低空雷撃、総量五〇〇キロ程度以下の爆弾を携行して相当高度から行なう水平爆撃、さらに偵察の、三任務を担当するのが通例であった。

つまり、海上航空兵力の主力は艦攻であり、これを護衛し、また艦隊防空を担当したのが艦戦であり、偵察を本来の任務とし、ときには爆撃にも戦闘にも参加するのが艦偵であった。実際にはこの艦偵は、あまり用いられなかったが、この三本立ての艦載機の編成は、各国ともおおむね共通であり、これに急降下爆撃を主任務とする「艦爆」がつけくわえられたのは、日本では昭和十年ごろ、米海軍ではそれより二、三年早く実用化されていた。

艦爆の元祖はアメリカ海軍

艦船のような移動する目標、その他のあらゆる小さな目標に対して、良好な命中精度をもつ急降下爆撃法が米海軍で研究実験されたのは、相当に古いことのように思われるが、これが表面に現われたのは昭和四年である。

なにしろ爆弾をつけたまま、急降下で目標に接近し、爆弾投下直後に急に上昇姿勢にうつるこの急降下爆撃機は、戦闘機なみの運動性と強度を必要とするため、米海軍ではまずカーチスF8C複座戦闘機を利用した。そして初めて〝ヘルダイバー〟の名称があたえられたのは、この複座戦闘機の改良型であった。

ヘルダイバーの名は、その後も長い間カーチス製の艦爆につけられ、米海軍の花形として戦後もしばらく使われていたが、初期においてはマーチン社のほか、グラマン、ヴォート、グレートレーキ各社でも試作され、太平洋戦争の直前にはダグラス社がこれに力を入れて、ついに傑作艦爆〝ドーントレス〟を完成した。

戦争中はほかにブリウスター、ヴァルティ両社も特徴ある急降下爆撃機をつくるなど、米海軍の艦爆にたいする熱の入れ方は、相当なものであった。

昭和二年、海軍航空本部が艦政本部から独立して以来、海軍機の機種更新に、はじめて純国産機の採用を目標として、民間の航空機会社にたいして競争試作の制度を実施したことは、海軍機の質的向上にきわめて有益であった。しかしこの中に「艦爆」の項目がくわわったのは、昭和八年の八試特爆以来であるから、日本の艦爆に対するスタートが米海軍のそれに対して、はるかに遅れていたことは明らかである。

日本海軍が、この新爆撃法を実施する機体の試作を極秘のうちに進めたのは、昭和六年で、これを海軍工廠の六試特殊爆撃機と称した。特殊とはもちろん急降下爆撃のことである。

日本式艦爆誕生の裏話

一説によると、日本海軍でも一部の飛行将校によってかなり以前から、急降下による特殊爆撃法の提唱が行なわれていた。しかし実際にその研究が開始されたのは、ちょうどカーチス〝ヘルダイバー〟が現われたころであったため、日本海軍の艦爆は米海軍のヘルダイバーの模倣であるとの誤解もあった。

昭和四年十二月、海軍から選ばれて、当時、航空本部部員で霞ヶ浦の海軍技術研究所航空研究部技師であった長畑順一郎氏が、アメリカをはじめ欧州各国の航空技術界視察に出張し、明くる五年八月に帰朝したが、そのコースにカーチス社があった。

海軍で六試特爆が長畑技師により設計されたのはその翌年で、この基礎設計によって中島飛行機が山本良造技師の担当で昭和七年十一月に完成したのが、厳密にいうと、日本海軍最初の急降下爆撃機である。正式名を「六試艦上特殊爆撃機」、通称を「海軍特爆」といった。同機は複葉で、当時としてはきわめて新しい構造型式を採用し、とくに急降下性能に留意したものであったが、安定性、操縦性ともに不良で、この名誉ある日本式艦爆第一号機は、完成まもなく試験飛行で墜落大破した。

日本式艦爆の第二号機、翌年の七試艦上特殊爆撃機は、やはり海軍の試作命令により中島が山本良造技師の主務設計で、六試特爆を基礎として試作、昭和八年に完成したが、これも性能不良でものにならず、三回目の試作機、八試特爆は、ついに中島と愛知の競作ということになったわけである。

この時期的なおくれは、日本海軍の艦爆育成に重大な損失となったが、この事実は、急降下爆撃機の試作がいかに難かしいものであるかを証明するに充分であろう。

愛知はそれまでに、主として水上機の設計製作に、一方の旗頭ともいうべき独特の境地を開拓していたが、艦爆はもちろん初めての経験であり、これにはまったくの自信がなかったといってよい。そこで愛知はずっと以前から技術提携で特別の関連のあったドイツのハインケル社のHe50急降下爆撃機に範をとることとし、同社に日本海軍むけの試作一機を発注した。

世にいう「愛知と艦爆」のつながりはここから出発している。ハ社は、日本むけの艦爆としてHe50から発達したHe66を試作として愛知に送った。

愛知では五明得一郎技師を主務者として、動力の換装、艤装の改善、機体各部の改造をおこなって、八試特爆として海軍の審査に提出した。審査の結果は、この愛知機がみごとに中島機をやぶって採用となり、当初「九四式艦上軽爆撃機」、のち「九四式艦上爆撃機」となって量産された。

したがって一般には、この九四式艦爆が、日本海軍の最初の艦爆であり、これをもって日本式艦爆の最初のものとされている。しかし実はこの九四艦爆は、ドイツのハインケル社で生まれたものであり、模倣機ながらも、いちおう日本で国産化、実用化されたので、日本式艦爆の始祖となったわけである。

九四艦爆から九六艦爆へ

九四艦爆の原型九四軽爆は、強度、操縦性とも良好で、とくに九十度急降下における爆撃

九四艦爆。日本海軍最初の実用艦爆で、木金混合、羽布張りの複座機

照準の的確性など多くの利点をもち、昭和九年十二月に制式採用となったが、折りからの支那事変でただちに量産に入り、日本における唯一の本格的な急降下爆撃機として大いに注目された。

本機ははじめ加賀と龍驤の実用試験に供されたが、はじめて艦爆として稼働率《かどうりつ》がよく、支那事変ではトーチカなどの特殊な目標に対して有効な爆撃をくわえて大いに賞讃された。木金混合骨格に羽布張りのやや旧式な構造であったが、胴体下に二五〇キロ爆弾一個と主翼下に三〇キロ爆弾二個を装備し、急降下制限速度二七〇ノット（約五〇〇キロ／時）というすぐれた性能を発揮することができた。

昭和十一年、戦訓による九四艦爆の性能向上型が完成し、エンジンが寿二型改四六〇馬力から光一型六六〇馬力に強化され、これが九六艦爆となったが、外形はほとんど九四艦爆と同じである。外観上のいちじるしい相異は、エンジンカウリングの奥行きが深く、車輪に流線形の覆いがとりつけられたことなどである。(二三八頁写真参照)

支那事変に活躍した艦爆の大部分は、この九六艦爆であり、生産機も九四艦爆の一六二機から一躍四二八機に増加している。爆弾搭載量は九四艦爆と同じで、急降下制限速度はさらに二十ノット増加したほか、一般性能が一段と向上した。

両機とも報国号として多数献納されたが、このころ米海軍の艦爆には、カーチスSBCヘルダイバーがあり、その引込脚のスマートな形態にくらべて、九四、九六両艦爆の支柱と張線の多い外形は、当時ずいぶん野暮ったく見えたものである。はたせるかな九六艦爆の量産に併行して海軍は愛知、中島、三菱の三社に対して、昭和十一年、低翼単葉の十一試艦爆の試作を指示した。これがのちの九九式艦爆のはじまりである。

傑作九九艦爆の誕生

十一試艦爆は、愛知の試作機が合格して、九四、九六、九九と艦爆は愛知の独占するところとなった。本機は日本ではじめての片持単葉急降下爆撃機であり、その設計にはなみなみならぬ苦闘がつづけられたが、五明得一郎技師を中心に、尾崎紀男、森盛重技師らを主とする愛知の艦爆設計スタッフは、ついに昭和十二年十二月にその第一号機を完成、海軍の厳密な審査の結果、昭和十四年十二月その改造型が合格して、ここに単葉流線形の新鋭九九式艦爆が誕生したわけである。

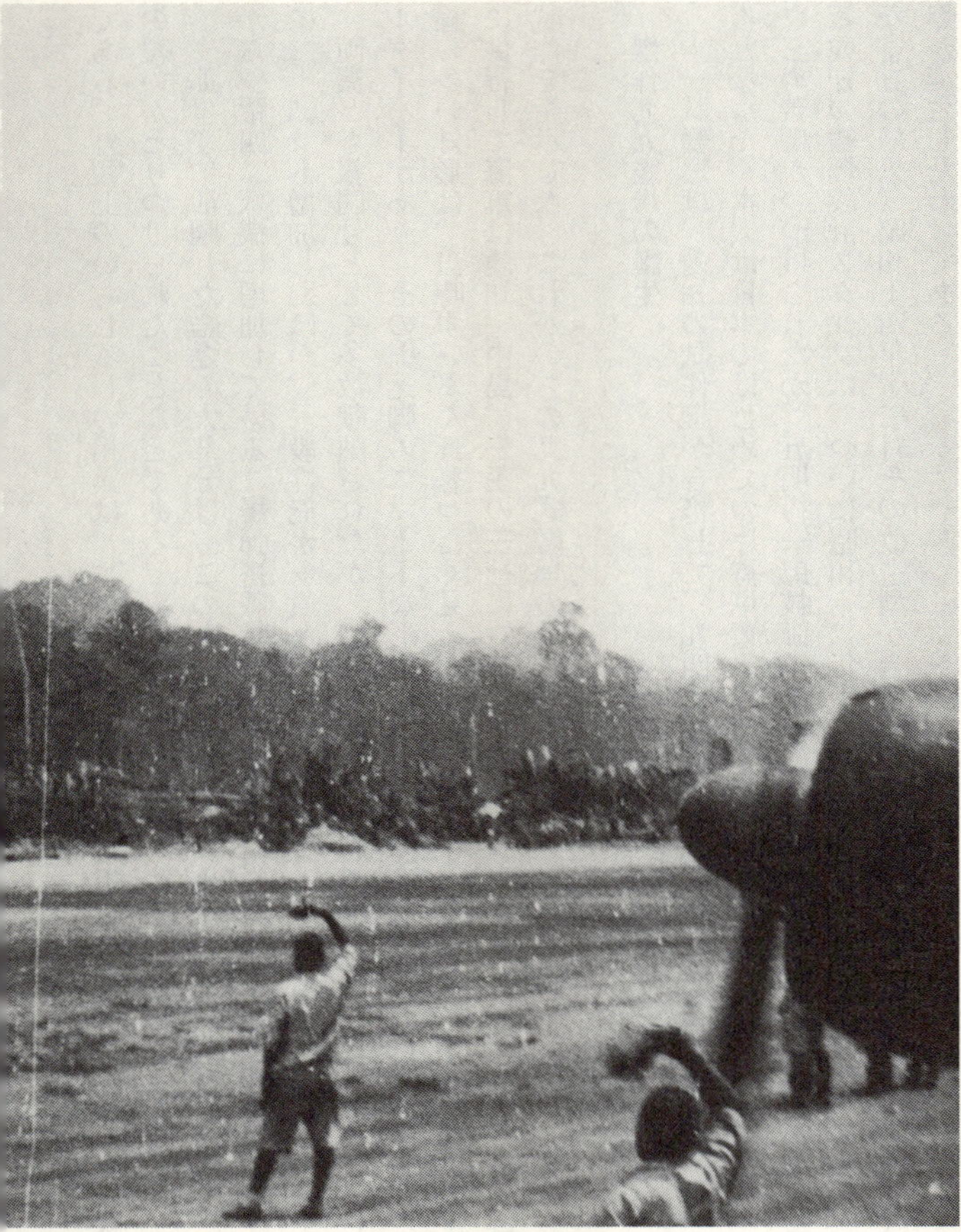

徴のひとつであった主翼の平面形が楕円になっている雰囲気がわかる

地上員の帽振れに見送られてラバウル飛行場を離陸してゆく九九艦爆。特

本機は、支那事変の末期に、はやくも華南方面に出動して、そのスマートな形態を誇示したが、とくに抛物線《ほうぶつ》整形の美しい主翼の形、胴体の流線美は、まさに世界一流であり、質量ともに愛知のみならず、日本海軍が世界にほこる最高の傑作艦爆であったことはいうまでもない。

本機の最初の桧舞台《ひのきぶたい》は、昭和十六年十二月八日の真珠湾攻撃であったが、その後の珊瑚海、印度洋、ミッドウェー各海戦をはじめ、南太平洋の空母を中心とする海と空の決戦には、つねに艦爆の主力として縦横無尽の活躍をつづけた。

なかでも赤城、加賀、蒼龍、飛龍および瑞鶴、翔鶴から発進した合計一二六機の九九艦爆による九七艦攻との協同の真珠湾攻撃は、世界戦史にその類をみない大艦爆戦であり、九九艦爆生涯のクライマックスでもあった。

英空母ハーミスほか二隻を撃沈した印度洋海戦における命中率の最高八八パーセントは、まさに艦爆戦史の最高記録であり、わが艦爆搭乗員の腕前と、九九艦爆の驚異的な優秀性を証明するものである。これは米海軍のヘルダイバーやドーントレスの実力をはるかに上まわる実績である。

しかし米海軍機の性能向上に反し、必然的に生じてきた九九艦爆の速度の不足と乗員の質的低下によるハンディキャップは、いかんともなしがたく、戦争中頃から九九艦爆の犠牲は目に見えて増加してきた。

いかに傑作機とはいえ、米海軍のグラマンF6Fヘルキャットを主力とする高速艦戦群の

液冷発動機から空冷金星に換装した彗星三三型。特攻機として多用された

前には、ついに手も足も出なくなったのである。

昭和十九年に入ってからの九九艦爆の苦戦は、ついに特攻艦爆への転身をやむなくしたが、さらに悲劇的なのは、資材の不足による木製艦爆「明星」への転身計画であった。

記録によると九九艦爆の生産数は、昭和十二年から二十年までの合計一四九二機で、その大部分は愛知が独力で生産したものである。

悲運だった彗星艦爆

戦闘機なみの速力と運動性をもつ革新的な快速艦爆の完成、これが「彗星」十三試艦爆の誕生の理由であった。

昭和十三年、これまで民間会社に競争試作のかたちで発注していた新鋭機の試作を、この頃から海軍自らその一部を担当することとなり、九九艦爆にかわるべき快速艦爆は、海軍航空技術廠（空技廠）の山名正夫技師が中心となって、極秘のうちに設計が進められた。

本機の特徴は、無駄のない軽量流線形の機体に、ドイツで好評だったダイムラーベンツDB610発動機を国産化した熱田一〇〇〇〜一三〇〇馬力を装備したことであった。果たせるかなその性能は零戦に近い高速と、世界のいかなる艦爆にも見ることのできない敏速な運動性を発揮して期待されたが、問題の熱田液冷式発動機は生産不調のうえに性能にむらがあり、また機体の生産と整備にも多くの不備な点があって、その稼働率はあまりよいものでなかった。

彗星の第一号機が完成したのは昭和十五年であったが、最初の彗星隊が第一線に出動したのは昭和十八年六月になってから。さらに実戦に参加したのは、十九年に入ってからで、米機動艦隊のトラック島来襲に反撃をくわえたのが最初であるといわれる。したがって彗星の出陣は、戦局の大勢が明らかにわが方に不利になっていたときで、加えて液冷式熱田《あつた》発動機の不調になやまされた彗星隊の活動は、意外に低調なものであった、といわれる。

発動機を空冷式の金星六一〜六二型一五六〇馬力に換装した彗星改造型があらわれたときは、すでに日米両軍の決戦舞台は、レイテ沖から台湾沖にせまり、彗星本来の特性を充分に発揮できない状態にあった。その多くは、来るべき本土決戦にそなえて、内地基地に温存されたが、レイテ、台湾、沖縄の決戦では、空冷の彗星が特攻機の主力として参加し、その数は意外に多い。一部はロケット補助動力をつけて、日本本土に接近する敵機動部隊に対する反撃に備えられた。

その生産総数は二式艦偵をふくめて二千機をはるかに上まわり、九九艦爆をしのぐ数であった。しかし彗星の実動部隊が出陣するころには、日本海軍にはすでに、ありし日の空母陣の威容を見ることができなかった。実際面では、艦爆彗星は陸爆彗星であった。設計と試作と実験と改造につくした莫大な苦労にくらべると、彗星の艦爆としての実戦における価値は意外に低調であった。しかしその基本的な設計はきわめてすぐれていたのである。

もしも彗星に九九艦爆なみの実用性と、零戦程度の生産性をあたえていたら、これは名実ともに世界第一級の艦爆であった。あえて彗星の設計者に苦言をいわせて頂けるなら、それはあまりにも性能の向上に飛躍的であり、細部にわたって神経質に過ぎたのではないか、ということである。

学校の試験に満点をねらう深窓の優等生よりも、実社会に出て地金をあらわすバンカラ学生の気質こそ、急降下爆撃機に望ましい条件ではなかったのだろうか。

惜しかった万能艦爆の流星

流星は、艦爆兼艦攻である。一般には艦攻で通っているが、元来、星の名前は艦爆につけられるのが通例であるから、艦爆として扱う方が正しいかもしれない。

流星すなわち十六試艦攻は、昭和十六年、海軍の艦攻と艦爆の機種統合案により、愛知にたいして試作が指令された新機種の一機で、雷撃、水平爆撃、急降下爆撃の三任務が行なえるものであった。愛知は九九艦爆以来ひさしぶりの自社設計艦爆で、設計技術陣の張り切り方はものすごく、尾崎紀男、森盛重、小沢泰代技師の気鋭トリオで昭和十七年十二月にその第一号機を完成した。

流星にあたえられた条件は、零戦に匹敵する快速と軽敏な運動性、攻撃火器、そして堅牢で大量生産に適することなどであった。八〇〇キロの魚雷、または五〇〇キロ程度の爆弾をつむ艦攻爆としては、世界にその比を見ない苛酷な要求性能であったが、愛知設計陣の熱意はついにそれを克服し、「流星改」において実質的に世界第一級をはるかに上まわる艦攻爆を完成した。

本機の外形上の特徴は、その主翼の内側に浅い下反角をあたえ、外側には上反角をあたえたいわゆる逆ガルタイプの翼を採用したことであるが、内面的な機構にも、幾多の新しい方式が試みられ、とくに尾翼連動式のフラップ、フラップ兼用の補助翼、開閉式の爆弾倉扉、主翼の折畳み構造、座席の配置などにもきわめて新しい設計が行なわれた。（一二五頁写真参照）

流星の機体は、右のような傑出した新技術の結晶として注目され、艦戦烈風《れっぷう》、艦偵彩雲《さいうん》、陸偵景雲《けいうん》、陸爆銀河《ぎんが》などとともに、海軍航空の最新鋭機として大いに期待されたが、この傑作流星にもただ一つの重大な欠陥があった。

それは終戦間近のあらゆる「誉」装備の新型機に見られた発動機の不調と、熟練工の不足、これにくわえて空襲と震災のために、その生産がいちじるしく遅延したことである。

とくにこの頃の試作機の多くに、軍の方針により、カタログデータはよいが実力はそれほどでなかった「誉」発動機を、おそらくは設計者の意志に反して装備しなければならなかったところに意外な隘路《あいろ》があった。

この一事は、終戦までの日本航空技術史上の一大汚点であり、技術面を理解しない行政上の権力者の横車が、実際面において、いかに重大な結果をもたらすかを示唆する適例であろう。

終戦までに完成した一〇〇機あまりの流星は、その一部が敵機動部隊の反撃に参加したほか、重大な作戦に従事した実績はなく、めざましい活動はついに見られなかった。設計面では彗星や銀河よりも線が太く、これでエンジンさえよければ、実用性能は相当なものであったにちがいない。

終戦時の日本機には、いわゆる「惜しい飛行機」が陸海軍とも相当たくさんあったが、流星はとくにその最たるものということができる。ある航空雑誌の編集者がいうには、零戦をほめるのは素人の通例であまり興味はないが、流星に関心をもつようなのは一おう玄人《くろうと》肌の飛行機通で、その持論は傾聴に値するそうである。

短かかった艦爆の生命

戦後、艦爆という言葉をあまり聞かなくなった。とくにジェット機時代に入ってからは、まったく艦上機の中に艦爆という機種を見出すことができなくなった。しかし艦爆の任務が消えてなくなったわけでは決してない。

艦爆の製作所別系列図

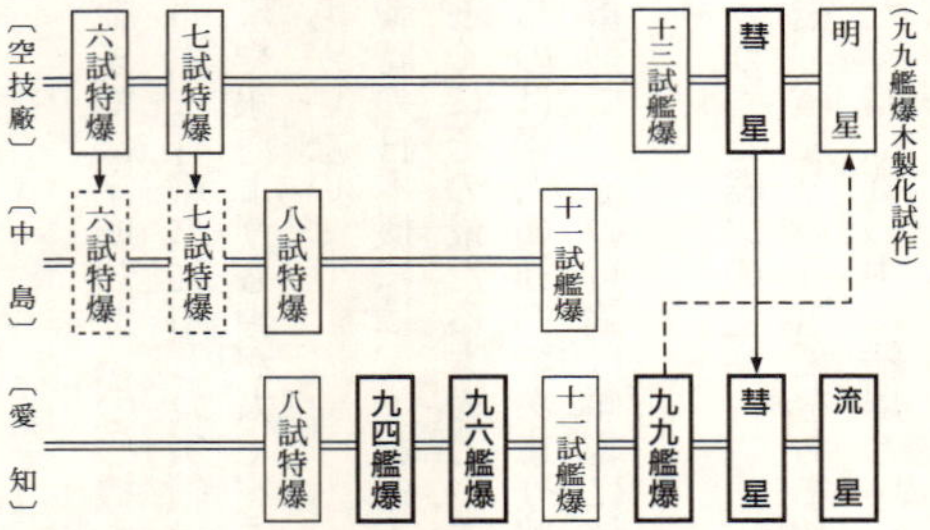

太枠太字は量産機、点線枠は空技廠設計の試作機、他は試作機

これは艦上爆撃機と艦上雷撃機の一元化、つまり機種統合が、第二次大戦の末期に日本が流星をつくったように、米英とも一斉にこれを実施したからである。そして名称も日本が大正十三年以来つかってきた艦攻に統一された。したがって今日では、艦上急降下爆撃はすべて艦攻の任務となったわけである。

米海軍では戦時中、デヴァステーターとアヴェンジャーをトーピードボマー、ドーントレス、ヴィンジケーターやヘルダイバーなどをスカウトボマーまたはダイブボマーと呼んでいたが、終戦の頃になってこれらの機種の統合が行なわれ、その試作機には単にアタッカー、またはアタックボマーの名がつけられた。つまりTB（Torpedo Bomber）、SB（Scout Bomber）、DB（Dive Bomber）のすべてを一本建てとしてA（Attacker）に統一した。

英海軍もソードフィッシュやアルバーコアなどの艦雷と、スキュアやフルマーなどの艦爆を統合して戦争後半期にバラキューダを艦雷兼艦爆として完成し、さらにファイヤーフライ艦攻を発達させ、ワイヴァーン艦攻がこれにかわっている。

要するに、純粋な艦上急降下爆撃機、略して艦爆といえるものは、日本海軍ではだいたい昭和十年に実用化され、昭和二十年までおおむね十年間の生命であったが、他の空母をもつ国、米英仏その他においても大体おなじくらいの寿命であった。

ただ米海軍が日英より三、四年長いだけであった。

艦爆は、海軍航空の花形であったが、その名称のうえでの生命は短かく、すでに思い出の機種名として今日では戦記、戦史に残るだけである。しかし戦略、戦術の情勢いかんでは、従来の艦爆とは別な、新しい任務の艦爆がふたたび現われるかもしれない。

約十五年にわたる日本の艦爆発達史を、理解しやすくするために製作所別に整理すると図のようになる。空技廠は六試特爆、七試特爆の基礎設計をおこない、その試作は中島が担当したが、いずれも不合格となった。八試特爆は、中島と愛知の競作で、愛知のものが合格して九四艦爆となり、これがさらに九六艦爆に発達した。

複葉型はこれで終わり、中島、愛知競作の十一試艦爆は、ともに新設計の単葉型であったが、こんども愛知のものが合格して九九艦爆となった。十三試艦爆は、空技廠の設計および試作で彗星に発達したが、その生産と改造は愛知がうけもった。

愛知の最後の設計は、艦爆と艦攻を統合した流星であったが、これを開発増産中に終戦となった。明星は九九艦爆の木製化で空技廠の担当であった。

私が設計した九九艦爆が傑作といわれる理由

低翼単葉、全金属製機を誕生させた執念と技術者魂

当時九九艦爆担当・愛知航空機技師　尾崎紀男

九九艦爆は、設計者の私、製造会社の愛知航空機（当時、愛知時計電機会社）、それに使用する側の日本海軍のいずれにとっても、新しい第一歩をふみだした記念すべき航空機であった。

まず設計者の私にとっては、大学を出て四年目になって、はじめて一つの機体の計画から完成まで責任を持たされた、いわば処女作であった。つぎに製作会社の愛知航空機にとっても、複葉支柱付き羽布張り機製作から、近代的全金属航空機製作の第一歩をふみだした最初の機体であり、大げさにいえば、全工場の生産設備まで近代化させた記念すべき機体であった。そして日本海軍にとっても、艦爆としては最初の全金属片持単葉機であった。

本機は十一試特殊爆撃機という名称で昭和十一年、海軍より愛知航空機と中島飛行機の両社に試作が命ぜられた競争試作機であり、いずれか成績の優秀な方が日本海軍の制式機として採用される運命にあった。

九九艦爆一一型。操縦席前に射爆照準器、偵察席前に空中線支柱が立つ

当時、愛知航空機は、ドイツの航空会社であるハインケル社に設計製作を依頼して完成した九十度急降下爆撃機のHe66を基礎にして製作した、日本最初の急降下爆撃機である九四艦爆、ついでこれを改造して性能向上した九六艦爆と、複葉羽布張りであるが、急降下性能のすぐれた艦上急降下爆撃機を海軍に多数納入し、自他ともに海軍の急降下爆撃機は愛知の独占と自負していた。

この十一試特殊爆撃機は九六艦爆にとってかわるものである以上、愛知の名誉にかけて、どうしても勝ちとらなければならなかった機体であった。

海軍から示された計画要求の主たるものをあげると、最高速度は爆撃正規状態（二五〇キロ爆弾装備）で二〇〇ノット（三七〇キロ／時）以上、航続距離はおなじく爆撃正規状態で八〇〇浬《かいり》以上、降着速度六十ノット（一一一キロ／時）以下、九十度急降下時の制限終速度二四〇ノットで、その頃としてはかなりむずかしい性能要求だった。

そのほかに、爆弾投下後は戦闘機にちかい空戦性能を要求され、くわえて航空母艦よりの離着艦性能も重視されるので、艦上攻撃機（艦攻）のように大型になっては、軽快な急降下および空戦性能を満足されず、かといって小型にすると離着艦性能が犠牲になるし、まことにやっかいな機種であった。

われわれ機体設計者が新しい航空機を設計する場合、いちばん頭をいためるのは、これに搭載する発動機の選定である。戦前、日本でつくられた数多くの試作機をみても、機体側からみると極めて優秀であったにもかかわらず、発動機不調によるトラブルのために制式機として採用されず、陽の目をみずに終わった例が数多くある。

現在の輸送機についても、これに搭載されるエンジンが世界的に信頼度のあるものでないと、航空会社が採用してくれないのをみても、これを物語っている。

艦爆は急降下中に操縦者が爆撃照準をするので、前方および前下方の視界を良くする必要があり、索敵にも、またとくに着艦のときには大きな前方視界がほしい。これには空冷星型発動機よりも、液冷列型発動機が最適であるのは言うまでもない。軍用機にもちいる場合には、被弾の場合の不利、さらに整備の面倒さなどが問題になるが、この方は大したことはないようだ。

視界が良好な液冷式

液冷といえば、当時、愛知航空機はドイツの有名なダイムラーベンツ液冷発動機の技術導入をし、かつ日本での製作権をもち、液冷一本で進んでいた会社であった。したがって会社の上層部としては自社のダイムラーベンツ発動機を、試作艦爆機に搭載しようと考えたのは当然のことである。

そこで本機の発動機の選定にあたり、ダイムラーベンツ発動機装備の場合と、当時、入手可能な他会社の各種星型空冷発動機装備の場合について、詳細なる性能検討をおこなった。

前述したように、艦爆の生命というべき視界の点では、液冷式は問題なく優位であるが、性能の点では不安が出てきた。不安というのは、当時、生産に入ることができるダイムラーベンツ発動機では性能的に不利で、これの馬力向上を計画し、試作に入っているものでは、他社の空冷より多少優位という結論がでた。

そこで、私の上司である五明得一郎課長に相談したところ、その場で、

「他社の空冷は確実な性能であり、それにくらべて当社の液冷の性能は試作段階のものである。機体そのものが試作であるのに、これに搭載する発動機も試作に近いものであっては、とても短期間に本機を完成することは無理だ。下手をすると発動機と心中しかねないことになる。会社の重役には自分からよく説明するから、安心して他社の空冷式ですすめよ」と指示されてほっとした。

こうしたいきさつで選んだ発動機は空冷星型の金星四四型（のちに金星五一型）であり、発動機としてのトラブルはほとんどなく、大いに助かった。

なお、愛知のダイムラーベンツも、本機についで生産された彗星艦爆には熱田一二型、三

二型として搭載され、性能を十分に発揮した。

全金属製の機体設計に苦労

発動機がきまれば、つぎは機体の形態、構造様式であるが、私の肚はだんぜん片持低翼単葉、全軽合金製とし、重量が軽く、機体表面に出っ張りのない空力的抵抗極小の機体にしようとすでに決まっていた。

というのも、当時の航空界で世界の傑作機として騒がれたドイツのハインケル社のHe70高速連絡機を、愛知が見本機として購入することになり、私はその技術導入の一員として、昭和十年四月より約六ヵ月間、ハインケル工場に滞在を命ぜられ、He70のすぐれた性能と、高速機のもつ美しいスタイルにとりつかれたのである。

また、その年にフランスで開催されたパリ国際航空ショーに出席し、英国のスピットファイア戦闘機をみて、今後の航空機はかならず片持式単葉全軽合金製になると確信し、もし自分が設計主任として計画をまかされた場合は、ぜひこうした航空機をつくりたいと心に決めていたからである。

ついでにHe70のことを少し補足すると、日本についた同機は、横須賀海軍航空廠で鈴木正一部員の手で飛行実験が行なわれたが、鈴木氏は、「舵もいいし乗りやすく、性能もよく、だれが乗っても〝これはいい〟」といっていたが、私もこの報告書には、最上級の讃辞を呈したことをおぼえている。また、

「Ｈｅ70は、当時の世界優秀機の一つであろう。性能も公表どおりの、ぴたり一九六ノット（三六五キロ／時）。カタログと性能が合致したものは、私のテストした三十機の外国機のうちＨｅ70だけです」と、ある座談会で話しておられたのをおぼえている。

こうした優秀なＨｅ70の資料が手元にあったので意を強くしたが、艦爆は軍用機であり、しかも空戦性能を重視されるので、商用機のＨｅ70は、その空力的性能向上への手段に関しては参考になったが、その他は金属製モノコック胴体以外、直接参考にはならなかった。とくに主翼および尾翼は木製であったので、なおさらである。

発動機もきまり、機体の形態、構造様式もきめてしまったので、大急ぎで初期計画案をつくって、海軍の計画審査をうけ、会社案でよいとの了解をえた。

この計画審査会議は、海軍側の各部門の専門家たちの出席のもとに行なわれるもので、当日、実施部隊（艦爆を使用する部隊）側から九六艦爆の実戦経験より、急降下爆撃を行なう航空機としては、スパンの大きい単葉機では航空母艦上の取り扱いはもちろん、九十度近い急降下時の主翼の強度剛性の点、終速の点、また爆弾投下後の戦闘機的な操縦性の確保といった点で不安ではないかとの意見もでた。

しかし私は、要求どおりの機体を完成する自信がある、と言い切ったようにおぼえている。

さて、審査会議では以上のように大見栄をきったものの、私自身は全金属機の設計にはなんの経験もない、まったくの素人であった。

会社自体も、複葉支柱付の羽布張り主翼、鋼管熔接構造の胴体といったものは早くから製作しているので、その強度計算方法も確立し、参考資料も数多くあるが、応力外皮式金属主翼構造、モノコック式の金属胴体といったものの資料は皆無にひとしかった。会社の先輩たちも、いずれも未経験というありさまで、まったく困ってしまった。

当時、全金属機については、日本海軍では米国その他からいろいろの航空機を購入して普及することにつとめ、われわれもたびたび見学し、だいたいの概念はつかんでいた。

しかし、さて自分で設計してみると、わからぬことばかり続出するありさまで、そこで各種構造につき部分的基礎実験をくりかえし、同時に外国の文献、雑誌を読みあさり、非常な苦心をかさねて設計を進めた。

そのために、製作の容易さ、工数節減などは思いもよらず、軽くて丈夫であることを第一としたので、これをつくる現場の方は苦労されたことと思う。

固定脚でも要求性能を満たす

つぎに設計の方針について少し述べると、当時の航空機は、日本はもちろん米国機も、機体の表面の摩擦抵抗に関しては無関心で、鋲の頭は平気で出ているし、各種舵類のキングポスト、マスバランスといったものも、平気で外部につき出しており、また動翼と主翼のスキといったものも平気であった。

そこで本機では、これら摩擦抵抗を極力へらすことに専念し、強度的に不安とされていた沈頭鋲《ちんとうびょう》もハインケルの資料で確信をえたので、この沈頭鋲を全面的に採用し、また工作のゆるすかぎり表面の外板張りの段付をなくした。

主翼平面形は製作上の難点はあるが、誘導抵抗の少ない楕円形とした。また主翼は急降下に入るさいの下方視界、着艦時の視界を良好にすると同時に、これに取りつける脚柱を短くして、重量強度に有利なように中央翼を設けて、これを水平にし、その外方翼に上反角をつけることにした。

翼断面型はNACA二三〇一二、翼の厚さは中央で一五・五パーセント、翼端で七パーセントという、当時としては思いきった薄翼にした。

話は変わるが、当時、名古屋市には飛行場がなかったので、愛知でつくった航空機はすべて岐阜の各務原《かがみ》まで、陸上を牛車につんで夜通しかけて運んだものである。このとき、本機は中央翼と外翼とに分解できるので、運送屋にはよろこばれた。スピードを生命とする航空機が、もっともおそい牛車の世話にならねばならぬとは、皮肉なことであった。

主翼の構造は全軽合金製張力式二桁《けた》構造とし、桁フランジはT型とした。当時、三菱航空機では、桁フランジをジュラルミンのT型押出形材の厚さが、翼端に行くにつれてテーパーにけずったものを採用していたが、愛知ではこうした機械設備がなかった。そこで強度的に不利であるが、ジュラルミン板を何枚かかさねて鋲でかしめたものを使用した。

航空母艦の昇降機の関係上、折畳み幅が十一・五〇〇メートルになるよう、翼端を上方に折り畳むようにした。降着速度をできるだけ少なくするため、高揚力装置として、フラップのほかに、フラップ作動時には補助翼も連動で下方に下がり、高揚力を得るように計画した。

54型に換装、カウリングも丸味をおび、プロペラスピナーが追加されている

ソロモン方面唯一の基地艦爆隊582空の九九艦爆二二型。二二型は発動機を金星

このため、補助翼はプレーン型補助翼を採用し、舵の重さはタブのみで行なうようにした。しかし、会社のテストパイロットがこうした型式をきらったため、フリース式に変更した。

脚は片持式固定一本脚とした。当時、アメリカの商用機はもとより、軍用機も引込脚が採用されつつあり、いずれを採用するかは、とうぜん本機の計画上の問題であった。

そこで風洞実験を行ない、これらの資料によって、いろいろ性能を吟味した結果、固定脚でも要求性能を十分満足することが明らかとなった。一方、引込脚を採用すると、主翼の強度剛性上から不利になるのは当然で、これをカバーするためには、そうとうの重量増加をきたし、それだけ機体が大型となり、本来の軽快性を失う恐れがあった。

そのほか、脚を収納するために翼厚を大きくする必要が生ずることと、脚引込みのためのメカニズムの複雑化など、完成期に二、三ヵ月の遅延をきたして自殺行為となると判断し、固定脚にふみきったのであった。

抵抗板も本機の特色であるが、九十度急降下の終速が海軍の強い要求で二四〇ノットにおさえられたので、急降下時の制動用にどうしても必要となった。

その方式として、尾部付近にフラップのようなものを出す案、固定脚のカバーをひらく案、車輪そのものをカバーごと九十度向きをかえる案、主翼フラップの下面一部をこれに利用する案などにつき、多くの案について風洞実験を行なった。

しかし、いずれもモーメントの過大な変化、その他いろいろの不具合が生じ、けっきょく翼下面前縁付近に、固定式抵抗板を装備することになった。

これがはからずもドイツの急降下爆撃機ユンカースＪｕ87と同一型式になり、これを模倣したかのようにいわれるが、これはまったく無関係で、愛知独自の計画であったことを付記しておく。

難問続出の試作機

一号機は昭和十二年十二月二十五日に完成し、これとは別につくった強度試験用機体による各種強度試験も着々と進み、いずれも大した問題もなくテストに合格した。こうして、愛知はじめての金属機も、強度的にＯＫの見とおしがつき、さらに完成機の重量も予定以内におさまり、関係者一同はほっとした。

そして待望の初飛行は、明けて昭和十三年一月六日に、初雪で白一色に美しく化粧された各務原飛行場で行なわれたのである。正月休みとあって、広い飛行場には本機ただ一機のみ。銀翼に朝日をあびて雄々しく飛び立った姿は、今日でも忘れることはできない。

こうして、ぶじ飛び出しはしたものの、飛行試験が進むにつれて思いがけぬ難問がでて、これの解決に昭和十五年五月までの、約一年六ヵ月をついやしてしまった。

思えば親泣かせの子供であった。

本機でもっとも問題となったのは、〝不意自転〟と〝補助翼のとられ〟であった。これらに関する詳細は『日本傑作機物語』（酣燈社）に山名正夫氏および私が記述しているが、不意自転というのは、操縦者が正しく急旋回、あるいは宙返りなどの操作を行なっているにもかかわらず、飛行機の方でかってに自転してしまう現象のことである。

これは本機だけでなく、当時の試作機にはいずれもこの現象が多少あり、関係者は対策に苦心していたのである。とくに米国から海軍が購入したセバースキー複座戦闘機は、この不意自転がひどかった。思うに、米国では高性能機に不可避の現象として、そのまま量産していたと思える。

しかし、空戦性能を要求される本機では、これは許されない。というのは空戦中に自転をおこすと、優位にいてもすぐ劣位に落ちるし、低速では致命的であるからである。

当時、本機の空技廠の担当員であった山名氏は、これをとめるには翼端失速の防止だけでは不十分で、大迎角時に、方向安定が低下するのが有効であることを発見された。そして、本機特有の背びれがつけられ、この難問をみごと解決したのである。

〝補助翼のとられ〟とは、急横転中に補助翼がとられ、そのために機体はとんでもない方向に運動するのである。これをふせぐと補助翼が重くなりすぎ、フリーズ型バランス部の形状にさんざん苦労した。

最後に補助翼のヒンジ位置が製作用治具のミスで七ミリ下方にさがっていることを発見し、これももちろん解決した。ちょっとした不注意で、長期間、各位に迷惑をかけたことはいま考えても残念でたまらない。

不具合事項の解決に一年六ヵ月を要したが、とにかく実用機までぶじ成長できたのは、本機に対する会社全員の熱意というより、執念のたまものであったと言ってさしつかえない。

しかし、さらに大事なことは、本機の空技廠飛行実験部の担当部員であった村松大尉、鈴木正一少佐、それに飛行機部の山名正夫氏という〝名医〟のおられたことである。

とくに鈴木少佐のするどい操縦性に対する判定と、これを理論づけてつぎつぎと名処方をたてられた山名部員が、本機の担当であったことが、のちに本機が艦爆として、操縦安定性で申し分のない傑作機とまでいわれた最大の原因であった。

九九式艦上爆撃機の制式名をもらった本機は、昭和十九年まで約一五〇〇機が生産され、海軍の主力艦爆として活躍した。そして太平洋戦争の中期以後は、二三五ノット（四二五キロ／時）の最高速度では性能不足となり、次期艦爆の彗星にバトンをわたした。

話は変わるが、太平洋戦争突入の昭和十六年、海軍では艦攻と艦爆の二機種に区別することは、作戦上で不都合なことが多く、また航空機補給の点からも不利であるので、一機種で雷撃および急降下爆撃、水平爆撃の可能な新機種を急ぎ開発することになった。

この試作を愛知に命ぜられ、私がふたたび主任として計画することになった。これが「流星」艦上攻撃機である。この要求性能は、八〇〇キロ爆弾を装備して最大速度三〇〇ノット（五五六キロ／時）以上、航続距離は正規で一千浬以上ときびしいものであったため、試作に手間どり、量産に入ったのは昭和十九年春で、約一一〇機を生産して終戦となった。

本機は計画より重量がかなり増加したことと、搭載発動機の不調とで、試作完成に非常に苦労したが、それよりも実戦の教訓により、要求細目がたびたび変わり、大いに困惑したものである。

艦爆設計に憑かれた十年間

彗星艦爆開発の思い出

元「空技廠」彗星設計主任・海軍技術中佐　山名正夫

昭和十七年十一月のことである。艦爆彗星は、それまで空技廠において試作機として飛行実験されていた。当時、空技廠飛行機部で設計担当だった私たちは、テストパイロットの高岡迪少佐（当時）といっしょに、いくつかの実験を試みたわけだが、この飛行実験でひとつ気になった点は、あらたにつけた新形式の抵抗板の作用だった。

これは、急降下爆撃時に翼の抵抗板を出して、急降下速度を制限するためにつけたものだが、尾翼にあたる風の角度が大きくなって、衝撃波が出るおそれがあるということがわかってきた。

山名正夫中佐

しかし、当時はまだ高速空気力学があまり進歩していなかったので、その場合、どういう結果になるか、実際に飛んでみないことには見当がつかなかった。

さて、ぶじに所定の各種実験飛行をおわって、いよいよ最後の急降下試験にうつった。私は、上昇をつづける機上で座席後方につけたアイモのネジを、苦しい姿勢でなんどか巻きかえて、急降下中の撮影にそなえた。

数回の降下実験で、次第に降下角度を深くして、ついに九十度のダイブをすることになった。ところが、飛行経路が九十度だと、機体の角度はそれ以上になって、肩バンドをしていても身体は浮きそうになってくる。いまにも、機体がガタガタとこないかとヒヤヒヤしていたが、懸念した振動も起こらず、きわめて好調に試験飛行を終えることが出来た。

しかし、いつの場合でも新しい試みをしようとするときは、ある種の不安に襲われるものである。その日、試飛行をおえて帰宅したところ、何羽か飼っていたニワトリのなかで、一羽のオンドリが原因不明で死んでいたことを、いまだに覚えている。なにか、妙な感慨に打たれたものだった。

大好きだった飛行機

海軍へ入ったのは昭和六年のことで、艦爆設計には昭和十年から関係をもつようになった。私が艦爆を希望したのは、私なりの理由があってのことで、子供のときから、とにかく飛行機が好きでしょうがなかったことを白状しなければなるまい。

そのために、中学の試験に失敗し、小学生浪人を一年やってしまった。模型ばかり作っていて、傷だらけの手に教科書などロクに持ったこともないのだから、これは当然である。

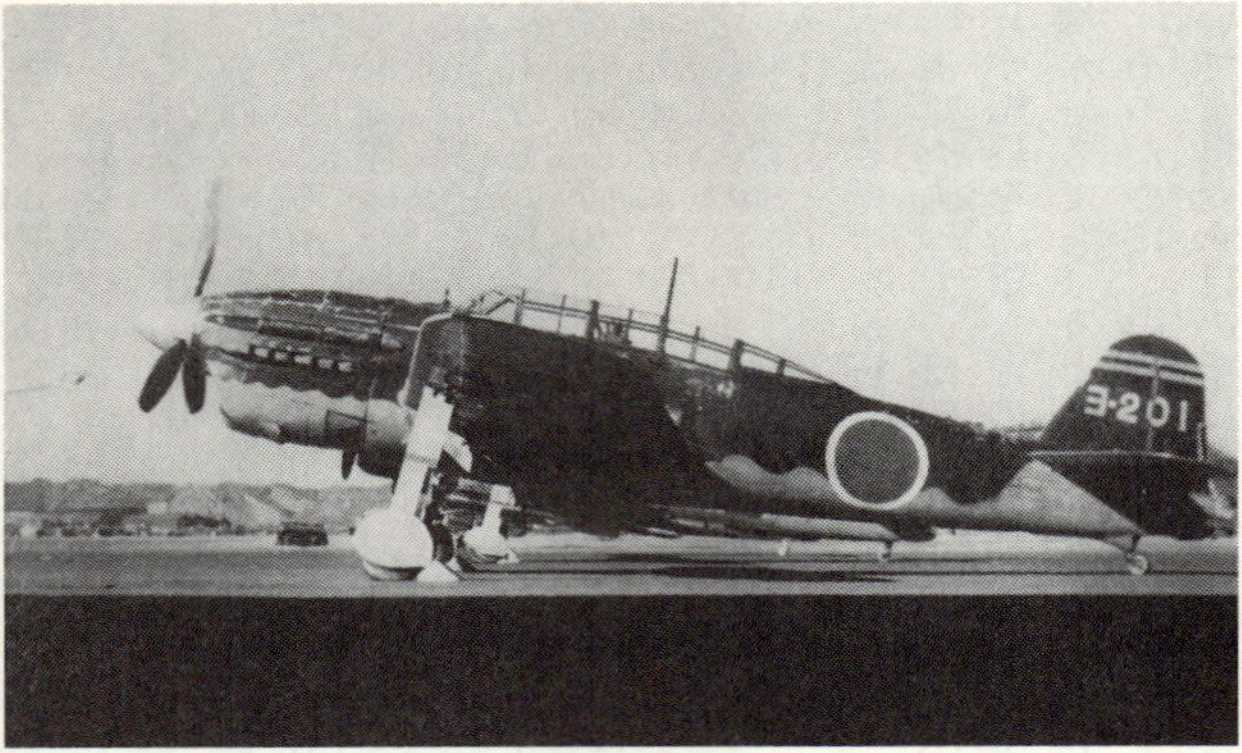

一一型のエンジンを熱田32型に換装、パワーアップした彗星一二型

私事でいささか恐縮な話だが、とにかく飛行機の好きだった私は、海軍へ技術関係で入ったときも、なんとかして操縦員といっしょに乗れる飛行機をえらびたかった。それに、一口食ってみれば物の味がすぐわかるように、設計上の不備や難点も、いっしょに乗ってみれば、一番わかりやすいのが道理である。

空の花形たる戦闘機をさけて艦爆に進んだのも、そういう理由からだった。もちろん、複座には水上偵察機も観測機もあるが、より軽快な艦爆の方が自分には魅力があった。

試飛行で、ともに乗ったテストパイロットは、九九艦爆で鈴木正一少佐、彗星で小牧一郎、高岡迪の各少佐だったが、いずれも飛行実験のベテランで、艦爆とともに忘れられぬ人たちである。小牧少佐は、のちに連合艦隊参謀として古賀峯一長官のもとにあり、昭和十九年三月三十一日にミンダナオ島ダバオへ長官一行と向かう途中、悪天候のため遭難、行方不明となられた。

九九艦爆から彗星へ

ドイツのハインケルへ行ったのは、昭和十年から十一年にかけてである。そのころ、海軍では艦爆の設計をハインケルに委嘱しており、島本造兵少佐がすでに渡独していたが、私も現地で協力するために派遣されることになった。

もともとハインケルと日本海軍の関係は深いものがあり、ごく初期のものだが、カタパルトなどを試作してもらったこともあり、艦爆は九四式も試作機をハインケルへ注文したことがあった。

ちょうど私が渡独したころ、ハインケルには急降下爆撃機ができてテストの段階だったので、He118（二座）を購入して日本へ送った。だが、この機は性能上、艦爆には不適当で、また多少大きすぎるキライがあったため、海軍では飛行実験を行なっただけで、実際には製作しなかった。

さて、艦爆が脚光をあびるようになったのは、やはり九九式が登場してきてからだった。実際に、大戦開始いらい数々の武勲をあげたし、戦爆連合の艦隊決戦にもきわめて有能だった。

だいたい艦爆というものは、艦隊決戦を目的として作られた爆撃機である。そのためには、まずなによりも航続距離の大きいことが第一で、それに巡航速度のはやいことが必要だった。

そういう使命をもつ艦爆だったが、戦局の進展にともなって、九九式ではいささか低速すぎる難点が出てきたのであった。

そういう不備な点を補うために登場してきたのが、十三試艦爆彗星《すいせい》なのである。エンジンは、従来の空冷から液冷にかえ、性能向上を計画した。

その前、すでに彗星は昭和十三年度試作の高性能艦上機として、空技廠で設計（主任岡村純海軍中佐）が開始されていたのだが、そのときには、この機は純研究的に作ろうということでスタートしたものである。

したがって、随分さまざまな新しい研究課題があった。このために関係者の努力も並み大抵ではなかった。しかも困難な改良を加えることいくたびかで、やっと特長を発揮できるようになったと思う間もなく、あの運命の日を迎えてしまったのだ。

苦難のテスト四十日

話はさかのぼるが、彗星第一号機の試飛行には、いまも忘れられない想い出がある。

このテストは、木更津で開始された。追浜の飛行場では多少せますぎたので、船に積んで木更津まで運んだわけだ。

テストパイロットは小牧少佐、工作担当の花輪誠一大尉、設計陣では私といっしょに小谷敏夫大尉、田村福平中尉（のちいずれもサイパンで戦死）と上山忠夫大尉、大江蘭四郎少尉などなど、木更津への出張人員は全部で四十名をこえた。

さて、試飛行が開始されたが、発動機がはじめて試用する液冷エンジンのためか、なかなか調子が出ないのである。とくに気化器の具合が不良で、実験は意外に長びいてしまった。十日たち二十日たっても、さっぱり納得のいくテスト結果が出てこないのであった。一同、昼夜兼行でテストにテストを重ねたが、そこへもってきてハタと突き当たってしまったのが滞在費の問題だった。工員たちは、付近の農家へお世話になっていたし、設計陣は旅館生活をしていたのでなおさらだった。

木更津のように、基地のあるところでは正規の出張旅費が安いので、日が長びくにつれてたちまち破産状態となってしまったのである。致し方なく、空技廠へ毎日のように送金の催促をする始末となった。

ところが、そんなところへ突然、主計官が現地へ事情を調べにきた。そんなに信用できないのか、と血気さかんな連中のなかには主計官にくってかかる者まであって、とんだ一さわぎを演じてしまった。

後日、空技廠総務部長加来《かく》止男大佐（のちに飛龍艦長となる）、飛行機部長杉本《すぎもと》修大佐などの配慮で費用の問題も解決し、そのうえ加来大佐は一席宴をもうけてわれわれを激励して下さった。

それはさておき、やがて木更津を飛び立った一号機が、翼をキラリと光らせながら機首を西に向けたときは、思わずホッと深い溜息が出たものである。それは実験開始いらい、じつに四十日を過ぎてからのことであった。

母艦のない彗星艦爆

こうして誕生した彗星ではあったが、苛烈な戦局はわれわれに一刻の遅滞も許さなくなっていた。彗星の試作五機ができて性能実験中のとき、そのうちの二機を艦上偵察機として持って行かれてしまった。そのために、実験機が足りなくなって非常に困ったのであった。量産化がおくれたのも、これが大きな原因となっている。

さらに、液冷発動機の整備はまことに厄介で、整備員泣かせだったことも、欠点の一つといえるかもしれない。また、性能を向上するために翼面荷重を大きくしたので、九九艦爆にくらべると着艦速度がやや早くなっており、これまたパイロットにとって一つの難行だったと思う。

昭和十九年、二十年——と、終戦のその日まで彗星はつくりつづけられ、合計およそ二一六〇機をこの世に生み出したのだったが、戦争末期には発進すべき母艦群を失い、彗星の最後は本当にみじめという他はなかった。

それに、デコボコの滑走路では、もともと艦爆として誕生した機だけに車輪も小さく、パイロットにとって随分ご苦労な思いもしたのではなかろうか。こういう彗星も、終わりのころには夜間戦闘機として斜銃《ななめじゅう》を搭載して、がんばったものである。

なお、彗星につづいて、艦爆には流星が艦攻兼用機として愛知時計で試作されていたが、とうとう陽の目を見ることなしに、破局を迎えたのだった。

虚空をにらむ彗星

その名も彗星——航空本部の伊東祐満中佐は、ほうき星のようにダイブしていくこの高性能機に、彗星という輝かしい名前をつけてくれた。

その彗星も、日本海軍航空隊とともに昇天した。戦後、製作工場に残っていた彗星が、無惨にもプロペラをもぎとられ、空しく虚空をにらんだまま横たわっている姿を見たとき、私はなにか胸のせまる思いがして、その場にいたたまれなくなったのを思い出す。

また、戦後、厚木飛行場のすぐ脇にあった、もとの高座海軍工廠を住まいとして、私たち航空機技術関係の同僚三名と百姓をやっていたとき、すぐかたわらの畠に彗星や零戦、それに一式陸攻などの残骸が雨ざらしになっているのを見て、感無量というほかはなかった。

俊翼「彗星」の光と影テスパイ評判記

航空戦艦伊勢のカタパルトから射出実験

当時「空技廠」飛行実験部員・海軍少佐　高岡　迪

私と彗星との出合いは、四十五年をさかのぼる。半世紀に近い昔のことであるし、当時、多忙をきわめていたので、とくに印象に残ったことしか思い出せないし、記憶に残っていることもカスミがかかっているようなところもあり、正鵠《せいこく》を期しがたい。

数年にわたる支那事変解決のための仏印進駐作戦などにより、国際情勢がますます急を告げている昭和十六年八月、私は第二航空戦隊所属の空母蒼龍の艦上で、爆撃機分隊長より、おもいがけず海軍航空技術廠飛行実験部へ転勤を命ぜられた。ちょうど艦隊航空隊は、南九州でハワイ空襲のための特別訓練に入ろうとする矢先であり、艦隊の源田実航空参謀から「もう転勤はない」と告げられた直後で、まことに不本意であった。蒼龍へは、同期の牧野三郎大尉が私のあとをうけてハワイ空襲に従軍し、はなばなしく

高岡迪少佐

散華して二階級特進の栄をえた。

　私が海軍航空技術廠飛行実験部に着任して、テストパイロットとして最初に取り組んだのが、九九式二号艦上爆撃機とこの彗星である。

　彗星艦爆は、故山名正夫氏が滞独中にほれこんだダイムラーベンツ・エンジンを動力として、そうとうの期間、胸中で計画をあたためられたと思われるもので、帰国してのちまもなく十三試艦上爆撃機として、海軍航空技術廠で試作されたものである。当時としては流線形ですごくスマートにできていた。

　水冷エンジンのため、はじめ水冷却器《みず》まわりに問題があったのか、離陸してすぐ水温が過度に上昇するため急きょ着陸せざるをえないので、私の先任者であった小牧一郎少佐は、一号機について数回の短い飛行のみで私に申し継いだ。

　小牧少佐はきわめて優秀なる先輩で、海軍大学校を首席で卒業して連合艦隊の航空乙《おつ》参謀となったが、古賀峯一司令長官のお伴で二式飛行艇とともに南海に散った。

一番恐い急降下テスト

　飛行実験部部員はそうとう多忙なので、各機種ごとに、あるいは大きなプロジェクトごとに、副部員をつけてもらっていた。そして飛行試験の相当部分を副部員にまかせるが、重要な項目とか、たいへん危険な試験は部員自身が実施をした。

　彗星の副部員は難波正三郎氏で、汪兆銘主席の専属飛行士をやっていたこともある予備学

横空追浜基地格納庫前の彗星一二型。機首下面は水冷却器用の空気取入口

生出身の中尉であった。彼は飛行技術が優秀で、彗星の飛行試験を安心してまかすことができた。ある時、彗星の飛行試験中に潤滑油が操縦座席内に噴出し、どす黒い油で顔いっぱい塗りたくられ、べたべたと油をたらしながら興奮して降りてきたのを思い出す。

難波副部員はのちに名古屋にある愛知時計のテストパイロットとなって大いに活躍していたが、終戦の直前、彗星を名古屋から空輸しようと離陸した直後、発動機の故障で不時着水し、奇跡的に命は助かったが腰骨をいためて半身不随となり、別府の病院で長期療養をしていたが、ついに不遇のまま世を去った。

この十三試艦上爆撃機（部内名乙四）の飛行試験のなかで、急降下の試験がいちばん恐かった。高度六千メートルから全力回転のまま、ほぼ九十度で垂直に急降下して、急降下中の各種性能を計測するため、地上に幅広に決められた三角形の頂点に配置した三台のカメラで計測する試験で、彗星は三角形のほぼ中心へ急降下をする。

急降下中にダイブブレーキを出しているので、速度の増加とともに頭下げモーメントが増加するが、それを打ちけすように昇降舵を頭上げにとるようトリムタブを偏向させている。ちょうど衝撃波がわかりかけていた時代で、このトリムタブのところで衝撃波が発生して予期されたトリムタブの揚力がえられなくなる。そうなるとノーズダイブとなり、彗星は引き起こしても起きてこなくなる。

こんな風におどかされていたので、この試験を実施するまでには浅い角度からだんだんと急降下角度を増して、まだ大丈夫、まだ大丈夫と安全を確認しながら実施をしてきた。さいわい心配された現象はおこらなかった。

急降下の場合、機軸線と飛行機の航跡とはかなりの角度がある。急降下爆撃の精度を向上させるためには、この浮角とか、飛行機の加速の状況を計測しておく必要がある。

第二次大戦で飛行経験のすくない非熟練の操縦士を、特攻機の操縦士として使わざるをえなかったので成功率は低かった。それはこの浮角を考慮にいれないで目標にむかって急降下をすると、だんだんと降下角度がふえ速度も増加してくる。そうなると昇降舵の押さえがきかなくなって、オーバーシュートして目標に命中しなくなる。反航している艦船にたいする場合、追風の大きい時などはなお難しくなる。

私の急降下実験のときもノーズダイブになった場合、高度二千メートルでの引き起こし努力は一五〇〇メートルくらいまで続き、そこで脱出を決意して飛行機より脱出できたとしても、尾翼にひっかけられるか、開傘のための高度的余裕不足のため地面に激突するかで、自動化していなかった当時の落下傘などを考えると、危険率が非常に大きかったものと思われる。

また予圧をしていない航空機で急降下をする場合、地上大気圧の半分以下の気圧から短時間で四分の三以上の気圧のところまでくだるので、欧氏管（内耳と口腔をつないでいる管）が詰まると耳に激痛をともなう。

したがって各人が急降下に入った初期に大声を出すとか、つばを飲み込むとかによって欧氏管を通ずるようにした。風邪をひいている人には急降下は禁物である。

初体験のカタパルト射出

海軍では偵察を主任務とした水上艦艇搭載の水上偵察機とか、飛行艇を装備されていたが、陸上の飛行部隊には偵察機を保有していなかった。したがって第二次大戦の中期には九八式陸上偵察機を、大戦末期には一〇〇式司偵を陸軍より少しゆずってもらった。そののち偵察機の不足を補うため、彗星の性能の優秀なのを聞いて陸上航空部隊よりの強い要請があり、試作四号機を多少改装して実戦部隊にわたした。

しかし新製機のつねとして最初は整備の熟練に時間を要するためもあり、ほとんど稼動しなくなり、椰子《やし》の木に係留してあるとのことで、昭和十八年春、セレベスのケンダリー基地へ四号機を受け取りにいったのを思い出す。

試験飛行が完了して、制式機として採用され、生産機を初めて部隊へわたすと、たいてい

最初の二ないし三年は機体、発動機、装備品、兵装などの整備に手なれないため稼動率が悪く、

「こんな飛行機は使えない」

との悪評をこうむるが、整備に手なれたあとでは、非常に優秀であるとの好評にかわってくるのがつねである。

彗星は六号機まで航空技術廠で試作したので、直接、初飛行（一号機は小牧一郎少佐が数回飛行した）からつづいて飛行試験を実施せざるをえなかったが、馬力を増加した熱田発動機への換装とか熱田発動機の生産遅延にともない、金星六一型への換装を改修した彗星の飛行は愛知時計社内で実施し、領収したのち各種の実験を実施したはずだが、記憶に残っていないし、また彗星の着艦試験も私の手で実施したはずだが憶えていない。

しかし戦局が押しせまって戦艦伊勢、日向の後部を改装して特設空母とし、彗星を相当数搭載し、接敵の後、カタパルトより彗星を射出して敵を攻撃し、彗星は陸上基地に帰還させる方式が採用された。

私はカタパルトよりの射出に慣れることもふくめ、鹿屋飛行場に特設された〝カタパルト〟から彗星の射出実験をした後、たしか呉軍港内の改造された軍艦伊勢に出向いた。

そして常装備の重量にした彗星に乗り、伊勢のカタパルトから射出され、狭い呉の飛行場に着陸したことを思い出す。そのときの伊勢の艦長が、兵学校時代われわれの学生指導官であった長谷真三郎少将であった。

この一連の改修もすでに時機を逸し、実戦に供せられないまま終戦をむかえた。水上機に乗っている操縦士は何度もカタパルト射出の経験を持っているが、陸上機の操縦士で陸上機でのカタパルト射出は私が初めてで、また最後であると思う。

空母艦爆隊の栄光と落日

艦上爆撃機隊の戦歴

元二十一航空戦隊参謀・海軍中佐　安延多計夫

航空戦では、いちはやく敵を発見し、一刻もはやく敵をたきつけたほうが勝ちである。とくに海戦で勝つためには、先制空襲によって敵航空母艦を撃沈するか、少なくとも飛行甲板を破壊して、発着不能にしなければならない。この先陣をうけたまわって、敵に一発必中の爆撃をくわえるために生まれたのが急降下爆撃法であり、これを結成したのが艦爆隊（正式には艦上爆撃機隊）である。

安延多計夫中佐

　昭和九年に急降下爆撃用の九四式艦爆が生まれ、十年にはこれを横須賀航空隊と航空母艦龍驤《りゅうじょう》に一個分隊ずつ配属して、訓練研究が行なわれた。

　昭和十二年に支那事変が勃発したとき、私のクラスメイトであり、また私とともに急降下爆撃法の基礎を開拓した和田鉄二郎少佐（のち少将、戦死）は、艦爆隊（使用機は九六式艦爆）をひきいて最初の南京空襲を敢行した。

その後、大陸における戦いで艦爆隊は各地に転戦したが、相手には軍艦がいないので、その真価は発揮できなかった。けれども、搭乗員が砲火の洗礼をうけ、戦場度胸を身につけたことは得がたい体験であった。

さらに連合艦隊では、いわゆる月月火水木金金の猛訓練が実施され、太平洋戦争勃発時には、各航空母艦は練度の高い当代一流の艦爆隊を持っていた。

この艦爆隊は、いかに戦ったのだろうか。

母艦からといわず、また陸上基地からといわず、出撃した艦爆隊は敵戦闘機の妨害を排除しつつ、猛烈な防禦砲火をおかして勇戦奮闘し、偉功を奏しているが、ここでは母艦搭載の艦爆隊について話をすすめていくことにする。

真珠湾攻撃

あまりに有名な開戦劈頭《へきとう》の戦闘であり、航空作戦として奇襲によるみごとな先制空襲、航空撃滅戦が完全に実施された。

第一次攻撃隊には翔鶴飛行隊長の高橋赫一少佐が九九艦爆五十一機をひきいて参加した。「全軍突撃せよ」の命令によって、午前七時五十五分（日本時間〇三二五）、高橋隊長はフォード飛行場の飛行機群に向かって、太平洋戦争の第一弾を投下した。

つねに「一番槍」を使命とする艦爆隊が、初弾を投下したことは会心の記録である。モリソン戦史によれば、急降下隊がフォード飛行場に第一弾を投下してから、わずか数分間で米海軍の最優秀機の全体の、ほとんど半数にあたる三十三機が撃滅、もしくは大破されたと記している。

第二次攻撃隊には蒼龍飛行隊長の江草隆繁少佐が、九九艦爆七十八機をひきいて出撃した。午前九時から湾内の敵艦に向かって急降下爆撃を開始したが、敵の防禦砲火はさかんであった。そのうえ、被害戦艦の重油の燃える煤煙で湾内の視界は悪く、情況は第一次攻撃の場合よりきわめて不良であった。そのため、艦爆の未帰還機は第一次は一機であったが、第二次では十四機となった。

江草隊長はよく目標が見えないので、さかんに射撃しているのはまだ生きている証拠だと判断して、勇敢にも敵の撃ち上げる集束弾にそって急降下した。勇将のもとに弱卒なく、この戦闘で敵弾をうけた艦爆機は、最後の勇気を鼓舞して水上機母艦カーチスの後部に体当りしたことを、とくに記録しておく。

投下弾数七十八、命中弾三十七、命中率四七・七パーセントがあげた戦果は、軽巡洋艦二隻、駆逐艦三隻、工作艦一隻大破、重巡洋艦一隻、軽巡洋艦一隻、水上機母艦一隻に若干の損害をあたえた。なお、一部の命中弾は、敵戦艦の損害をさらに累加した。

インド洋作戦

第一航空艦隊はハワイ空襲のあと内地に帰還、しばらく翼をやすめていたが、翌昭和十七

250キロ爆弾を懸吊し赤城を発進、インド洋作戦に向かう九九艦爆一一型

年一月五日に呉を出港して、南東方面に出撃した。そして、オーストラリアのポートダーウィン空襲後、さらに足をのばしてインド洋に作戦したのであったが、そのインド洋における艦爆隊の戦闘ぶりは、けだし全作戦を通じての圧巻であった。

昭和十七年四月五日午前九時（現地時間〇五〇〇＝日の出前三十一分）、淵田美津雄中佐のひきいる一八〇機の大編隊は暁の空をついて、セイロン島のコロンボ軍港空襲に向かった。

この隊には瑞鶴の坂本明大尉の指揮する艦爆十九機、翔鶴の高橋赫一少佐の艦爆十九機が参加していた。当時、コロンボの天候はきわめてわるく、艦爆隊は非常に困難な情況のもとに爆撃し、大型商船四隻、小型商船一隻、油槽船一隻を爆破炎上させ、また陸上施設を破壊した。

この爆撃の直後、敵のハリケーン戦闘機十数機と交戦して、そのうちの六機を撃墜させたのだったが、われもまた艦爆六機をうしなった。

この間、午後一時ごろ索敵機から、「敵巡洋艦らしきもの、二隻見ゆ」の報告があった。その後、駆逐艦二隻といい、また巡洋艦というなど少し混乱があったが、艦隊は午後二時四十九分から三時三分の間に赤城の艦爆十七機（指揮官阿部善次大尉）、飛龍の艦爆十八機（小林道雄大尉）、蒼龍の艦爆十八機（江草隆繁少佐）が相前後して発艦した。

三時五十四分、江草隊長は「敵見ゆ」の発信、つづいて午後四時二十九分には「突撃せよ、突撃法第二法、爆撃方向五〇度、風二三〇度六メートル」を下命した。敵は一万トン級の巡洋艦ドーセットシャー、コンウォールの二艦であった。

爆撃隊は太陽をたくみに利用して接敵、四時三十八分から五十五分の間に奇襲爆撃し、ほとんど全弾を命中（投下弾数五十三、命中弾四十七、命中率八八パーセント）させ、二隻とも撃沈した。なお戦闘中、江草隊長は「一番艦停止、大傾斜」「二番艦火災」「一番艦沈没」「二番艦沈没」と、まるで手にとるように戦況を報告して、味方を歓喜させた。

英首相チャーチルは、その『第二次大戦回顧録』に、

「日本の海軍航空戦の成功と威力は真に恐るべきものであった。シャム湾ではわが第一級戦艦二隻が魚雷積載機により数分間で沈められた。いままた、二隻の大切な巡洋艦が急降下爆撃という、ぜんぜんべつな空襲のやり方によって沈められた。ドイツとイタリアの空軍を相手にした、わが地中海での戦争を通じて、こんなことはただの一度も起こっていない」と感嘆している。

ついで四月九日、セイロン島の東岸にあるツリンコマリを空襲中の午前十時五十五分、榛

名の三号機は、「敵空母ハーミス、駆逐艦三隻見ゆ、われ出発点よりの方位二五〇度一五五浬」と報じた。

命令により午前十一時四十六分、高橋赫一少佐は艦爆八十五機、零戦六機をひきいて発進した。爆撃隊は午後一時半に敵空母を発見、一時三十五分から五十分の間に急降下爆撃をくわえ、一時五十五分にハーミスを撃沈した。

味方の受信器にはまた江草隊長の声が流れてきた。

「ハーミス左に傾斜」「ハーミス沈没」「残りの駆逐艦をやれ」「駆逐艦沈没」「大型商船をやれ」「大型商船沈没」の放送は全軍を興奮させた。

この間、わずかに十五分間。その命中率はつぎのようなものだった。

目標	投下弾数	命中弾数	命中率
ハーミス	四五	三七	八二パーセント
駆逐艦	一六	一三	八一パーセント
哨戒艇	六	一	一七パーセント
大型商船	一八	一六	九二パーセント
小型商船	六	五	八三パーセント

これは四日前に重巡二隻を撃沈した命中率とともに、きわめて高率であって、戦前の訓練

中にあげた成績五五パーセントを上まわっている。戦時は平時よりも命中率が下がるのが定説であるのに、逆に倍ちかく上まわっている。

このときの艦爆隊の練度は、まさに空前絶後のものであって、また指揮運用ぶりも水ぎわだっており、まさに神技といえよう。そして、いかなる讃辞をもってしても過ぐることはないであろう。

ハーミスを攻撃している時刻に、敵の重爆九機が赤城と利根を爆撃した。さいわい命中しなかったが、わが方では水柱が高くあがるまで、見張員もだれも気づいていなかった。ときの参謀長草鹿龍之介中将は、その著書『連合艦隊』でつぎのように述懐している。

「赤城には少しも損害はなかったが、私にとっては正に心の間隙に打ち込まれた一刀であった。……わが機動部隊の行くところ敵は魔神のように恐れて、その姿を潜めるであろう。わが士気は揚り、戦闘技術は向上したが、その影にひそかに這い寄ったものは掩《おお》いかくすことの出来ない肉体的、精神的疲労と驕慢とであった。連合艦隊司令部から前線の将兵にいたるまで誰れがこのことに気づいたであろうか」

しかし、参謀部のこの反省は、当時、彼自身にも、部下にも徹底していなかったようである。その結果は、「彼を知らず己を知らず」して、敵の手ぐすねを引いて待ちうけているミッドウェーに突進して、惨敗した。

珊瑚海海戦

ポートモレスビー攻略戦を契機として、珊瑚海で開戦以来はじめて、日米両軍の正規空母隊が四つに取り組むことになった。わが方は第五航空戦隊（司令官原忠一少将、のち中将）の瑞鶴、翔鶴、敵はフレッチャー少将の率いるレキシントン、ヨークタウンである。この戦闘で、彼我艦爆隊の先制空襲いかんは興味ある問題である。

　五月七日早朝、おたがいに「敵空母発見」の報告をうけ、両軍とも全力攻撃のスタートを切ったが、ともに索敵機の誤認、誤報のため、龍虎相打つ空母の決戦にはいたらなかった。明くれば八日、いよいよ両航空部隊は土俵にあがった。早朝に敵を発見したわが方は午前七時十五分、高橋赫一少佐の指揮する攻撃隊七十機を発進させた。

　攻撃隊は九時四十分に突撃にうつり、レキシントン、ヨークタウンにそれぞれ命中弾をあたえ、その機能を封殺した。とくにレキシントンの被害（爆弾二、魚雷二命中）は大きく、午後にいたって大爆発を起こし、操艦不能となったので、ついに米駆逐艦によって処分された。

　敵もほとんど同時刻にわれを発見して、午前八時四十分から十時すぎの間に、約六十機が三回にわたって来襲し、翔鶴に三発を命中させて発着不能にした。瑞鶴はたくみにスコールを利用して無傷であった。

　こうして軍配はわが方に上がったのであるが、どうしたことかあっさり追撃をあきらめ、止《とど》めを刺しうる敵空母ヨークタウンを逃がしてしまった。

　この戦闘で艦爆隊は大いに奮戦力闘したが、その損害もまた大きかった。名指揮官高橋《たかはし》赫一少佐はレキシントン攻撃のさい、ついに戦死した。この戦闘後、五航戦の兵力はわずかに零戦二十四、九九艦爆七、九七艦攻九機となった。

ミッドウェー海戦

これは、あまりにも有名な敗戦である。敵の急降下爆撃による命中弾は、赤城二、加賀四、蒼龍三にすぎないが、その結果はきわめて重大であった。

敵の攻撃をまぬがれた飛龍（二航戦司令官山口多聞少将座乗）は午前七時五十分、小林道雄大尉の指揮する艦爆十八機（指揮官小林大尉）、零戦六機（指揮官重松康弘大尉）を発進させた。

攻撃隊は突撃前、敵戦闘機の阻止にあって十八機が八機になり、さらに防禦砲火によって一機が撃墜された。結局、七機が敵空母ヨークタウンに向かって急降下（午前九時八分）して、四弾命中をえて大火災を起こさせた。

この戦いこそ凄惨な激戦であって、帰艦したものは艦爆五機、零戦三機のみであった。歴戦の隊長小林道雄大尉もついに帰らなかった。孤軍奮闘の飛龍も午後二時一分、ついに敵艦爆隊の急襲をうけ四弾命中して大火災となり、ふたたび起《た》ちえなかった。

戦闘の結果、多くの優秀な歴戦搭乗員を失ったことは、空母四隻の沈没よりも痛手であった。その後ふたたび、インド洋作戦でその威力を発揮し、敵の心胆を寒からしめた精鋭無比の艦爆隊は、ついにつくりえなかった。

南太平洋海戦

ミッドウェーの敗戦後、約一ヵ月をへた七月十四日、日本海軍は機動部隊として第三艦隊を編成した。その兵力は第一航空戦隊＝翔鶴、瑞鶴、瑞鳳、第二航空戦隊＝飛鷹、隼鷹、龍驤、第十一戦隊＝比叡、霧島、第七戦隊＝熊野、鈴谷、第八戦隊＝利根、筑摩、第十戦隊＝長良、駆逐艦十六隻、計二十九隻のバランスのとれた艦隊である。

航空母艦は正規大型二隻、中型二隻、小型二隻であって、これらに配属された搭乗員には、開戦以来の古つわものも残っていたが、大部分は新しく参加したもので、訓練を必要とした。そして、司令長官には南雲忠一中将、参謀長には草鹿龍之介少将が就任した。変わりばえしないが、これは山本連合艦隊司令長官の配慮であったと聞いている。

南太平洋海戦までに第一次、第二次ソロモン海戦があったが、航空戦は凡打に終わったので、これを省略する。第二次ソロモン海戦から五十日を経過した十月から、ガダルカナル島攻防戦によって、戦機は徐々に動き出した。

昭和十七年十月二十五日午前、南雲艦隊は敵飛行艇に発見されたが、わが方はまだ敵空母を発見していない。二十六日の明け方に発進した翔鶴の索敵機は午前四時五十分に「敵空母見ゆ」、つづいて「敵は空母一、その他十五、針路北西」と報じた。戦機いよいよ熟す。

機を逸せず午前五時十五分、一航戦から翔鶴飛行隊長・関《せき》衛少佐の指揮する第一次攻撃隊六十七機（九九艦爆二十二、九七艦攻十八、零戦二十七）が発進、つづいて翔鶴飛行隊長・

金星54型発動機をフル回転、翔鶴を出撃する九九艦爆二二型の貴重な一葉

村田重治少佐のひきいる第二次攻撃隊四十八機（九七艦攻十二、九九艦爆二十、零戦十六）が発進（午前六時）した。

この第二次攻撃隊の進発から約四十分後、敵の艦爆十数機が来襲、翔鶴に向かって急降下し、命中弾四、至近弾一を記録した。翔鶴は火災を起こして発着不能となった。

わが攻撃隊は、敵戦闘機に邀撃されて苦戦におちいったが、これをふりきり、関指揮官の「全軍突撃せよ」の令によって、果敢な急降下にうつった。艦攻隊指揮官の今宿滋一郎大尉は「戦艦一隻轟沈」を報じたあと連絡を絶った。関少佐の連絡も絶えたが、敵空母ホーネットに四弾命中させ、艦爆一機はその煙突に体当たりをした。

第二次攻撃隊の戦闘は、さらに凄惨であった。各機は敵戦闘機の攻撃、熾烈な防禦砲火をものともせず、友軍機の火をふいて墜落するのに歯をくいしばり、敵に必殺の攻撃をくわえた。村田隊長は、炎上するホーネットに魚雷二本を命中させて、ついにたおれた。

高橋定少佐のひきいる艦爆隊は、爆撃前から敵戦闘機の攻撃をうけ、数機を失った。隊長機もついに被弾、右タンク火災となり、かつ操縦困難におちいったが、よくがんばって飛行をつづけ、味方油槽船のちかくに着水して救われた。また、艦爆隊の石丸豊大尉も重傷を負って帰途につき、力つきて洋上に着水したが、さいわいに味方駆逐艦に救助された。しかし、大尉は艦上で「瑞鶴……」の一言を残して息を引きとった。たぶん母艦の安否をたずねたのであろう。

これは後日の物語であるが、この日から六日後、トラック島泊地に停泊中の瑞鶴の格納庫では、南太平洋海戦における戦死者の葬儀が行なわれんとしていた。祭壇の中央には艦爆隊長、故海軍少佐高橋定の霊と書いた幟りが立っている。この葬儀開始の三十分前に高橋隊長がぶじ帰還して、葬儀委員長をまごつかせたというエピソードがあった。

第二航空戦隊（司令官角田覚治少将）は午前十時すぎ、山口正夫大尉の指揮する第一次攻撃隊（九九艦爆十八、零戦十二）を発進させ、つづいて入来院《いりきいん》良秋大尉の第二次攻撃隊（九七艦攻九、零戦五）を発進させた。

第一次攻撃隊は十二時半ごろ、炎上中の一空母を発見した。このときはみごとな通信連絡により、山口隊は目標を無傷の空母エンタープライズに変更し、これに三弾命中させた。入来院隊は炎上するホーネットにとどめの魚雷を撃ちこみ、これを撃沈した。

しかし、両隊長ともついに帰らなかった。

闘将角田覚治司令官はさらに残存の飛行機全部をもって、第三次攻撃を敢行した。兵力はわずかに九九艦爆九機、零戦六機。搭乗員はいましがた攻撃から帰った者ばかりである。弱冠の木村中尉が艦爆隊指揮官となった。この隊は敵戦闘機の妨害をうけなかったので、全弾命中を報告し、夕闇せまるころに帰投した。

この戦闘は明らかにわが軍の勝利であったが、その代償はけっして少なくなかった。真珠湾で最初の魚雷を命中させたわが雷撃隊の至宝村田《むらた》重治隊長をはじめ、多くの優秀な搭乗員をうしなった。

艦爆隊においても関衛隊長、山口正夫大尉、三浦尚彦大尉、石丸豊大尉など有為の指揮官をうしない、戦闘開始時の艦爆七十二機は戦い終わったときには、わずか十八機に減じていた。この数字は、いかに戦闘が激しかったかを物語るものであろう。

マリアナ沖海戦

南太平洋海戦後、ソロモン方面において、彼我の航空消耗戦がくりかえされ、艦爆隊も各地に善戦したが、これは残念ながら割愛せざるをえない。

戦争三年目にはいって、敵はついにマリアナのわが最後の防禦線にせまってきたので、ここに「あ」号作戦が発令された。

この時機になると、彼我航空兵力の差は大きく開いてきた。艦爆には、新鋭機彗星《すいせい》が姿を現わしたが、問題は部隊の練度にあった。ミッドウェー海戦いらい数次の航空戦で、歴戦の勇士は数少なくなり、搭乗員には新しい顔ぶれが多くなった。

戦機せまる昭和十九年六月十五日現在、第一機動艦隊の艦爆は九九艦爆三十八機、彗星艦爆五十一機というさびしい兵力であった。祖国の命運をこの一戦にかけた小沢治三郎司令長官は、彼我の兵力情況から判断し、アウトレンジ戦法（敵艦上機のとどかない遠距離から先制空襲をかける戦法）によって、戦勝の契機をとらえんとした。

六月十九日午前六時四十五分から、索敵機はつぎつぎに敵情を報告してきた。敵空母群の位置は前方に進出している三航戦（千歳、千代田、瑞鳳・司令官大林末雄少将）から三〇〇浬、長官が直率の一航戦（大鳳、翔鶴、瑞鶴）および二航戦（隼鷹、飛鷹、龍鳳・司令官城島高次少将）からは三八〇浬で、アウトレンジにはおあつらえ向きであるが、当時の搭乗員の練度としては距離が遠すぎた。

Z旗はすでにあがった。各戦隊は相ついで攻撃隊を発進、全力をあげて戦った。進撃状況は表のとおりである。

戦爆というのは、零戦に二五〇キロ爆弾を搭載して、艦爆のごとく急降下爆撃を行なうもので、南太平洋海戦以後、この発想があらわれ、実用化されるにいたったものである。

敵もさるもの、だんだんと戦闘がうまくなり、レーダーと絶対多数の航空兵力にものをいわせ、母艦群の前方三十〜四十浬の地点に、優勢な戦闘機隊の網を張り、わが攻撃隊を待ち伏せた。

中本、垂井の両隊はともにこの戦闘機隊に阻止され、苦戦ののち脱過した数機が敵艦を爆撃したにすぎなかった。この両隊の損害はきわめて多く、中本、垂井の両指揮官はともに戦死し、戦爆三十一、零戦四十、彗星四十一、天山二十五の、計一三七機をうしなった。

石見隊および第二次攻撃隊はすべて敵を見ず、一部は敵戦闘機隊の攻撃をうけて帰途についた。阿部隊はロタ島に着陸せんとするさい、敵空母三隻を発見、小兵力をかえりみず攻撃を敢行した。彗星五と零戦を失い戦果不明。宮内隊はグアム島に着陸しようとしたさい、敵戦闘機約三十機の攻撃をうけた。このため、着陸しえたものは零戦一、九九艦爆七、天山一にすぎなかった。

敵はこれを「マリアナの七面鳥撃ち」と興じたほどで、わが方にとってはみじめなものであった。この戦闘で

マリアナ沖海戦攻撃隊編成表

区分	発進時刻	指揮官	兵力
三航戦第一次攻撃隊	〇七三〇	中本道次郎少佐	戦爆四三、天山艦攻七、零戦一四
一航戦第一次攻撃隊	〇七四五	垂井明少佐	天山艦攻二七、彗星艦爆五二、零戦四八
二航戦第一次攻撃隊	〇九〇〇	石見丈三少佐	天山艦攻七、戦爆二五、零戦一七
一航戦第二次攻撃隊	一〇三〇	千馬良人大尉	天山艦攻四、戦爆一〇、零戦四
二航戦第二次攻撃隊	一〇五〇	第一群 阿部善次大尉	彗星艦爆九、零戦六
		第二群 宮内安則大尉	九九艦爆二七、零戦二〇、天山艦攻三

艦爆隊は、戦艦サウスダコタ、インディアナ（これは体当たり）、空母バンカーヒル、ワスプにそれぞれ命中弾をあたえたが、一隻も撃沈しえなかった。

わが方は艦上機三

九五機、水上機十二機を失ったばかりでなく、潜水艦の攻撃により大鳳と翔鶴の二大空母をうしなって、完敗した。

捷号作戦

第三艦隊（司令長官小沢治三郎中将）麾下の空母翔鶴、瑞鳳、千代田、千歳の搭載機は全部で零戦五十二、戦爆二十八、艦爆七、艦攻二十九という寥々たるものであった。

この第三艦隊はオトリ艦隊として、ハルゼー機動部隊を北方に誘致することには成功したが、航空戦として見るべきものはなかった。

こうして艦爆隊は支那事変以来、身命をかえりみず一発必中を期して、よく戦った。

太平洋戦争の緒戦における戦果はじつに華々しいものであったが、戦局の変化とともにしだいに凄惨な戦いとなり、ついには一発必中の艦爆隊は、特攻隊に変貌していった。

艦爆隊のあげた赫々たる戦果は、枚挙にいとまもないが、そのかげには艦爆隊の双璧とうたわれた名隊長高橋赫一、江草隆繁両大佐（戦死二段進級）をはじめ、多くの艦爆隊員が戦死していった。

しかし、その偉勲は、とわに戦史に光彩を放ち、民族の心に深くきざみつけられることであろう。この稿を終わるにあたり、これら勇士たちの英姿をしのびつつ、その冥福を祈る。

一五一空「彗星」整備長ラバウル戦塵録

エンジンが泣きどころ。悪戦苦闘の日々

当時一五一空整備長・海軍大尉　十河義郎

整備屋であった私は、日本海軍においてそれぞれ短期間ではあったが、ほとんどの機種とお付き合いをした。そのなかでも思い出深いのは艦上爆撃機である。

戦勢まだ有利のころ、南西方面第三十五航空隊において九九艦爆と一年足らず、戦況いよいよ不利になってから南東方面一五一空において、それこそ火花のような短期間ではあったが、彗星艦爆（二式艦偵）とのお付き合いに苦労した。

なお、ミッドウェー海戦後、全戦線において配備機数が不足した一時期、南西方面の九九艦爆が引きあげられ、かわりに九六艦爆が送られてきた。航空廠にでも温存されて

二式艦偵（彗星）を背にする十河義郎大尉

いたものを、あわてて引っぱり出して送りつけてきたものであったろう。

第二次大戦たけなわのころ、複葉羽布張りの機が前線を飛んだ日もあったのである。すでに戦勢の行方を暗示する不吉なしるしであった。

この複葉旧式の九六艦爆は、エンジン潤滑油の交換（カストル油がはいっていたので鉱油に）など、はじめての経験の苦心もあったが、総じて整備が容易であった。組立調整後の試飛行において、パイロットの指摘を聞きつつ、張線の張り具合など、九四水偵や九五水偵時代の懐かしい体験を思いだしながら作業をすすめた。

パイロットとの呼吸が合うにつれ、整備長の私みずから大型ペンチで最後の安定調整を何回もくりかえした。主として主翼後縁や翼端をペンチでじわーりと抑えたり、よじったりしてみるのである。そういうことを繰りかえして、ついにぴたりとパイロットの満足を得られた時の青春の日の喜びは、古稀にちかい私の胸に今もよみがえる。マカッサル飛行場の太陽が、夕空を茜《あかね》に染めていた。飛行場の端に水牛が草を食《は》んでいた。

この試飛行コンビでもっとも呼吸があったのは、丙種飛行予科練出身のベテラン清水飛行兵曹長（当時）であった。

かずかずの危機を乗りこえ、後にラバウルでも他の隊であったが、第何次であったかブーゲンビル沖航空戦に、九九艦爆で出撃する姿を一、二度見かけた。すでに中尉であった。

ラバウル航空隊の戦運もかたむき苦戦の絶頂で、帰還機は寥々たるものであったが、武運強く帰還した姿を、今度はラバウルの夕陽を背にして遠くに見かけた。武運強く、というより、いかに操縦技量が練達であったかの証明である、と今も思っている。ぶじ故郷の山口県地方に復員したことまではわかっている。

第三十五航空隊の飛行長高畑辰雄大尉（当時、のち少佐）の試飛行同乗には、鮮烈な想い出がある。艦爆であった。

ある日「整備長、今日はちょっと強度試験をしてみようや」とにやにや笑う。何事ならんと思いつつ、試飛行にはいる。

やがて「降下する」と、いつもの高畑大尉の声。引き起こし時のGに耐えるべく、私は早々に歯を食いしばる。と、瞬間、いつもと違う振動のような感覚。思わずちらりと主翼の方に目をやる。光線の加減か、たしかに皺《しわ》がよっているように見えた。私の背筋を寒さが走ったが、一瞬の短さで正常にもどった。

「ダイブブレーキを出さずに、ちょっとためしてみた」と事もなげな飛行長の説明。抵抗板を抵抗角度にしないまま、ちょっとダイブして見せたわけである。なんのことはない。機体の強度試験ではなく、私の肝っ玉試験をしたのである。いかにも無謀な荒っぽい話のようであるが、一期違いの飛行長と整備長の親愛の情であった。

大尉とはどこへ行くにも一緒であった。ジョクジャカルタの夜の街を散歩したとき、物売りの少年からジャワ名物の水牛の皮の団扇《うちわ》を買った。「買おうや」と同時にいって買った。その皮の団扇をいまも私はもっている。懐かしさで胸が締めつけられるようである。

三十五空が編成替えになって五八二空となったとき、二人はダバオで別れ、五八二空は南東方面へ転じ、私は追浜空の教官となった。高畑少佐は昭和十八年四月七日、激戦のソロモン海域で散った。被弾着水後、ソロモン海の潮がすでに洗いはじめた主翼上面に立って、僚機に手を振っていた、と伝え聞いている。

泣き所は「1P」エンジン

整備長みずからペンチをふるって整備に手出しをし、羽布張りの主翼をねじったり整形したりしたなどの話は、マッハ・コンピューター時代の現在、まことに原始的で、古色蒼然たる物語のように感じられる。

しかし、戦場であった。事は急を要し、拙速を尊び、また現在のようにずらりとショップを並べたり、まともな講習や専修科も経ず、いきなり異機種に取り組まねばならなかったのである。

飛行長の後席に整備長が乗りこんで、特殊飛行や試験飛行をやってみる。これも現在では、考えても、やってもいけないルール違反かもしれない。しかし、正体の知れない戦利品の燃料を使うかどうかの判定(ときには敵退却にさいし、燃料に砂糖をぶち込んでいった)や、オイルの使用区分など、誰にもどこにも教えを乞えず、整備長みずからの責任と判断で事をすすめていかねばならない戦場の前線であった。

とはいうものの、九六艦爆、九九艦爆くらいまでは、この蛮勇的筆法でなんとかなったが、彗星艦爆にいたっては、ハタと行き足がにぶってしまった。

忘れもしない昭和十八年十一月はじめ、横須賀航空隊の指揮所前で、立川惣之助大尉（当時、のち少佐）にはじめて会ったときの第一声が「整備長、1Pをなんとかしてくださいよ」であった。私はとっさに判断もできなければ、返事もできなかった。1Pとは彗星一二型艦爆が装備する発動機の熱田《あつた》三二型AE1Pのことであった。

一五一空はラバウルにあって、一〇〇式司偵などによりすでに作戦していたが、増援の彗星要員が横空に集結していた。私より一期若い立川大尉は飛行隊長要員、私は整備長交代要員であった。立川大尉は出陣を前にして、飛行隊員とともに連日試飛行、訓練飛行をかさねていたが、整備長たる私は単身、飛行隊員のなかにくわわり、とにかくラバウルに出陣して、前任の整備長から申し継ぎを受けるのみの次第であった。

「1Pをなんとかしてくださいよ」

出合うやいなや立川飛行隊長がこういったのは、毎日の訓練飛行作業において、いかにこの加圧水冷型エンジンに苦労しているかを立証するものであった。

「とにかく乗ってみてくださいよ」

「とにかく乗ってみたい」

同時に双方から言いだして、翌日の飛行作業のなかに予定した。そのころ、ラバウルに出陣するまでの短期間、追浜空付の私は、横空の士官個室を一室あたえられていた。その夜、私はその一室で遺書を書いた。

ソロモン諸島を北上する米軍の進撃は急で、ラバウルの包囲網はしだいにせばめられつつあった。昭和十八年二月、ガダルカナル島から苦闘のかいなく撤退していらい、ムンダ、コロンバンガラとしだいに退き、十月初旬には、中部ソロモンの兵力は全部ブーゲンビル島に撤退集結した。

勢いに乗じた米軍は、北部ソロモンおよびダンピール海峡の両方から包囲網を圧縮し、十一月一日、ブーゲンビル島西岸タロキナの要地に上陸、これを反撃しようとするわが軍との間に、第一次から第六次のブーゲンビル島沖航空戦の激闘がくりかえされたが、結局、米軍はタロキナに堅固な航空基地を急造した。

機動部隊ではなく、南東方面艦隊直属の一五一空隊員は最後までラバウルをはなれず、司令部とともにラバウルを死守することになろうと覚悟した。増援の彗星は輸送空母でラバウルに向かい、われわれは一式陸攻で木更津から飛ぶことになっていた。

そのころはもう、ラバウルに着くまでに途中で喰われることがあり、先輩の上利五郎少佐が八月末に散華したばかりであった。ラバウルに着けばよいほうであろう、そう思いつつ妻と両親あてに遺書を書いた。それから、その二、三日前に手にいれた彗星のメモを読みつづけた。翌日の試飛行同乗にそなえてである。

このメモについても忘れがたい思い出がある。発令された隊が彗星とわかって、いくらなんでもひと通りは泥縄勉強をしておこうと思って、空技廠へ出かけた。二、三人にたずねて、教えてもらえそうな技術士官の話を聞いたのが、田村福平技術大尉（当時、のち少佐）であった。一度聞いたくらいでよくわかるものではなかったが、要点のメモをもらえたのが収穫であった。

このメモは、ラバウルの戦火のなかで焼失してしまったが、主翼断面形の特徴やプレーン型小補助翼の説明が興味ぶかく、記憶の底にのこった。戦線の整備上は、ほとんど関係なかったが。

戦後、山名正夫氏の彗星にかんする設計、製作の回顧録を読んだとき、むらむらとよみがえる懐かしさを禁じ得なかった。田村大尉からもらったメモと山名氏の記事が、私にはかさなって見え、交錯して明滅した。

田村大尉とのラバウル交遊記

それよりも――その田村技術大尉と私は、ラバウルで再会したのである。

昭和十八年十二月中ごろ、田村大尉が技術指導のため、ラバウルに派遣されてきたのである。一週間か十日くらいの期間だったと思う。

プロペラの小改修（たしかガバナー部分だったと記憶している）指導のためで、実際の改修は一〇八航空廠で実施した。その他の整備上の留意事項のあれこれを、班長クラスの整備員に実施してもらった。

敵機来襲のあるたびに、私は田村大尉を案内して、ちかくの防空壕に走った。こうして改修作業をおえ、田村大尉はラバウルをはなれた。内地との連絡便も最後のころであったはずである。

彗星を改造、落下増槽と写真機を追加した二式艦偵。151空ラバウル基地

「たぶん、明日の便に便乗して帰ります」という挨拶をうけたことを、かすかに覚えている。毎日の猛爆撃のなかにあって、どういう便での帰還であったか、もちろん見送りなどできる状況ではなかった。無事、空技廠に帰還のことと思いつつ、私は連日の乱戦に日も夜もなく忙殺されていった。

雑誌「丸」昭和四十七年一月号「あゝ急降下爆撃隊」の特集に、「未発表写真集／ラバウル航空隊」と題して、私の撮った写真二十枚がグラビアページに掲載された。そのなかの一枚に、ペラの折れまがった彗星をバックに、田村大尉とならんで撮った写真があった。

田村澄江夫人から電話がかかってきた。思いがけなく未亡人であった。ネガから何枚か引きのばし、四つ切りのもふくめて鎌倉のお宅を訪問した。話はつきなかった。

ラバウルで苦戦をつづけていた私は知らなかったが、田村少佐はサイパンで玉砕されたのである。おなじ彗星の技術指導でサイパンへ行き、還るべき飛行艇をうしなって、米軍のサイパン上陸となったのである。昭和十九年六月十一日の出発ということであった。

夫人の令弟である浅田晃彦氏は陸軍軍医で、戦犯に問われ最終便でラバウルから復員された。「マラリヤ戦記」の著書がある。「丸」の写真を見つけ、すぐ夫人に連絡があった。夫人は「丸」掲載の私の名前を空技廠の上司、山名正夫氏に託して調査を依頼したところ、山名氏は水交会名簿で調べ、すぐおわかりになったようである。

「丸」がとりもった田村少佐御遺族との御縁であった。その後、二、三度、鎌倉のお宅にお伺いしたが、いま、夫人は前橋の生家にお住まいである。

話をずっともどそう。

横空の一室で遺書を書いた翌日、予定どおり試飛行にのぞんだ。エンジンの調子が悪く、再調整に二時間あまり手間どった。なるほど立川大尉が「1Pをなんとかしてくださいよ」というとおりであった。

私はラバウルに行ってからの苦労を、はやくも覚悟した。しかし、この時、立川大尉操縦の後席に乗りこんでの試飛行は順調だった。二時間待たされているあいだの立川大尉はいらだっていたが、横空上空では好調で、木更津基地へむかった。着陸も好調、二人で木更津空司令室へいき、ラバウル出陣の挨拶をした。「元気でいってこいよ」との明るい言葉であったが、遠い昔のことで、司令の名は思いだせない。

ラバウル出発前の木更津には、もう一つ思い出がある。

木更津を一式陸攻で出発したのは十一月十八日（昭和十八年）であったが、天候と一式陸攻の調子から、二日間待たされた。

日本最後の夜を飲む会となった。飲めず歌えぬ私が座を白けさせていると、偵察員の前田飛曹長が「整備長、静かで面白くないよ、もっと騒げ」と、私の膝を何度も叩いた。この前田飛曹長がラバウルに出てから真っ先に戦死してしまった。

十一月二十六日、この日も米軍機が大挙来襲し、零戦いがいの地上機は空中避退した。前田機は避退が遅れたか、離陸上昇中をうしろからグラマンに射たれたようであった。つい先日の木更津の夜を想って、私は暗然たる想いであった。

暗然たる想いはつづいた。十二月にはいってすぐ、黎明の偵察飛行に飛びたった一機がラバウルの湾内に墜ちたと、停泊中の駆逐艦から連絡があった。

ただちに内火艇で駆逐艦に向かった。艦長と先任将校が墜ちる瞬間を目撃しておられた。飛行場から真っすぐ離陸上昇してきた彗星が、ちょっと旋回の姿勢をとった瞬間、機首を下げたということであった。

まだ明けきらぬ薄暗い海上の前面に、南崎の低い稜線がせまり、急旋回したための不意自転失速と私は判断、飛行帽、手袋などの揚収遺品をうけとって帰隊報告した。

東飛行場の滑走路には鉄板が敷いてあったが、脚の弱い彗星には不運であった。着陸時にふりまわされ、尾輪のほうからの発火を二機も体験した。滑走路から飛びだして脚を折り、プロペラを曲げたものもあった。そして、連日の爆撃による被害。ラバウルに進出して二ヵ月で、私はこの消耗に打ちひしがれそうであった。

が、トラック基地の被爆後、のこりの彗星も引きあげていき、航空機なき航空隊員となったのである。われわれは忍耐の洞窟戦に移行し、彗星には不向きだった鉄板は、洞窟建設材料として役立ったのである。

最後に、トラック基地に引きあげた立川飛行隊長は転戦の後、南方諸島空に属し、昭和二十年三月十七日、硫黄島で散華した。木更津をともに飛びたった彗星搭乗員はことごとく散り、私一人が生き残って、この思い出を綴っているのである。

宇佐八幡特攻隊往きて還らず

特攻要員の錬成に任じた歴戦教官の手記

当時 宇佐空分隊士・海軍飛曹長 松浪 清

松浪清飛曹長

昭和十八年当時、私は第五八二海軍航空隊に所属していて、艦爆隊の先任搭乗員をしていた。十月一日、ソロモン群島のベララベラ島に進攻してきた敵輸送船団の攻撃では、私は第二小隊長としてこの攻撃に参加した。

そして、輸送船団護衛の敵巡洋艦に対して急降下爆撃を敢行したのち避退中に、敵戦闘機ボートF4Uコルセアの二個編隊八機に捕捉され、奮戦力闘し交戦したが、多勢に無勢で、左上腕貫通、左大腿盲貫、左踵機銃弾弾片創の重傷をうけた。

このとき、敵編隊の一番機を撃墜したが相打ちで、わが機の右翼燃料タンクが火をふき自爆寸前となった。しかし、幸運にも主翼燃料タンクに燃料残がなかったので、機体をすべらせて消火し、胴体タンクに切りかえて危機を脱した。そして、弾痕だらけの機体内で「自爆待て」を連呼し、操縦員を叱咤しながら、ブイン基地まで帰投することができた。

その後、約五ヵ月間の海軍病院生活を過ごすことになったが、負傷個所治癒にともなって、練習航空隊である宇佐海軍航空隊に転勤を命じられた。昭和十九年二月のことである。そして私は、翌昭和二十年五月までの一年四ヵ月の間、宇佐海軍航空隊で偵察教官として勤務することになった。

私が宇佐空に転じてからの戦況は、連合国側の反攻はいよいよ激しさを増し、昭和十九年七月にはマリアナ群島のサイパン、テニアン島が米軍に占領される悲運に到った。ついで十月末には、フィリピンのレイテ島に米軍が進攻し、ルソン島守備のわが陸海軍部隊に危機がせまった。そこでわが海軍では、マニラにあった第一航空艦隊の司令長官大西《おおにし》瀧治郎中将が、有史いらい初の特別攻撃隊を発動させた（十月二十二日）。

このような戦況下にあって内地の練習航空隊では、あとにつづく搭乗員の錬成教育に、いっそう激しさを増す状況になってきた。そして昭和二十年二月十六日には、練習航空隊に対して特攻訓練が発令され、宇佐空では二月十八日から飛行学生、予備学生および飛行練習生出身の若い搭乗員に対して、特別訓練が開始されることになった。

私は当時、艦攻隊に所属していて人事分隊士をしていた関係で、隊長兼分隊長の山下大尉に命じられて、飛行練習生出身搭乗員（偵察専修者）の中から三十数名の者を選考して、特別訓練を担当することになった。

私が担当したのは、甲飛十二期、乙飛十八期出身者で、いちおう基礎訓練は終了している

左４人目に松浪清上飛曹、その左が被弾重傷時のペア操縦員の金縄熊義二飛曹

昭和18年４月、ラバウル基地に勢揃いした九九艦爆二二型と582空の搭乗員たち。

ので、主として通信教育を重視して訓練を実施した。艦攻指揮所に隣接した建物の二階の一室で特別訓練を始めるとき、隊長の山下大尉は、
「貴様も知っているだろうが、戦局は逼迫《ひっぱく》している。この特別訓練は特攻隊要員の教育だから、しっかり頼むぞ。……特攻には最初に俺が行くから、最後は分隊士でしめくくってくれ」と言った。そしてまた、
「分隊士は艦爆出身だから、最後は艦爆で行くか?」ともいって、艦爆専攻の私に対する配慮もわすれなかった。
特別訓練の被教育者は、みんな十九歳から二十歳の若年搭乗員だった。教育を担当する私は二十五歳の飛行兵曹長であり、他に二〜三名の偵察教員がいるだけだった部屋の中では、国を思う若者たちの熱気が充満し、士気はあがった。
戦後の資料によると、特攻隊要員の割当は次のとおりであった。
第十一連合航空隊＝十六ヵ所　合計　一三八〇名
第十二連合航空隊＝十五ヵ所　合計　一二二〇名
第十三連合航空隊＝五ヵ所　合計　四五〇名　総計　三〇五〇名
十二連空所属の宇佐空には、艦攻、艦爆で計一一〇名の割当があった。
宇佐空に神雷部隊来隊す
サイパン島陥落以後、昭和十九年十一月にはB29による東京初空襲があり、つづいて内地

の各地にもＢ29が来襲するようになった。いっぽう硫黄島には、昭和二十年二月十九日に米軍が上陸し、彼我激しい戦闘をまじえたのち、三月十七日に、同島守備のわが陸海軍部隊は玉砕した。

　戦局は、いよいよ本土決戦近しと思われる不利な戦況となってきた。そして三月十八日には、米艦上機による本土の初空襲があり、宇佐空にも、米艦上機三十数機が来襲した。そのころ宇佐空には、野中五郎少佐の指揮する神雷部隊の一式陸攻二十数機が来隊していて、格納庫の中には「桜花」（一式陸攻の胴体下に搭載するロケット特攻機）が収容されていた。

　神雷部隊の搭乗員たちは「来襲した米艦上機の仇は、必ず俺たちが討つ」と、張りきっていっていた。そして三月二十一日、桜花搭載の神雷部隊特別攻撃隊の十八機が米機動部隊攻撃のため出撃したが、敵戦闘機グラマン五十数機の邀撃《ようげき》をうけ、米機動部隊の前程六十浬《かいり》付近で、全機撃墜されて全滅した。

　こうして米軍の沖縄攻略の企図は明白になり、連合艦隊は三月二十五日「天一号作戦」（南西諸島方面の米軍の攻略に対する連合艦隊の作戦の呼称）を発令し、二十六日以降、来襲する米機動部隊に対して総攻撃を命じた。そして特攻による攻撃で、空母四隻、戦艦二隻、その他数隻に対して損傷をあたえたが、大きな戦果は得られなかった。

　米軍は沖縄攻略に、空母十六隻以下四十五種類の各種艦艇一二一三隻（別に一〇〇隻以上の英軍艦艇）、人員十八万二一一二名（海軍二三八〇名、海兵隊八万一一六五名、陸軍九万八五六七名）をもって、上陸作戦を実施した。

三月二十五日に一部が慶良間列島に上陸して艦艇泊地を確保し、四月一日朝、沖縄の嘉手納沖から上陸を開始した。上陸をはじめた米軍は、水際での抵抗もほとんど受けず昼すぎまでに、北、中飛行場を占領し、夕刻までには同海岸一帯に約五万名が上陸した。

当時、宇佐空では、三月下旬にいちおう特別訓練も終了し、艦攻隊、艦爆隊の特攻隊要員もほぼ内定した。私は専攻の艦爆隊へ配置変えとなり、艦爆隊の特攻隊要員に編入された。特別訓練開始のとき、隊長山下大尉が「分隊士は艦爆出身だから、最後は艦爆で行くか?」といったとおりの配置変えとなったのである。

このときの艦爆隊への配置変えには、特別教育者の中から特に選んで、後輩乙飛十八期の堀川、長谷川、名和、斉藤と、四名の各二飛曹を指名した。他の被教育者全員と偵察教員数名は、そのまま艦攻隊の特攻隊要員に編入された。

三月二十八日、二十九日は早朝来、再度の米艦上機による九州各基地に対する空襲があり、宇佐空ではグラマンF6Fヘルキャット、ボートF4Uコルセアのロケット弾攻撃を受けた。三月三十一日には、B29の空襲を受け、多数の戦死傷者を出した。

四月に入り宇佐空では、いよいよ沖縄への特別攻撃隊が内定し、神風特別攻撃隊八幡《はちまん》護皇《ごこう》隊《たい》と命名された。隊長の山下大尉以下の特攻隊員一同は、そろって宇佐八幡宮に参詣して必勝祈願をした。そして、第一次、第二次と順次に、特攻隊の編成とその氏名が発表された。

艦攻隊は鹿児島県の串良基地、艦爆隊は同第一国分基地(後続は第二国分基地)へ進出し、第十航空艦隊の指揮下で、沖縄特攻作戦に参加することとなった。

特攻隊員の悩みと心の葛藤

第一次特攻隊員の編成が発表された四月一日の夜、乙飛十八期の期長であった堀川功二飛曹が、私の寝室に一人でおとずれてきた。彼は張りきりボーイで、自他ともにゆるしたクラスのナンバーワンである。

当然、まっさきに特攻隊員に指名されるだろうと思っていた彼は、第一次の選考に洩れて納得がゆかず、人事分隊士である私に、問いただしにきたのである。彼は熱涙とともに、「どうして私は、第一次の特攻隊員に選ばれなかったのですか？」と、私に喰ってかかった。

「特攻隊の編成を決定するのは、隊長、飛行長、司令などの上司で、人事分隊士である私には、どうすることもできないことだ。しかし、特別訓練を受けた者は全部沖縄特攻に参加するのだ。隊長も私もお前も、全員が参加するのだ。堀川、ただ早いか遅いかのちがいだけだよ」といって、私は彼を説得した。

しかし、彼はがえんせず、直立不動の姿勢のままで一時間あまりも、私の前で起立していた。全身全霊をかけた彼の至情の表われである。私は彼に頭が下がる思いだった。

堀川二飛曹は、第二次の編成で遅れて宇佐空を出発したが、四月六日の菊水一号作戦で、八幡護皇隊艦爆隊員として特攻戦死した。

甲飛十二期の富田常雄二飛曹と鈴木米雄二飛曹は、大の仲よしコンビで、いつも二人で行動を共にしていた。紅顔の彼らは、日曜日に外出するときには、いつも私の借家に二人そろって立ち寄って、ビールを一本ずつ飲んでから長洲の町へくり出していた。

私の借家は隊門のすぐ近くにあって、航空隊の点鐘の音が聞こえる近さであった。そのため、彼ら二人はよく私の家に立ち寄っていた。

四月一日に第一次特攻隊員の編成が発表され、四月三日に第一次の宇佐八幡特別攻撃隊は宇佐空を飛びたって、鹿児島県の串良基地（艦攻隊）、第一国分基地（艦爆隊）に進出することになったが、その前日の四月二日のことである。

宇佐空最後の特別外出を許可された富田、鈴木二飛曹は、そろって別れの挨拶に控室へやってきた。さっそくビールを出して乾杯し、二人の出陣の門出を祝した。私は彼らとともに、特別訓練の思い出話に花を咲かせて楽しいひとときを過ごしていたが、しばらくすると富田二飛曹が、真剣なまなざしで話題を変えた。

「分隊士、私たちはまだ女というものを知りません。特攻隊に指名された者が、女を買いに行ったらいけないことでしょうか？」

「特攻に行く者は、少しでも心に悩みを持っていてはいけないよ。富田、鈴木、いいから今夜は、十二軒長屋に行って来いよ。特攻で出撃するときには、きれいさっぱりした気持で行くんだぞ」

私は躊躇《ちゅうちょ》することなくいってやった。

純真無垢で愛国の至情に燃えた若い特攻隊員たちも、それぞれ悩みもあり、生と死の心の葛藤《かっとう》をのりこえ諦観《ていかん》を得て、特攻の場にのぞんだことに間違いはない。

富田二飛曹と鈴木二飛曹は、四月六日の菊水一号作戦で、第一八幡護皇隊艦攻隊員として、仲よくおなじ日に特攻戦死した。

四月三日、いよいよ宇佐八幡特別攻撃隊が、宇佐空から出発する日がやってきた。この日は朝から隊門も開放されて、特攻隊員たちの下宿先の人たちや近隣の人々多数が、見送りのためにに航空隊におしよせてきた。

これは、特攻隊員たちがそれぞれ告げていたので、特攻隊が今日出発することは近隣の人々多くに知れわたっていたのである。

飛行場の格納庫の前や滑走路ぞいの列線の前では、飛行帽に日の丸の鉢巻をきりりとしめた若い特攻隊員たちが、張りきって、あちこちで見送りの人々と最後の別れの挨拶をかわしている。しかし、見送りに来た下宿のおばさんや娘さんたちは、感きわまって目頭をハンカチで押さえ、涙をふいている。

私は、この出発前の混雑の中でいそがしく駆けまわりながら、特別訓練をした甲飛十二期、乙飛十八期出身の第一次特攻隊員たちと、最後の別れの握手をしてまわった。艦攻隊の列線の前では、富田二飛曹と鈴木二飛曹が、今日は晴ればれとした顔つきである。

「おい、富田、鈴木。頑張ってくれよ」といって握手をかわした。「分隊士、お世話になりました。アメちゃんの艦《ふね》に勇ましく突っこみますよ」

見れば、胸のライフジャケットには桜の小枝を一輪さしこんでいる。みごとな出陣のいでたちである。

第一八幡護皇隊発進

艦爆隊の列線に行くと、堀川二飛曹より一足先に国分基地に向けて飛び立つ乙飛十八期の長谷川伊助二飛曹が、ニコニコ顔で駆けよってきた。

「分隊士、お世話になりました」彼は手を差しだし握手をもとめた。「長谷川、頑張ってくれよ」

握手をかわしながら彼のいでたちを見ると、直径二センチほどもある大きな数珠玉《じゅずだま》を連ねた長さ三十センチあまりの数珠を、首輪にしている。じつに見事な数珠で、彼の出陣にふさわしい首かざりである。

「立派な数珠だなあ」

「はい、これはお爺さんからもらった宝物の数珠です。私はこの大事な数珠を胸にだいて、いさましく敵艦に体当たりするんです」と、彼はきっぱりと言いきった。

ともあれ、特別訓練をした者たちとの別れの挨拶もひととおりすんだ。最後に私は、隊長山下大尉のところに挨拶に行った。

神風特別攻撃隊第一《だいいち》八幡護皇隊艦攻隊指揮官山下《やました》博海軍大尉は、門口にかかげる大きな日の丸の国旗を、ぐるりと一巻き腰に締めこんだ飛行服姿である。私が挨拶すると、柔道五段

のがっちりした体軀の大尉は、大きな手で握手を交わしながら、

「分隊士、あとは頼んだぞ」

ただひとこと言ったきりである。指揮官先頭で、沖縄の米艦艇に殴り込みの特攻をする決意のほどがしのばれた。

午前十時すぎ、いよいよ和気部隊（宇佐海軍航空隊）第一八幡護皇隊艦攻隊の出発である。山下大尉の搭乗する艦攻隊の一番機が、チョーク（車輪止め）を外して列線を出た。つづいて二番機、三番機とつぎつぎに、九七艦攻が列線を出て行く。

滑走路ぞいに一列にならんだ残留隊員たちが打ちふる帽子の波がゆれ、横に続いてならんだ下宿のおばさん、娘さんたち大勢の人々が、喚声とともに打ちふる日の丸の小旗がゆれた。九七艦攻一番機の偵察席で立ちあがった山下大尉が、挙手の敬礼をして、司令以下の見送りの航空隊員の帽ふれにこたえ、さらに一般の人々の打ちふる日の丸の小旗にもこたえた。

山下大尉の搭乗する一番機の偵察席には、機体にしっかりとくくりつけられた「八幡護皇隊」の幟りが見える。幟りはプロペラのかきまわす風圧で横になびいている。滑走路南端の離陸点に達した一番機は、グルリと一八〇度旋回して離陸態勢をとった。続いて二番機、三番機も一番機の右、左の後方で、グルリとまわって開距離の編隊離陸の態勢をとった。

一番機の山下大尉の右手が高く上がり、さっとふり降ろされた。と同時に、ゴオッーというエンジンの高鳴りとともに、砂塵をまきあげて編隊離陸をはじめた。轟音をひびかせ、眼前をよぎる一番機には、「八幡護皇隊」の幟りが横一文字になびいている。

もうもうたる砂埃りの中、つぎつぎと三機ずつの編隊離陸はつづき、見送りの列の喚声は、最高潮にたっした。

編隊離陸した第一八幡護皇隊艦攻隊は、宇佐空の上空で大きく右回りに旋回しながら、九機、六機の二個中隊の編隊を組み、南の方、串良基地へ向かって飛び立っていった。

ただいま敵艦船に突入しました

宇佐空では、四月三日に第一八幡護皇隊が飛び立ったあとも、四日、五日と引きつづいて、第二次、第三次の八幡護皇隊が、串良基地（艦攻隊）、第一国分基地（艦爆隊）へと進出した。そして六日の午前、第四次の八幡護皇隊の編成が指名され、第四八幡護皇隊の出発は翌七日と達せられた。

宇佐空の九七艦攻、九九艦爆は、ほとんどが串良、国分基地へと進出し、あとは明七日に出発する第四次の使用機だけとなってしまった。特別訓練をした甲飛十二期、乙飛十八期の連中は、この第四次の編成で、全部が飛び立つことになってしまった。

昼食後は、飛行作業もなかったので准士官室で休憩していたが、午後三時半すぎになって、とつぜん准士官室内の隊内拡声器が大きな声でニュースを告げた。

「臨時ニュース、臨時ニュースを告げます」と予告して、「ただいま、宇佐八幡特別攻撃隊が沖縄の敵艦船に突入しました。くり返します。ただいま、宇佐八幡特別攻撃隊が沖縄の敵艦船に突入しました」

ボリュームをいっぱい上げ、ゆっくりした口調で臨時ニュースが放送された。放送がながれると、それまで雑談でにぎわっていた准士官室も一瞬シーンとして、咳《しわぶき》ひとつない静寂の場と変じてしまった。私は感動で、電撃されたようにジーンと頭にきた。

「とうとうやったか……」

ついこの前まで一緒にいた、がっちりとした山下大尉の顔、誠実で張りきりボーイだった堀川二飛曹の顔、純真無垢で仲よしであった富田、鈴木二飛曹の顔、顔、顔……特別訓練をした若い群像の顔がつぎつぎと、走馬灯のように私の頭の中をかけめぐる。

「そうだ、通信室に行かなければならない、彼らの最後を確認したい」と思って私は、通信室へと駆けた。

私は特別訓練で、「突入のときにはかならず自己符号と目標を打電し、続いて電鍵（キー）をツーと押しつづけるんだぞ」と教育し、さらに、「ツ――という長音が消えたときが、各機の突入時間として記録されるんだぞ」と、くどいほど説明していた。だから通信室で「誰が何時何分に突入したか」を確認するために、通信室へ走ったのである。

通信室では、掌通信長の倉重兵曹長の許しを得て、先任で同年兵の水谷上等兵曹から記録を見せてもらったが、突入電はわずかに、艦攻隊で三通、艦爆隊で一通だけだった。

資料によると、四月六日の菊水一号作戦では、宇佐空の第一八幡護皇艦攻隊は《宇佐空九七艦攻一五。一二三〇～一四一五、四機宛一五分間隔、串良発。沖縄周辺の艦船、特攻攻撃。

未帰還一四、突入三》となっていて、山下大尉以下三十九名が特攻戦死と記録されている。

艦爆隊は《宇佐空九九艦爆一五。一二三〇～一四三〇、第一国分発。沖縄周辺の艦船、特攻攻撃。未帰還一五、突入一》となっていて、寺内中尉以下十九名が、特攻戦死と記録されている。

四月十二日の菊水二号作戦では、第二八幡護皇隊は出撃時の機数の記録はなく、艦攻隊は《宇佐空九七艦攻。一一〇五～一一五五、串良発。沖縄周辺の艦船、特攻攻撃。未帰還一〇》となっていて、芳井中尉以下三十名が特攻戦死と記録されている。

艦爆隊は《宇佐空九九艦爆。一一五〇、第一国分発。沖縄周辺の艦船、特攻攻撃。未帰還一七》となっていて、山口少尉以下十九名が特攻戦死と記録されている。

四月十六日には菊水三号作戦があり、第三八幡護皇隊は《宇佐空九七艦攻。〇六〇〇～〇六二五、串良発。嘉手納沖艦船、特攻攻撃。未帰還三内突入戦艦一》。

艦爆隊は《宇佐空九九艦爆。〇六三〇～〇六五〇、第二国分発。嘉手納沖艦船、特攻攻撃。未帰還一七内突入巡洋艦一》となっていて、戦死者名は一括して、第三八幡護皇隊石見中尉以下の二十九名と記録されている。

彗星艦爆で最後の特攻隊

宇佐空の九七艦攻と九九艦爆は、第四次の出発で全機が鹿児島県の串良、国分基地に進出して、使用可能機はなくなった。そのため残存機は、彗星《すいせい》艦爆数機と連絡用の零式輸送機一機のみとなっていた。

四月二十日、この彗星で宇佐空最後の特攻隊を、教官教員のみで編成することになり、私は宇佐空最後の特攻隊員に指名された。

ペアの操縦は鹿児島県出身の西園少尉（六志）で、出発は翌二十一日だからすぐに帰宅して、家事の整理をするようにと、艦爆の隊長から指示された。

私はすぐに帰宅して、妻につげた。

「宇佐空最後の特攻隊員に指名された、出発は明日だよ」

「ほんとうですか？」

妻は一瞬、緊張した顔つきになったが、はっきりとした口調で静かにこたえた。

「うん、明日出発だから、すぐに別府のお前の実家と大分の俺の家に行って、そう言ってくれよ」

「はい、わかりました」

戦時中のことで、宇佐空からはつぎつぎと特攻隊が出発していたのを知っている。

新婚一年、二十歳の妻は、とくに驚いたという様子もない。急いで身支度をすると、私の前に正座して、

「あなた、行っていらっしゃい。富田さんや鈴木さんに負けないように頑張ってくださいよ」

そういって、手をついて別れの挨拶をした。

「別府のお父さんには、よろしく伝えてくれ。それからお前も、からだには気をつけろよ」

「はい。ではあなた、別府へ帰ります」

妻は三十分後には実家へ向かった。特別訓練を開始するときに隊長山下大尉と誓った言葉どおりに、私は、最後の締めくくりをする特攻隊員になったのだ。

菊水一号作戦では、隊長山下大尉を先頭に、富田、鈴木二飛曹なども特攻攻撃で、みごとに沖縄の空で散華した。悠久の大義に生きた彼らは、先に靖国神社へ行って待っているのだ。

「遅れてはならじ」という思いで雑念は去り、心は澄んだ。

私は心がきまると、結婚前に下宿していてお世話になった今戸さんの所に挨拶に行くことにした。今戸さんは元は学校の校長先生で、大地主でもある。

「先生、特攻隊で明日出発することになったので、お別れの挨拶にまいりました」と来意をつげて、挙手の敬礼をした。

「おお、大変なことになったね。さあお上がり」

旧家の客間はりっぱな部屋で、私は下宿中もこの部屋に案内されたことはない。先生は私を上座にすすめて正座し、

「教官をしているきみまでも特攻に行くことになったのかね。ほんとうにご苦労なことだ。さあ、一杯」と言って盃をくださった。

「先生、私たちは宇佐空最後の教官教員だけの特攻隊です。明日出発して鹿児島の国分基地に進出します。国分から沖縄特攻に行くことになっています。私たちが締めくくりの宇佐空

最後の特攻隊です。先生、いろいろとお世話になり、ほんとうに有難うございました」

私は誠意をこめて、お礼をのべた。

「いや有難とう。特攻隊のきみは、今日は生き神様だよ。さあ、もう一つ」

そういってくれる老先生の両眼には、涙がにじんでいた。

見るも無惨な姿に変貌した彗星

今戸家で一時間以上も接待をうけたのち、柳ヶ浦や長洲の町へ行き、それぞれ知った家で別れの挨拶をしていると、長洲の町で同じ艦爆の古田少尉（六志）と出合ったので、二人で飲んで駅前の旅館に一泊した。

明くる四月二十一日は、早朝に宿を出て二人で隊門近くまで帰ったとき、空襲のサイレンが鳴りひびきＢ29の空襲を受けた。Ｂ29十機ずつの編隊が三方向から交差して、宇佐空を爆撃したのである。急いで麦畑に伏した私たちの目の前で、猛烈な爆発音が連続し、地面は激しく揺れ動いた。飛行場のあちこちからは、火炎とともに黒煙が噴き上がった。

Ｂ29が飛び去ったので、麦畑に伏していた私は立ちあがり、古田少尉とともに駆けて飛行場に行った。飛行場では心配していたとおり、出発待ちで列線に並らべられていた彗星艦爆は、弾痕だらけで見るも無惨な姿に変貌していた。

そのため、私たちの国分基地進出は、取りやめとなってしまった。

四月下旬も菊水作戦はさらに続行された。四月二十八日には菊水四号作戦があり、八幡神忠隊は《宇佐空九七艦攻。一五三五～一六〇五、串良発。沖縄周辺の艦船、特攻攻撃。未帰還三》となっていて、清水少尉以下九名が特攻戦死と記録されている。

五月四日には菊水五号作戦があり、八幡振武隊は《宇佐空九七艦攻。〇五一五～〇五五〇、串良発。沖縄周辺の艦船、特攻攻撃。未帰還三内突入戦艦一巡洋艦二》となっていて、鯉田少尉以下の九名特攻戦死と記録されている。

菊水作戦突入路にわれ彗星と共にあり

当時 戦闘九〇一飛行隊付・海軍中尉　河原政則

昭和二十年三月末、彗星（水冷一二型）二十八機、零戦十二機の編隊が静岡・藤枝基地を出発して、一路、西へむかった。戦闘九〇一、八一二、八〇四の三飛行隊で編制した芙蓉部隊（指揮官美濃部正少佐）である。

私もその彗星のなかの一機で操縦桿をにぎっていた。天候は快晴で遠州灘の波のきらめきの上に、機影がくっきりとうつっている。が、前途には暗い戦雲がたちはだかっていることを、私は胸の中にたたみこんでいた。すなわち、米軍の沖縄攻略に対応して天一号作戦が発動され、いま鹿屋基地へ進出しようと急いでいるのだ。

河原政則中尉

芙蓉部隊は夜間戦闘機群である。だが、厚木や大村などのように要地防空部隊と異なり、われわれは艦隊航空作戦の先兵として夜間に洋上を進攻し、敵艦船や陸上基地に銃爆撃をくわえて制圧し、後続の攻撃部隊の血路をきりひらくことが主任務である。このほか索敵、特攻隊の誘導掩護などの任務も課せられていた。

このころ鹿屋基地は、連日、来襲する米艦載機のために文字どおり兵馬《へいば》倥偬《こうそう》の状態であった。そこでさっそく翌四月一日から連日、索敵攻撃にでたが、敵機動部隊がつかめなかった。そのためいささか焦りだしたが、一方で沖縄における敵の艦船泊地と、陸上基地攻撃法の準備をはじめた。

ただちに部隊本部——といってもあいた農家を借りたものだが——前の庭に沖縄島の模型をつくった。それは子供の箱庭のようでもあったが、方位・高低などを正確に縮尺して、上空から俯瞰《ふかん》したのとまったくおなじ形状にした。これを夜間にいろいろな角度からみて頭の中にたたきこみ、暗夜でも突入できるようにした。

四月六日、月齢二十四のなかで、いよいよ菊水一号作戦が開始された。午前三時十五分、離着陸標識のカンテラ灯を極度にへらした真っ暗な滑走路を一番機が発進し、彗星八機、零戦六機がそのあとにつづいた。わが彗星の装備は、主翼下の二八号ロケット弾四発である。

彗星のような小型機が、敵の戦闘機が待ちぶせしている洋上を、暗夜に突破してすすむ航法はむずかしい。だが、よく研究してみると、この南西諸島方面の中高度上空は、春から夏にかけて風向風速の変化が少ない。そこで基地上空の測風値と天気図の状況から推定値をだして、針路を修正してすすんだ。いまから考えると乱暴なようだが、これで結構やりとげられた。

こうしてようやく沖縄の西海岸にたどりついた。だが、運天港の岬にかかると、敵艦の群れがシルエットのように浮かんでいた。それでも午前五時十七分、停泊している米機動部隊をめがけて突撃を開始した。角度三十度、気速三〇〇ノットで降下して、照準器いっぱいに艦影がはいった瞬間、発射ボタンを押すと四条の尖光が飛びだした。おもわず「命中」とさけぶと同時に、スロットルレバーをぐっと押しだして、そのまま敵艦の上をすれすれに飛びこえた。いままでの苦しい訓練がこの一瞬に凝集した。

芙蓉部隊は特攻隊ではなかった。戦局の挽回にやっきとなっていた当時の状況では、異例なことだ。が、命を惜しんだためではなかった。それというのも連合艦隊の作戦会議で、美濃部指揮官は敢然と意見を具申した。すなわち、

「いま、搭乗員のなかに死を恐れるものはだれもいません。ただ一命を賭して国に殉ずるためには、それだけの目的と意義を有し、死して甲斐ある戦果をあげたいと念じています。わたしは特攻の命令が下ればいつでも部下を出します。しかし、現在のわが芙蓉部隊の搭乗員は、夜間攻撃において十分戦果をあげうる技量をもっています。計画通り夜間の進攻制圧と、特攻直掩に使用させていただきたいと思うのです」

これが第三航空艦隊司令長官寺岡《てらおか》謹平中将に、支持されたのであった。

ともあれ、菊水一号作戦の翌七日、第十三期海軍飛行予備学生同期の大沼宗五郎（日大出身）と私は、陸軍の一〇〇式司偵特攻隊の掩護を命じられた。このとき大沼機は、洋上航法ができない陸軍機の誘導、私は電探欺瞞《ぎまん》紙（錫箔のテープ）を一ぱい積んで敵のレーダーを

フラップを下げ降下態勢の彗星。下面補助フラップがエアブレーキとなる

まよわせ、迎撃戦闘機をひきつける陽動機と分担をきめて出撃した。

だが、予想位置に到着して、欺瞞紙をまき散らしていると天候が悪化して、小雨になった。敵機動部隊はどうやら西の方にいるようだ。そこで、

「大沼のことだから敵を徹底的に探しているだろうな。俺がうまく敵をだましぬいて、特攻隊が計画通り……」と考えた。が、いまこの自分がしていることが何機かの生命を死へいざなっているのだ。それを思うと心臓がはりさけるように苦しかった。

やがて任務をおえた私が帰投してみると、大沼機はまだ帰っていない。そこへ電信がはいった。

「敵空母四隻見ユ、地点セヨ五」

このあとただちに特攻隊が突撃し、大沼機もそのあとを追って空母に体当たりしたのだ。彼は午後一時七分に発進し、三時四十三分に突入した。なんと帰りの燃料がなくなるまで空母を探しもとめて、ついに散華したのであった。彼らのことを思うと私の苦しみはいまでも変わらない。

散り逝きし二人の同期生

四月八日には小規模の索敵があったあと、南九州は三日つづきの雨であった。そして翌日の十二日に、菊水二号作戦が開始されたが、このとき米軍はすでに北・中飛行場へ多数の戦闘機、レーダー、対空砲火を揚陸して、猛烈に反撃してきた。

一方、同期の岡野正章（東大出身）が、前回の私とおなじように、陽動行動に単機で出た。が、先端付近で「ブースト上がらず」と打電したまま、未帰還となった。

特攻の成功を祈りながら、エンジンがとまるまで欺瞞紙をまきつづけて、ついに海中へ不時着、沈んでいったのであろう。

はなやかな戦果もなく、カゲの力となって静かに死んだ岡野。彼とは百里原空の実用機教程からずっと同室だった。飛行機が好きで予備学生に入ったはずなのに、彼はほとんど操縦や攻撃のはなしをせず、絵や音楽のことを楽しそうにかたっていた。それに、「じつは八幡製鉄へ就職がきまっていたんだけどね」と、ぽつりぽつり日本の経済構造のことを、私に教えるように話してくれた。

彼はひょっとすると、日米の経済力の大差から敗戦を予期していたのかもしれない。負けることを知って、あえて自分の生命を捧げるために飛行予備学生を志願したのではないか。いま彼のことを思い出すのも悲しい。だが近ごろでは、とても美しい死であったようにも思うことがある。

芙蓉部隊はこれで合計十一機の未帰還をだした。このため搭乗員宿舎は急にガランとした感じになり、ある夜、元気をつけるために許しをえて、大酒宴をひらいた。酒の味をおぼえはじめの私は、前後不覚になるほど酔って寝た。

だが、突然たたき起こされ、「すぐ索敵に出よ」という命令をうけた。そこでさっそくペアの偵察員である宮崎佐三上飛曹（長崎県出身・甲八期）といっしょに、酔いが残っている頭をたたきながら指揮所へかけつけた。

索敵だから航続距離をのばすため爆装はせず、かわりに大きな増槽をぶら下げている。そして午前五時五十五分に発進したが、離陸滑走をしているとき、急に機首が左にふられて機体がまわされかけた。そこで必死になってフットバーを右一杯に踏み込んでこたえ、機首をたてなおしたかと思うと、こんどは私の右脚にけいれんが起きた。それでも痛みをけんめいにこらえて上昇をつづけながら、昨夜の深酒を悔いた。

それでも必死になって飛び、沖永良部島を越えたところの海上でまず駆逐艦一隻、つづいて輪形陣が断雲の下に見えた。「すわ空母」と近づいたが、中央の四隻は巡洋艦で、そのあとに小型艦艇がつづいていた。青い海に白い航跡をながくひいて走っている。後席の宮崎兵曹があわただしく電鍵をたたいている。

　敵の輪形陣はみるからに憎らしい。が、攻撃しようにもきょうは爆弾をつけていない。悔しいが仕方がない。そのため敵の位置と方向をたしかめて打電し、帰路についた。

　こうして帰投して、鹿屋で着陸しようとすると、脚もフラップも出ないのに気がついた。燃料計を見るとあとわずかしか残ってなくて、やむなく胴体ですべりこんだ。こうして午前十時三十分、飛行時間四時間三十五分ののち、これは彗星にとって精一杯の距離を飛んでどうにか帰投した。

　胴体着陸したが火災も起きずほっとしたが、それにしても昨夜の深酒が悔いられた。あやうく任務を遂行できなくなるところだった。そこで、「俺は一生酒を飲まないことにするよ」と宮崎兵曹にいうと、彼は笑った。

「その一生はあと何日ぐらいでしょうかな。そんなことを言わずにまた飲みましょうよ」

　このブーゲンビル航空戦生き残りのベテラン搭乗員は、自分たちの生命が明日をも知れないことをいったのか、それとも私が禁酒の誓いなどすぐ破ることを見とおしての言葉か、いずれにしても私は頭をかくしかなかった。

　四月十六日、菊水三号作戦が、月齢四の暗夜のなかで火ぶたをきった。このときは、芙蓉部隊から彗星六機、零戦四機が出撃し、未帰還二機をだした。そのうち、わが十三期の照沼光二（茨城師範出身）の壮烈な散華は、全軍に布告された。

布告

戦闘第九〇一飛行隊附

海軍中尉　照沼光二

右ノ者昭和二十年四月十六日菊水第三号作戦開始ニ当リ昼間陸海軍特別攻撃隊全力ノ泊地攻撃ニ先立テ之ガ障碍トナルベキ沖縄北飛行場ニ於ケル敵航空兵力ノ徹底封殺ノ任ヲ命ジラルルヤ夜間単機ヲ以テ勇躍出撃シ困難ナル状況ヲ突破敵上空ニ殺到シ在地敵機六十機ニ対シ爆弾ノ及ブ限リ必殺果敢ナル攻撃ヲ反復決行以テ克ク爆発炎上七ケ所ノ戦果ヲ収メ其ノ任ヲ完遂セル後自ラ敵基地ニ突入壮烈ナル戦死ヲ遂ゲタリ。仍テ茲ニ其ノ殊勲ヲ認メ全軍ニ布告ス

聯合艦隊司令長官　小沢治三郎

芙蓉部隊はこののちも連日のように出撃を敢行したが、沖縄の米軍はますます強化されていく一方であった。

連日にわたる暗夜の死闘

四月二十八日から三十日にかけ、折りからの満月を利用して菊水四号作戦が敢行された。

芙蓉部隊の十三期飛行予備学生では、高橋武治（明大出身）、小菅靖男（立命館大出身）、黒

川武二（早大出身）、玉田民安（早大出身）の四名が、北・中飛行場の空で散った。

小菅は一度投弾しようとしたが、装置が故障して落ちなかった。そのためふたたびやりなおして突入した。このとき、小菅機は対空砲火をあびて、彼の腹部を敵弾が貫通した。そして操縦員の横尾啓四郎上飛曹（佐賀県出身・甲八期）が、後席の小菅をはげましながら鹿屋に帰投したが、機内は血の海となっており、小菅はまもなく息をひきとった。

米軍の対空砲火はレーダーで操作され、夜間でもそうとうな命中率をあげた。私は小菅が戦死した翌二十九日午後七時五十一分、三五〇キロ三号弾（空中で炸裂して多くの子弾を撒布する）をだいて出撃し、中飛行場を攻撃したが、このときの対空砲火はまるで巨大なアイスキャンデーが無数に飛びかい、自分の機体に吸いついてくるように感じた。

砲火をかいくぐってやっと飛行場上空に到達して投弾すると、すでに背後に敵夜戦Ｐ61がぴったりと喰いついている。これは双胴双発の重戦闘機Ｐ38を夜戦用に改造し、ブラックウイドウ（夜の未亡人）といういやな名がついているもので、不敵にも翼端に味方識別のオレンジ色灯を光らせ、つぎつぎと襲いかかってきた。このころ芙蓉部隊は、航法上の理由と燃費の経済性のため、高度三〜四千メートルの航路をとることが多かった。だが、これはＰ61にとって絶好の迎撃位置になり、わが方の被害を大きくした。

五月三日から六日にかけて菊水五号作戦、十日から十一日に同六号作戦と、その後も連日、機動部隊にたいする索敵攻撃がおこなわれた。

沖縄の日本陸軍および海軍陸戦隊は、兵力や弾薬が極度に消耗していたがなお最後の抗戦をつづけ、北・中飛行場を奪回しようとした。これに応じて陸海航空部隊は実用機による特攻のほとんどを投入して戦った。作戦の先駆けとなる芙蓉部隊は、可動全機を毎夜出撃させて、突入の血路をひらくことにつとめた。しかし、被害も大きくなっていった。

ここでわが同期の第十三期飛行予備学生の戦死者について、大要を記しておこう。

五月三日、大沢袈裟芳（山梨師範出身）は北飛行場を爆破し、大火災をおこさせて散華。

五月四日、近田良平（拓大出身）は前夜にひきつづき中飛行場滑走路を爆破したあと散華。

五月十二日、白井清一郎（大阪青教出身）は索敵攻撃にて敵潜水艦を撃破、帰投時に飛行場の東端に不時着、機体大破戦死。五月十三日、平田清（摂南高工出身）は索敵攻撃にて空母四隻を主力とする機動部隊を発見し攻撃、散華。

秘密基地・岩川からの出撃

このころになると米軍の兵力はますます強大となり、南九州は逆に沖縄から空襲をうけることが多くなった。そのため各航空部隊は、残余の飛行機を北九州や中・四国方面にひきさげたが、芙蓉部隊に配属されていた彗星や零戦は航続距離が短いために、志布志湾の北方に岩川基地を整備し、ここを根拠地として出撃を続行することに決した。

岩川基地は、完全秘匿の夜間専用基地として周到に築城された。総海軍用地五三〇ヘクタールのうち、四百ヘクタールを隣接する町村の食料増産のために無償貸与し、森林約五十ヘクタールのなかに兵舎をたて、上空からの偵察にたいして隠蔽《いんぺい》した。使用滑走路は幅八十メ

昭和19年11月25日、空母エセックスに突入する彗星三三型

ートル、長さ千四百メートルで、昼間はつねに刈り草を敷き、それも青さをたもつために数日ごとに全部とりかえた。

さらに移動式の家屋や樹木を置いて、夜間の発着時にはこれをとり去った。そのうえ昼間はつねに牛十頭を放牧し、牧場のように見せかけた。これらの作業は地元住民の勤労奉仕と、松山航空隊から来援した予科練習生（甲十六期）の力と、海軍施設隊の全能力を結集して成功させたものである。

五月二十七日の海軍記念日を期して、菊水八号作戦が開始されたが、海軍の泊地特攻五十一機の大部分は白菊練習機、ほかに泊地艦船雷撃二十一機、飛行場攻撃十機、陸軍特攻機三十九機というさびしい状態だった。

そののち、南九州一帯は雨が降りつづいた。六月三日、やっと雨があがると、芙蓉部隊はただちに出撃を開始した。基地秘匿のため、離着陸標識のカンテラには上空から見えないように覆《おお》いをかけ、離着陸方向にのみ光を指向させた。しかもその数をへらし、目標用に一個、滑走路の中間両側に一個、エンドにも一個しかつけなかった。

これだけをたよりに整地の不十分な芝生の滑走路を、爆弾をだいて飛びたった。定着灯も青・赤とも指向性をつけたため、着陸時パス（進入コース）が少しでもずれると見失う危険があった。被弾して帰投した飛行機が、飛行場の周辺で地面に激突大破して、死傷者がでたこともめずらしくない。そのうえ、夜明け前に霧が急に発生して、一瞬のうちに視野がゼロになることもしばしばで、まさしく命がけの離着陸だった。

この悪条件のなかで芙蓉部隊は、六月三、四、五、六、八、九、十日と連夜、十数機を出撃させた。とくに九日は、月齢二十八の暗い中を伊江島飛行場に殺到し、揚陸したばかりの敵戦闘機が並んでいる上へ、二五〇キロの三一号弾を投下し、大火災をおこさせた。あとでわかったことだが、この夜、米軍が焼失したのは約三〇〇機であったらしい。

三一号弾は、弾頭に光電管がつけてあり、地上に反射してかえる光をキャッチし、至当高度で炸裂する破壊力の大きいものだった。ふつうの場合、夜間の戦果はなかなか確認できにくい。が、この夜の大火災は、徳之島上空までもどってきても、なおさかんに誘爆がつづいているのが見えた。彗星のなかには追跡してきたのを逆に撃墜して、帰りのみやげにした機もいたほど戦果をあげた。

六月十一日から南九州は、また連日の雨となった。戦況の悪化にいらだつ一方、しばらくの命びろいというわけで、トランプやギターをたのしんだ。

二月に結婚した千々松普秀（鹿児島高農出身）の新妻が、こっそり訪ねてきたのはこの頃であった。そこで同期生でかばうように、近くの民宿を借りてしばしの逢う瀬をつくってあげた。しかし二十一日に菊水十号作戦が開始され、千々松は北飛行場を急襲、爆破したのち、暗夜に散った。

彼の新妻にどう伝えようかと、同期生一同はためらった。結局、フィリピンからずっと行動を共にしてきた、ただ一人の妻帯者である布施己知男（東京外語出身・東京に在住）が行くことになった。しかし、そのときの模様は「どうだったか」と布施にたずねることさえ辛いものであった。

沖縄の陸上戦闘はすでに終息していた。しかし、芙蓉部隊はとぼしい機材と燃料をふりしぼって、六月二十五日、七月三、五、十五、十八、十九、二十三、二十五、二十八、二十九、三十、三十一日と出撃をつづけた。

八月初頭の九州は、雨の日がつづいた。広島・長崎へ原爆投下、ソ連参戦、「ポツダム宣言受諾」の外国放送が伝えられるなかで、芙蓉部隊は終戦まで十回、のべ八十四機の出撃をつづけた。

一方、本土上陸に対応する決号作戦の図上演習をおこなった。私はこの作戦で、第一索敵攻撃隊の一番槍にあてられていた。こんどはいよいよ特攻である。人機もろとも敵空母の甲板上にすべりこみ、ならんだ飛行機を海中へたたき落とす夢を、毎夜みるようになった。

こんな緊迫感のなかで、八月十四日午前四時、僚機二機とともに沖縄基地攻撃を命じられた。月齢四で、佐多岬の上はまだ暗かった。が、しだいに夜が明けてくると、前方に七、八千メートルを越す積乱雲が林立しているのが見えた。

「このまま真っすぐ進めるか?」と考えていると、宮崎兵曹が「電信機が故障で受信できません」といってきた。しかし、どうやら送信は可能らしい。「これくらいのことで引き返せるものか」と、乱雲のあいだをしばらく進んだ。

じつは後になってわかったことだが、「天候不良ニツキ引キ返セ」という命令が発信されていたのだ。そのためほかの二機はそれで帰投したのだが、私は飛行機の耳が聞こえないわけで、そのまま進んでいたのであった。

悪気流のなかをやっと切りぬけると、雲のわれ目から沖縄の東海岸がほのかに白く見えた。そこはどうやら揚陸地点らしい。煌々《こうこう》と光をつけて米軍が作業している姿がよく見えた。そこで突入できる隙間はここしかないと考え、いっきょに急降下して投弾した。敵も「まさか」と思っていたのだろう。一斉に光を消したのと、爆弾が炸裂したのが同時だった。

このあと長居は無用とばかり帰投コースに針路をむけると、前方には往路よりつよい雲の壁が立ちはだかっていた。ときどき雷光がチカチカと走っている。そこで機首を東にふったり、西にまわしたりして、やってその下をくぐりぬけた。

が、この間に機位がはっきりしなくなってしまったらしい。どうやら列島線からかなりはずれてしまったらしい。そのため宮崎兵曹と相談したところ、「ままよ、日本列島は長い」とばかり針路を北にむけた。「どこかの海岸線に着くだろう、燃料が切れたらその時はおしまいだ」という覚悟で飛んだ。

北へ進むと嘘のように快晴だ。やっと見えたのが足摺岬だった。「助かった」と、高知基地へすべりこんだとき、燃料がブスンと切れ、タイヤがパンクしてしまった。明くる十五日は終戦で、これが私にとって最後の攻撃だった。

こうして芙蓉部隊の出撃は八十一回、のべ七八六機、未帰還機四十三機、戦死搭乗員六十九名（士官二十九名のうち十三期が二十名）であった。

最後の「彗星特攻隊」秘話

昭和二十年八月十五日の宇垣特攻にまつわるもうひとつの裏話

当時 攻撃一〇五飛行隊・海軍中尉 茂木仙太郎

昭和二十年八月十五日——日本人として、だれもが心の中にきざんだ痛恨の日である。国土防衛のため一億一心、欲しがりません勝つまでは、と石にかじりついても戦おうと心に誓っていたあの太平洋戦争が、ついに破局をむかえ、悲しみも、苦しみも、怒りもすべてが無となった日である。

赤い血の流れる当時の日本人ならば、たとえ何人《なんぴと》と言えども、あの日のことは忘れることはないはずである。ところが私は、それとはまた別の意味で、今日ある自分の生命に感謝し、亡き戦友の霊に心をささげ、もう一度、あの八月十五日を思い起こさずにはいられない。

そのころ私は攻撃第一〇五飛行隊に所属し、本隊を鳥取県美保にのこして大分航空基地にいた。当時の九州は、熾烈な航空戦の最前線であった。攻撃一〇五飛行隊は敵の機動部隊を

茂木仙太郎中尉

迎撃するため、彗星四三型をつかって、とくに訓練をうけた最新鋭の急降下爆撃隊であった。訓練中も飛行長の江間保少佐からつねに、「貴様らは死んではいけない。敵艦船を攻撃して何度でも帰還し、何度でも出撃せよ」と言われていた。

敗色の濃い日本にとって、航空機と搭乗員はもっとも貴重品であった。たびかさなる特攻出撃による消耗により、たった一度の攻撃で敵艦と心中するには、あまりにも勿体《もったい》ない存在、うらを返せば、わが航空戦力が残り少なくなっていたことを物語っていたものと思う。

とにかく、八月十五日の暑い日は明けた。朝の分隊長からの訓示は、「われわれは敵の本土上陸の意図を粉砕するため、沖縄への攻撃をかける。全員、飛行機を整備して待機せよ」と、いつにない緊張したものであった。彗星の航続距離では、沖縄往復はできない。片道特攻だ。私はひそかにそう心に決めて、愛機の掩体壕へいそいだ。

私の愛機は昨日から調子が悪い。整備員にエンジンの整備を依頼しておいたが、どうも出力がでないらしく、さかんにエンジンをふかしていた。壕の前には一式陸攻が、これまた調子が悪く、解体して整備している。整備員は、

「分隊士、点火栓を交換しましたが、息をつきます。燃料ポンプを調べます」と、はきはきした口調で言っていた。私は早急に出動できるよう指示した。

午後一時、非常召集がかかった。私は整備員に燃料を満タンにするように頼むと、宿舎前にいそいだ。私の飛行機は飛行場から四キロもはなれていたので、私がついた時には、すでに全員が緊張した顔で整列していた。分隊長が蒼白な顔で、全員にさとすかにように話しだ

した。

「貴様たちは愛国の至情に燃えて、いま祖国を守るため命を投げだしている。その命を今日、俺にくれ」声のつまった分隊長の言葉に、一同はシーンとしている。分隊長は、叱りつけるように言った。

「返事は?」

「ハイ!」すぐに、みなの声が返ってきた。予備士官も、予科練出の下士官も。

「わが帝国は降服したのだ。本日十二時、かしこくも陛下の玉音が放送された」

ただひたすら国土を守り、尽忠報国に燃えていた私たち士官も、下士官兵も、ともにわが耳を疑った。無敵日本が負けるはずがない。勝つために戦ってきたのだ。そんなはずがない。

キョトンとしているわれわれに(分遣隊員十九機の搭乗員は、みな自分の飛行機の整備のため、正午の玉音に接したものはいなかったのである)分隊長は、涙で頬をぬらしながら、「いま、五航艦本部でたしかめた」とはっきり言明したのである。

勇躍して壮途にのぼることを心に決していた三十八名の勇士は、肩を抱き、芝生にたおれてただ泣いた。万感胸にせまるとはこのことか、なかには二十歳にみたない二飛曹もいる。

ただひたすら憂国の情に燃えて、若い命を散らそうと、護国の土となろうとしていた若者たち。千仭《せんじん》の谷へ落とされたような、苦しい、悲しいひと時であった。分隊長の中津留達雄大尉といえども、兵学校七十期の青年である。涙することに、どこに不思議があるだろうか。三十八名の涙は、とどまるところがなかった。

消えた十一機の彗星

しばらくして、分隊長の涙にくもる顔があげられ、毅然とした声が発せられた。

「すでに戦いは終わったといっても、講和が結ばれたわけではない。われわれ若き戦士は、敗れておめおめと故国の土は踏めない。武人として、いさぎよく母国の土となろう。そこで命令を伝える。一六〇〇、わが一〇五飛行隊は、沖縄周辺の敵艦船にたいして片道攻撃のため発進する。総員出撃態勢を整えて、一五〇〇、飛行場に整列せよ」

一瞬、心のひきしまる思いがした。涙の顔に赤味がさして、ワーッという、何ともいえないどよめきが三十八名の間から起こった。すでに午前中より覚悟していたことである。ただちに愛機のもとへ出発しようとする隊員に、分隊長はさらにつづけた。

「われわれの死は、犬死ではない。祖国のために神風となって、新しい日本の回生をもたらすためである。生きて恥をさらすより、死して母国の土となろう。この攻撃は、われわれ若いものだけの付和雷同ではない。第五航空艦隊司令長官宇垣《うがき》中将も同道参加される。沈着にことに処して、所期の目的を完遂するよう、最後のことばとしてお願いする」

私は五航艦の司令長官と聞いて、なにか悲壮な感情に胸がいっぱいになった。搭乗割は午後三時に発表される。自転車に飛びのった私は、掩体壕にかけつけた。しかし何としても、愛機の前にある一式陸攻が動かない。

「早くどかせ！」

怒鳴ったところで、解体した大きい機体は、どうすることもできない。これから飛行場に行って、八〇〇キロの爆弾を装備しなければならないのだ。しかも愛機の故障がなおったというのに。気はあせり、ジリジリしているが、いかんせん、どうにもならないのである。

「起重車を持ってきて動かせ」と言っても、一式陸攻は脚の部分もはずされている。どんなに急いでやっても、午後三時までに全装備をして整列することはむずかしい。

私は偵察員を分隊長のもとに走らせた。その間にも整備員は汗まみれになって、飛行機の移動に努力している。私はエンジンを始動させ、いつでも飛行場に誘導できるようにして待っているのに、どうしても間に合いそうもないのである。そのうち偵察員が帰ってきた。

「第二小隊長に編成されていましたが、池田中尉と書きかえられました。私たちは第二攻撃隊となり、明朝黎明を期して発進することになりました」

何のことはない、あれだけ緊張した一日だったのに、明朝までのばされてしまったのである。彗星から飛び降りると私は、飛行場へ走った。分隊長のもとに駆けつけた私は、どうにもならない現況を泣いて訴えた。

「首途《かどで》に涙は禁物だ。五航艦司令部と連絡をとって、黎明を期して後から来い」と分隊長は、すでに出陣姿の白いマフラーの中から答えた。時すでに三時半である。

発表された搭乗割は十一機、のこり八機は黎明攻撃部隊となったのである。残った者のなかで、私と同期の西沢久夫と十四期の石川少尉が准士官以上、私が最先任として指揮をとることになったのである。

やがて、軍刀をもたれた宇垣纏中将が、軍用乗用車で到着された。さすが武人の鑑《かがみ》、まゆひとつ動かさず、従容として別れの席へ立たれた。そして、最後の訓示をくださった。それは短いが力強いものだった。

「諸君と死のう、成功を祈る」と。すでに死を決意して、帝国海軍と運命を共にしようとする覚悟が、その眉宇《びう》と態度にはっきりと見えた。

「長官を一人で死なせはしない。明朝、必ずあとから行きます」私は強く心にきざみつつ、西沢中尉としっかり手を握りあっていた。

見送る者は、われわれ残りの十六名と整備関係の人たち、それに、どこで聞いてきたのか一般の付近の住民が数十人、みな白いハンカチを目にあて、なかにはひざまずいて泣く老婆もあり、悲壮な首途であった。

分隊長中津留大尉の後席に宇垣中将の乗り込んだ一番機は、静かに発進位置についた。私は思わず「帽をふれ！」と叫んだ。だれもかれもが、ちぎれるほどに振る帽子、ハンカチ、手、そのなかを十一機の彗星は、つぎつぎと発進していった。

長官機を先頭に、飛行場の上空に一度だけ飛来して、あとは敵艦船の待つ沖縄へと消えていった。すでに午後五時半をまわっていたと思う。

許されぬ特攻出撃

一機、一機と見えなくなる機影に、いつまでもいつまでも帽子を振っている隊員に、私は

特攻出撃する中津留大尉操縦の彗星。後席の遠藤飛曹長の後ろに宇垣長官

西沢中尉とはかって整列を命じた。そして全員、飛行機を整備して、ただちに飛行場に整列できるよう指示した。

今夕はさわぐことなく静かに命を待つよういいつけ、私と西沢中尉は五航艦司令部に自転車を走らせ、今後の行動について、どのようにしたらよいか指示をあおいだ。そのあと通信室にねばって、発進後の僚機の通信を待った。司令部では、今夜中に電報を送るから、下士官兵を早くやすませて静かに待てとのことであった。

そのとき西沢中尉が、いま沖縄上空からの通信が入ったといってきた。

「われ今突入す、天皇陛下万歳」

一番機（隊長機）をはじめその他数機の電文である。戦勝に酔った沖縄の米軍では驚いたらしく、成功率も高かったようである。戦果については知るよしもなかったが、数機の到達と突入の電文は、明朝の攻撃をひかえる私にとってキューッと胸のしまる思いであった。

午後八時、宿舎に帰って司令部からの命を待ったが、なんの指令も命令もなかった。残った下士官の一人が士官室にあらわれて、下士官室では、明日のことがはっきりするまで眠れない、もう一度、司令部におうかがいを立ててほしい、だれも死を覚悟している、との伝言をつたえた。

この純真な青年たちの心に、私は西沢中尉とともに感激した。そして、あとは明朝の黎明攻撃を待つだけしかない、静かに体力を消耗しないよう休みなさい、電報がありしだい、具体的な内容を知らせるからと、なだめて帰した。

私たちも休んで、静かに明朝を待つことにした。しかし目はとじても、なかなか眠れない。すぎし日の猛訓練のようすや、また故郷の風景、年老いた父親や兄弟のことが、つぎつぎと思い出されてしまう。幼い日の思い出が走馬燈のように私の胸の中をかけめぐった。西沢中尉も石川少尉も眠れないらしく、横転、反転しているようであった。

敵の艦船に命中できるだろうか、はては八〇〇キロの爆弾をだいて離陸できなかったらなどと、幼稚なことまで頭の中を通りすぎていく。しかし、やがてとろとろとした時、司令部からの伝令に起こされた。

「明朝の攻撃は中止。今後いっさい、当方からの攻撃はしてはならない。しかし、敵の挑発や、敵の攻撃にたいしては果敢にこれを迎え撃つべし」という内容であった。

死生観の整理をしていた私にとっては、まったく意外なことである。それよりも不服である。まして、私の搭乗割を変更して征った池田中尉にたいして、何といってよいのだろうか。それよりも、生きて恥をさらして父母にまみえ、故国の土を踏むことができるだろうか。

「司令部の命令電報だからやむをえん。おそらくこの命令は、管下の各部隊、航空隊にもおなじ意味の電報が入っていることだろう。それよりもわれわれとしては、下士官兵の動揺をしずめることが先決ではないだろうか」という西沢中尉の言葉でわれにかえり、二人で彼らの宿舎にいって、この旨をつたえることにした。

私たちは下士官室へむかった。それは、八月十六日の午前一時ごろと記憶している。下士官室へ入ってみると、これが数時間後に死を迎える男たちかと思えるほど、静かに寝入っていた。いびきさえ聞こえ、私たちの入室に気づかないのである。

私は大声で「総員起こし」をかけた。さすがに鍛えぬいたつわものども、パッと起きあがり、ただちに作業にかかろうとする。

「待て、そのままでよろしい。命令をつたえる」私たちは、先ほどの電文を読みあげた。一隅から深い吐息がもれた。別の方からは、すすり泣きの声がした。先任下士官から声があった。

「分隊士、もう一度、司令部に行ってください。昨日征った連中を犬死させたくありません」

全員が「お願いします」と懇願する。私たちは、彼らの考えに同意した。今このままにしておくことは、武人としての自分が忍びないと思い、二人で司令部へと向かった。司令部では、参謀室の前に数名の将校が何か協議中で、あわただしく電信兵が出入りしていた。

私たちは電文を受けとったが、攻撃一〇五飛行隊はぜひとも沖縄へいかせて欲しい、と頼んだ。しかし、参謀の答えはつめたかった。

「いかん、先ほどの命令の通りである」

ふつうの時ならば、そのまま引き返すところである。しかし今日は、西沢も私もねばった。ぜひとも行かしてほしい、出撃準備はあと爆弾を装備すればよいことなどを、くどくどと述べた。

私たちも必死であった。参謀は、諄々とさとしてくれた。

「死ぬことはいつでもできる。機会はまだある」

しかし、私たちは去りやらず、なおも執拗に出撃の命令を願った。参謀はやおら立ちあがり、姿勢を正して、声を大にして叱るようにいった。

「命令、昨夜の電文の通り。これは私の命令ではない。陛下の命令である」

キラリと、参謀の目に光るものがあった。

天皇の命令に沈黙

帰り道、私は西沢と話し合った。前途の暗澹たることしか、頭に浮かばなかった。

「俺たちはどうなるのだろう」「今日明日にも、美保から本隊がくるだろう。それまで待とう。どうせ生きては帰らないつもりだから」

「敗れた日本で、屈辱の生活はできない。占領されて、米国の領土となるのだろうから」

「それに、これだけ戦ったのだから、飛行機乗りはまとめて銃殺だろう。彼らにして見れば、憎い日本兵士だろうからな」

「奴隷の生活がはじまるのかな」「生きている日本人はそうなるだろう。女子どもは米兵の餌《え》食《じき》か、邪魔者にされるだけだ……」

それでも、どこまでも澄みきった星空の果てに生まれ故郷があるんだなあ、などと話してるうちに下士官室についた。そして参謀からの命令を伝えた。さすがの勇猛な彼らも、天皇の命令と聞いて返す言葉もなかった。室内はシーンとなった。私は言葉をついだ。

「今も西沢中尉と話しながらきたが、今日明日中に本隊から指示があると思う。それまで行動をつつしみ、待機の姿勢で連絡を待つように」

それから故郷や父母にたいしての最後の言葉を書いて、身辺の整理や遺品の整理をまとめるよう指示して、石川少尉の待つ士官室へ引きあげた。

短か夜の八月の空は、東の方から静かに明けようとして、わずかに白んできていた。この熾烈な戦いの中にいる人の心を知ってかしらずか、分散兵舎をはるか離れた農家から、にわとりの声が聞こえてきたのが、二十数年後の今でも、はっきりと耳に残っている。

美保基地での激しい訓練をおえて、七月上旬から約一ヵ月、ひたすら攻撃命令を待っていた私たちであった。途中、飛来しては去っていく同期生や上官から、沖縄と本土決戦の様子、広島、長崎の原爆の様子なども聞いていた。日本の現在おかれている立場も、聞いていたはずである。

また偶然、大分基地に駐屯していた同期の宮本中尉などにも会ったが、当時の私たちに「敗れる」ということは禁句であった。宮本中尉と特攻隊員として大分基地で会ったのだが、最後まで戦うことのみ話し合っていたのである。

しかし今、こうして残された敗残の姿が、精いっぱいの努力が実らなかったあとの口惜しさとなって、いつまでも心のなかを占領しているのである。

屈辱を忘れずに復員

八月十七日、本隊から宮沢大尉が見えた。宮沢大尉は七十一期の兵学校出の士官と聞いている。意気消沈している私たちに活をいれ、「二、三日中に沖縄へいく、それまで静かに待て」と指示された。

ひさしぶりに空襲のない一両日がすぎた十九日、いよいよ国分基地へ転進の命をうけ、全員が第二国分基地へ転進した。しかし、そこでは私たちの考えていたことは起こらず、即日、復員が命令された。だが、その時、私たちには秘密の指令が出されたのである。

「赤ちゃんが生まれた、すぐこい」の電報をうけとったら皇居前に集まれ。「結婚する、祝いたのむ」の電文で静岡駅に集合せよ、というものである。何年たとうと、この屈辱を忘れず、いつかアメリカを叩くのだという、全員の決意のあらわれであった。

「故郷へ帰ったらすぐ地下にもぐれ。准士官以上は絞り首、下士官は銃殺、兵は終身刑であると思え」といわれ、二十日の早朝、故郷の群馬へと飛んだのである。小泉の飛行場で飛行服そのほかを脱ぎ、飛行機は当直将校に託して、汽車で故郷へとむかった。

群馬特有の夕立がおそってきたとき、全身びしょぬれになって、二年来はなれていたわが家の敷居をまたいだのである。父親のひざにすがり、ひさしぶりに思いきり泣いた。負けて帰ったことを謝しながら。

いま私は、当時のことを思い出すたびに、若き日の軍隊生活の、ただ直進だけの心構えをなつかしく感じている。宮本中尉とも、西沢中尉とも、おなじ艦爆乗りとして、当時をしのびつつ酒をくみかわすこともある。貴様と俺の生活が、いまの私の人生を支えているのであることを、しっかりと胸にいれて、亡き戦友のアルバムをひらき、池田のヤツにすまないと思ったりする。

おまけで生きている人生、世のなかの騒然としたなかで、あの当時を思いつつ、いつまでも若さを失わないでいたいものである。たとえ時は流れうつろうとも、それがあの宇垣中将や、亡き戦友にたいする、せめてもの供養ではないだろうか。

※本書は雑誌「丸」に掲載された記事を再録したものです。執筆者の方で一部ご連絡がとれない方がありす。お気づきの方は御面倒で恐縮ですが御一報くだされば幸いです。

単行本　平成二十六年三月　潮書房光人社刊

NF文庫

艦攻艦爆隊

二〇一九年七月二十日　第一刷発行

著　者　肥田真幸　他

発行者　皆川豪志

発行所　株式会社　潮書房光人新社

〒100-8077　東京都千代田区大手町一-七-二

電話／〇三-六二八一-九八九一代

印刷・製本　凸版印刷株式会社

定価はカバーに表示してあります

乱丁・落丁のものはお取りかえ致します。本文は中性紙を使用

ISBN978-4-7698-3126-6　C0195

http://www.kojinsha.co.jp

NF文庫

刊行のことば

第二次世界大戦の戦火が熄《や》んで五〇年——その間、小社は夥しい数の戦争の記録を渉猟し、発掘し、常に公正なる立場を貫いて書誌とし、大方の絶讃を博して今日に及ぶが、その源は、散華された世代への熱き思い入れであり、同時に、その記録を誌して平和の礎とし、後世に伝えんとするにある。

小社の出版物は、戦記、伝記、文学、エッセイ、写真集、その他、すでに一、〇〇〇点を越え、加えて戦後五〇年になんなんとするを契機として、「光人社NF（ノンフィクション）文庫」を創刊して、読者諸賢の熱烈要望におこたえする次第である。人生のバイブルとして、心弱きときの活性の糧《かて》として、散華の世代からの感動の肉声に、あなたもぜひ、耳を傾けて下さい。